Ondas do Oeste

Obras da autora publicadas pela Editora Record

ABC do amor
Um amor desastroso
Arte & alma
As cartas que escrevemos
Um encontro com Holly
Eleanor & Grey
Landon & Shay (vol. 1)
Landon & Shay (vol. 2)
No ritmo do amor
Sr. Daniels
Vergonha

Série **Elementos**
O ar que ele respira
A chama dentro de nós
O silêncio das águas
A força que nos atrai

Série **Bússola**
Tempestades do Sul
Luzes do Leste
Ondas do Oeste
Estrelas do Norte

Com Kandi Steiner
Uma carta de amor escrita por mulheres sensíveis

BRITTAINY CHERRY
SÉRIE BÚSSOLA

Tradução de
Carolina Simmer

3ª edição

CIP-BRASIL. CATALOGAÇÃO NA PUBLICAÇÃO
SINDICATO NACIONAL DOS EDITORES DE LIVROS, RJ

C449a
3. ed.

Cherry, Brittainy
    Ondas do Oeste / Brittainy Cherry ; tradução Carolina Simmer. – 3. ed. – Rio de Janeiro : Record, 2024.
    (Bússola ; 3)

    Tradução de: Western Waves
    Sequência de: Luzes do Leste
    Continua com: Estrelas do Norte

    ISBN 978-65-5587-429-7

    1. Romance americano. I. Simmer, Carolina. II. Título. III. Série.

22-79679
    CDD: 813
    CDU: 82-31(73)

Gabriela Faray Ferreira Lopes – Bibliotecária – CRB-7/6643

Título em inglês:
WESTERN WAVES

Copyright © 2021 by Brittainy Cherry

Publicado mediante acordo com Bookcase Literary Agency.

Texto revisado segundo o Acordo Ortográfico da Língua Portuguesa de 1990.

Todos os direitos reservados. Proibida a reprodução, no todo ou em parte, através de quaisquer meios. Os direitos morais da autora foram assegurados.

Direitos exclusivos de publicação em língua portuguesa somente para o Brasil adquiridos pela
EDITORA RECORD LTDA.
Rua Argentina, 171 – Rio de Janeiro, RJ – 20921-380 – Tel.: (21) 2585-2000, que se reserva a propriedade literária desta tradução.

Impresso no Brasil

ISBN 978-65-5587-429-7

Seja um leitor preferencial Record.
Cadastre-se no site www.record.com.br e receba informações sobre nossos lançamentos e nossas promoções.

Atendimento e venda direta ao leitor:
sac@record.com.br

Para Flavia e Meire,
minhas fadas madrinhas

Para todas as almas que tiveram o coração partido,
mas que ainda acreditam em finais felizes.
Este aqui é para vocês.

Prólogo

Stella

Seis anos

— Esse problema não é nosso — disse Catherine, lá de dentro da casa.

Eu estava no balanço da varanda dos fundos da casa de Kevin, ao lado de vovó. Todo mundo a chamava de Maple, porque ela era doce como aquela calda de panqueca, *maple syrup*. Minha mãe sempre dizia que vovó parecia ser avó de todo mundo, porque cuidava de qualquer pessoa que precisasse de ajuda. Eu era a garota mais sortuda do universo, porque Maple deixava que eu a chamasse de vovó — e ela era praticamente uma avó para mim mesmo.

Nos últimos dias, ela ficou cuidando de mim porque achou que era eu quem estava precisando de ajuda.

Ficávamos olhando para o mar enquanto as ondas quebravam na praia. A casa de Kevin e Catherine era a minha favorita, e eu adorava quando vovó me levava para o trabalho. Vovó foi babá de Kevin e, quando ele cresceu, ela passou a ser sua governanta. Kevin conheceu minha mãe quando ela começou a fazer faxina na casa dele. Os dois tinham quase a mesma idade e se tornaram melhores amigos. Kevin e vovó sempre estiveram na minha vida. Eles estavam até no hospital no dia em que nasci, pelo que minha mãe me contou. Eram as duas pessoas mais importantes para mim depois da mamãe.

O apelido da vovó era até meu nome do meio: Stella Maple Mitchell.

— O que você quer que eu faça, Catherine? A Stella é parte da família. Pelo amor de Deus, a Sophie era minha melhor amiga! — berrou Kevin.

Eu nunca tinha escutado Kevin gritar. Nem imaginava que ele fosse capaz disso.

— Eu deveria ser a pessoa mais importante da sua vida! A sua companheira! — gritou Catherine em resposta.

Isso não me surpreendia. Quando não estava ocupada se embelezando, ela vivia berrando por aí.

— E não me sinto confortável em criar uma garota que não é minha filha — continuou ela.

— A gente queria construir uma família — disse Kevin.

— Sim, a nossa família. Não pegar os restos de outra pessoa — rebateu Catherine.

— Vadia — resmungou vovó, balançando a cabeça em reprovação.

— Que palavra feia! — exclamei.

Ela sorriu para mim e concordou com a cabeça.

— É mesmo, querida. Mas existem momentos na vida em que só conseguimos expressar nossa indignação com alguma coisa ou com alguém usando palavras feias.

— A Catherine está brava comigo? — perguntei, brincando com o colar de conchas que vovó havia feito para mim.

Ela colecionava conchas, e, assim que dei meus primeiros passinhos, começamos a perambular pela praia do terreno de Kevin, pegando conchas enquanto vovó me contava histórias sobre o mar.

Vovó sabia muito sobre deuses e deusas e vivia me contando histórias sobre eles. Os deuses da terra, os deuses do vento e os deuses do fogo. Eu gostava de todas essas histórias, mas as minhas favoritas eram sobre Yamiya — a deusa do mar.

Vovó e mamãe acreditavam em deuses e deusas. Na época em que elas se conheceram, viviam compartilhando tradições e crenças uma com a outra. Elas me ensinaram as canções e as danças de Yamiya quando eu ainda era bem pequena, e nós sempre levávamos oferendas de amor e luz para o mar.

Vovó dizia que eu gostava de Yamiya porque meu signo era de água, igual ao dela e ao da mamãe. Eu não entendia muito bem o que isso significava, só sabia que vovó exagerava um pouco nos rituais místicos durante a lua cheia e a lua nova. Mas, como meu aniversário é em março, ela dizia que era por isso que eu me sentia atraída pela água.

Às vezes, achava que era só porque eu gostava de brincar no mar mesmo.

Vovó balançou a cabeça.

— Não, meu amor, ela não está brava com você. É só que ela... — Vovó estreitou os olhos ao ouvir Catherine berrar e espernear lá dentro. — É só que ela...

— É uma vadia? — perguntei.

Vovó riu e assentiu.

— É, mas não vamos contar isso para ninguém.

Baixei a cabeça e olhei para o colar.

— Queria que a mamãe estivesse aqui.

— Eu sei. Eu também queria.

— Você acha que ela está com saudade da gente?

— Ah, meu amor. Mais do que você imagina. — Vovó enfiou a mão em sua bolsa e pegou uma concha imensa. — Aqui, escuta isso. — Ela encostou a concha na minha orelha. — Está ouvindo?

— É igualzinho ao mar! — exclamei.

— É, sim, e é lá que a sua mãe está agora. Ela virou parte do mar, no outro plano.

Franzi a testa.

— Ela consegue voltar?

— Não para o plano físico, mas juro que, quando você entrar na água, vai conseguir sentir a presença dela. Lembra do que eu contei sobre a Yamiya? Que ela protege todos nós?

Concordei com a cabeça.

— Bom, a sua mãe foi morar com a deusa do mar e, sempre que você precisar dela, é só entrar na água e sentir seu amor. Você também pode pedir coisas para o oceano, e aí as duas vão te ajudar.

Estreitei os olhos.

— Posso sentir a mamãe no mar e pedir coisas sempre que eu quiser?

— Sempre.

— Eu posso agora?

Vovó se levantou do balanço com um pulo e estendeu a mão para mim.

— Agora mesmo. — Segurei sua mão, e ela me puxou do balanço. Em seguida, ela se agachou, fazendo com que seus olhos ficassem na altura dos meus. — Vamos ver quem chega primeiro na água. A vencedora pode escolher sua sobremesa favorita para a gente comer depois do jantar.

— Qual é a sua sobremesa favorita?

— Fígado acebolado.

Fiz uma careta.

— Eca! Não quero comer isso!

— Então é melhor você correr muito. Um... dois... três... valendo! — gritou ela.

Saí em disparada na direção do mar, com o sol começando a adormecer e o céu ganhando ares de algodão-doce. Meus braços balançavam no ar enquanto eu corria tão rápido quanto minhas pernas aguentavam. Pulei na água. Ela bateu nos meus pés, depois nos meus tornozelos, em seguida nos meus joelhos. Girei quando as ondas me acertaram, e vovó se juntou a mim logo depois. Nós rimos, dançamos e sentimos o amor da minha mãe enquanto a água se movia com a gente.

Talvez vovó tivesse razão. Talvez minha mãe tivesse se tornado parte do mar. Isso me deixava feliz, porque significava que era só eu entrar na água sempre que quisesse conversar com ela. Além do mais, vovó dizia que eu podia ver minha mãe sempre que olhasse para mim mesma. Desde o meu cabelo cacheado até minha pele negra. Eu era igualzinha à minha mãe, até meus olhos e meu nariz eram idênticos aos dela.

Ficamos no mar por um bom tempo. Foi só quando Kevin veio andando na direção da praia que paramos de jogar água uma na outra. Ele parecia abatido e meio triste, mas já fazia um tempo que estava assim, desde que minha mãe havia se tornado parte do oceano.

Vovó dizia que ele tinha perdido sua alma gêmea quando minha mãe partiu. Apesar de os dois não serem casados, como Kevin e Catherine, vovó dizia que melhores amigos podiam ser almas gêmeas. E que, quando uma pessoa perdia sua alma gêmea, a sensação era de que seu coração também parava de bater por um tempo.

Eu estava torcendo para que o coração de Kevin voltasse a bater.

Eu não gostava de vê-lo triste.

Kevin andava descalço pela areia. As mangas de sua camisa social branca estavam arregaçadas, e suas mãos, escondidas dentro dos bolsos da calça azul. Ele deu um quase sorriso para mim. Um quase sorriso se formava quando alguém tentava curvar os lábios em um sorriso de verdade, mas se cansava no meio do caminho, e aí acabava fazendo uma quase careta.

Eu e vovó continuamos na água enquanto Kevin abria um quase sorriso para nós.

— Está tudo bem? — perguntou vovó.

Ele concordou com a cabeça.

Vovó arqueou uma sobrancelha.

— E a Catherine?

A quase careta dele se tornou uma careta de verdade.

— Ela não vai mais ser um problema.

— Sinto muito — disse vovó.

— Eu, não — rebateu Kevin. Ele se virou para mim e abriu um sorriso de verdade. — Ei, pequena. Quero te perguntar uma coisa.

— Pode falar! — gritei, enquanto as ondas me jogavam de um lado para o outro.

— O que você acha de morar comigo para sempre?

Meus olhos se arregalaram, e meu coração parecia prestes a explodir.

— Sério?

— Sério. Acho que a gente formaria uma boa equipe, né? E a vovó também, é claro, na casa de hóspedes.

Vovó concordou com a cabeça.

— Se você quiser que eu fique, eu fico, Kevin.
— Eu adoraria — respondeu ele. — Vou precisar da sua ajuda.
— Nós três vamos morar aqui? — perguntei. — Como uma família?
— Isso. Como uma família. O que você acha? — perguntou ele.
— Para sempre?
Kevin concordou com a cabeça.
— Para sempre.

Não deu nem tempo de ele dizer mais nada, porque saí correndo em sua direção e pulei em seus braços. Vovó se juntou a nós em um abraço coletivo, e apertei os dois com toda a minha força.

— Obrigada, mamãe — sussurrei, enquanto abraçava Kevin.

Vovó e Kevin não sabiam, mas, ali, na água, desejei ter uma família de novo. Foi assim que descobri que o mar tinha poderes de verdade — porque meu maior desejo havia se tornado realidade.

1

Stella
Hoje

— Isso só pode ser brincadeira — bufei ao ver a fila absurdamente enorme para entrar na Padaria do Jerry.

Não sou o tipo de mulher que gosta de ficar em filas. Nem para comprar ingressos de shows, nem para comer, nem para garantir preços promocionais na Black Friday. Na verdade, faço questão de fugir de filas sempre que possível. Se tem mais de dez pessoas na minha frente, dificilmente vou esperar para provar o novo sanduíche de frango que virou febre. Ah, aqueles ali são os tênis novos com os quais eu estava sonhando? Que maravilha! Mas preciso enfrentar uma fila de vinte e cinco pessoas? Posso muito bem comprá-los quando saírem de moda, muito obrigada.

No entanto, naquela manhã de sábado, fiquei esperando naquela fila imensa. Precisava de duas coisas, apenas duas, da Padaria do Jerry: um bolinho de mirtilo e um café com dois cubos de açúcar. Só isso poderia me satisfazer. Ponto final. Era complicado ir ao Jerry nas manhãs de sábado porque o mundo inteiro parecia querer alguma coisa de lá. Às oito da manhã, a fila já dava a volta no prédio, e só cheguei à porta trinta e cinco minutos depois.

Normalmente, durante a semana, eu ia à padaria no meu intervalo no trabalho, depois do horário de pico. Aparecer no Jerry numa manhã de sábado era a última coisa que eu queria fazer, mas não tinha muita opção naquele dia.

A fila diminuía pouco a pouco, até que a única coisa que me separava da minha missão era um homem muito alto com roupas de grife. Eu estava tão perto que quase sentia o gosto do mirtilo. Tão perto que o café forte parecia a segundos de queimar a ponta da minha língua. Estava vendo meu objeto de desejo na vitrine à minha frente: um bolinho lindo, recheado de mirtilos. E era o último. Parecia que o universo tinha me agraciado com aquele momento e dado um beijo na minha bochecha com seu amor.

Mas, infelizmente, o universo tinha um senso de humor irônico, porque resolveu me dar uma rasteira. O homem na minha frente pediu justamente aquele bolinho.

— Não! — gritei, me enfiando na frente dele como se tentasse impedir a explosão de uma bomba.

Bloqueei a vitrine como se minha vida dependesse daquilo. Meu coração batia acelerado contra as costelas, e meus olhos castanhos pareciam que iam saltar do meu rosto. A moça no caixa e o homem olharam para mim como se eu fosse louca, e, bom... dava para entender por que, mas eu estava pouco me lixando para o que eles pensavam.

Eu só queria aquele maldito bolinho.

— Desculpa, não fiz por mal — falei para a atendente assustada e pigarreei.

Ela devia ter uns dezessete anos, no máximo. Talvez dezoito, muito maquiada. Eu me virei para encarar o homem que estava na minha frente na fila e, quando meus olhos encontraram os dele, quase desmaiei. Ele era a cara do...

Não.

Se concentre, Stella.

Abri o sorriso mais simpático que consegui e tentei espantar o nervosismo enquanto fitava os olhos azuis mais frios que eu já tinha visto na vida. Eles pareciam o mar — um mar agitado e tempestuoso — e provocavam um frio na espinha quando se fixavam em você.

Meu corpo inteiro estremeceu quando encarei aqueles olhos azuis. O homem permaneceu firme e impassível.

Pelo visto, meus olhos não causavam o mesmo efeito nele.

— É que eu ia comprar esse bolinho de mirtilo — expliquei. — Fiquei esse tempo todo na fila só por isso.

— Não tenho nada a ver com isso — resmungou o homem.

Sua voz era grossa e um pouco rouca. Com um sotaque... nova-iorquino? Ou quem sabe do Queens? Talvez do Brooklyn? Quando eu era mais nova, adorava fingir que era de Nova York. Fazia maratonas de *Sex and the City* e treinava os diferentes sotaques de lá que eu escutava no YouTube.

Algumas crianças gostavam de brincar com os amiguinhos; outras ficavam trancadas no quarto, treinando sotaques.

O desconhecido estendeu seu cartão para a moça do caixa, e eu dei um tapa em sua mão, derrubando-o no chão. O olhar dele acompanhou o cartão, subiu para os meus olhos, voltou para o cartão, depois para mim de novo. Comecei a me sentir enjoada.

— Desculpa — murmurei.

— Você está de sacanagem, né? — rebateu ele, exalando irritação do fundo de sua alma.

A coitada da moça parecia sem graça e ficava olhando para os fundos da padaria o tempo todo, como se estivesse torcendo para que alguém aparecesse do nada e a salvasse daquela situação desconfortável.

— Hum, senhora, desculpa. Vou ter que pedir para...

— Eu te pago! — falei ao mesmo tempo em que a garota, ignorando-a e olhando para o homem. Então na mesma hora peguei minha carteira na bolsa. — Quanto você quer pelo bolinho?

— Para de falar comigo — disse ele, se abaixando para pegar o cartão. Ele tentou entregá-lo para a moça de novo, e eu lhe dei outro tapa. Sua voz se transformou num rosnado irritado, e senti o calor de sua raiva atingir minha pele quando dei um passo para trás. — Escuta aqui, moça — grunhiu ele.

— Não, escuta aqui você. Preciso desse bolinho de mirtilo. Eu falei primeiro!

— Não é assim que funciona — disse a caixa.

— Não se mete, Julie! — rebati com rispidez. Então me inclinei na direção dela e sussurrei: — Desculpa, isso foi desnecessário. Sinto muito pelo jeito como falei. Não costumo gritar com os outros, juro. É que estou...

— Bem desequilibrada — resmungou o homem.

Franzi o cenho.

— Que grosseria!

— Estou pouco me lixando — retrucou ele.

— Tudo bem. Estou pouco me lixando por você estar pouco se lixando. A única coisa que eu quero é o bolinho.

— Então devia ter chegado mais cedo — declarou ele.

— Era o que eu pretendia fazer, mas fiquei presa no trânsito e...

— E ninguém quer saber da sua historinha triste.

— Você não está entendendo. Eu...

— Vou repetir. Ninguém está nem aí para a sua história — disse ele com frieza, se agachando para pegar o cartão de novo.

— Ele tem razão. Você está atrasando todo mundo! — berrou um desconhecido na fila que não parava de crescer às minhas costas.

Eu me virei para o sujeito e falei:

— Essa é uma conversa particular entre mim e...

— Ela mesma — completou o homem desalmado depois de pagar pelo bolinho de mirtilo que deveria ser meu.

Ele pegou o café e o bolinho e seguiu para a saída.

Meu peito parecia estar queimando enquanto eu observava o último bolinho de mirtilo deixar a padaria. Foi assim que Romeu se sentiu depois de perder sua Julieta? Agora eu entendia como ele se sentia ao dizer: "Ao meu amor. Ó, honesto boticário! Tua droga é rápida. Deste modo, com um beijo, eu morro."

O que eu não daria para beijar aquele maldito bolinho com a minha boca.

Gostaria de poder dizer que essa foi minha última interação com o tal homem, mas não. Àquela altura, minha mente já estava completamente descontrolada. Não consegui deixar que as coisas ficassem por isso mesmo. No auge da minha insanidade, saí correndo atrás do desconhecido e berrei:

— Ei! Ei! Espera!

Ele olhou para trás, e vi a irritação estampada em seu rosto. Então o homem se virou para a frente e continuou andando, o que me obrigou a dar uma corridinha desajeitada. Mas que cara alto! Seus passos deviam ser o dobro dos meus correndo daquele jeito desajeitado.

— Com licença! — gritei, enquanto ele abria a porta detrás de seu carro, que parecia ser bem caro. Havia um motorista sentado no banco da frente. Antes que a porta estivesse completamente aberta, pulei na frente dela. — Com licença, oi. Eu estava te chamando.

— Não tenho tempo para essas maluquices da Califórnia, moça.

Ah, então você não é da Califórnia. Óbvio que não, Sr. Sotaque.

Abri um sorriso que dizia "é impossível não me amar".

— Meu nome é Stella.

— Não perguntei nada.

Tudo bem, talvez fosse possível que ele não me amasse, infelizmente. Minha reação inicial foi continuar me comportando feito uma louca, mas mudei de estratégia e tentei ser mais simpática, já que precisava muito da porcaria do bolinho.

— Pois é, mas achei que seria mais fácil se a gente soubesse o nome um do outro. Para nossa conversa ficar um pouco mais amigável.

— Eu não sou amigável.

— Bom, ainda bem que eu sou bastante amigável. Então posso dar o primeiro passo, aí você me acompanha. Vai ser como se você estivesse seguindo passos de dança, tipo dois para lá e dois para cá, sabe?

Fiz uma dancinha na frente dele. Ele não achou graça nenhuma.

Mas piscou seis vezes seguidas.

— Sai da minha frente.

— Mas...

— Tenho um compromisso, tá?! — rebateu ele, de forma ríspida. — Então sai da minha frente.

— Vou sair, juro. Depois que você me der o bolinho de mirtilo.

— Você é uma psicopata.

— É, tá bom. Beleza. Pode me chamar do que você quiser. Só me dá o bolinho.

Ele amarrou a cara, estreitou os olhos e resmungou:

— Este bolinho aqui?

Ele olhou para a embalagem do bolinho, desembrulhou-o devagar e esfregou os dedos por toda a superfície.

Eu não estava nem aí. Havia estudado em escola pública e sobrevivido a brincadeiras bem mais nojentas no ensino fundamental. Germes não me assustavam.

— É, esse aí mesmo.

— Ah, então tá.

Ele o esticou na minha direção. Quando eu levantei a mão para pegá-lo, ele enfiou tudo na boca e devorou o bolinho em três mordidas. *Uma, duas, três.* Migalhas caíram no chão enquanto ele mastigava de uma forma meio agressiva na minha frente. Sinceramente, a maior parte do bolinho nem chegou à sua boca. Aqueles pobres e doces mirtilos se espatifaram na calçada. Ver aquele simples ato de homem das cavernas foi como se eu tivesse levado um chute nas partes íntimas.

— Agora você pode sair da minha frente? — perguntou ele com a boca cheia. Migalhas voaram na minha direção.

Ele limpou os farelos do terno preto feito sob medida e, com um ar arrogante, arqueou uma sobrancelha.

— Você é... você é... você é muito escroto! — exclamei, furiosa, enojada e triste. Principalmente triste.

Absurdamente triste.

— Não sou escroto. Só tenho comportamentos escrotos — resmungou ele, então suspirou. — Por que você está fazendo isso?

— Fazendo o quê?

— Chorando.

— Não estou chorando.

— Está saindo água dos seus canais lacrimais. Isso é chorar.

Toquei minhas bochechas e balancei a cabeça. *Caramba, olhe só.* Eu estava chorando.

— Você não devia ter comido o meu bolinho — bradei, sem conseguir conter os soluços.

Qual era o meu problema? Eu sabia que era de chorar fácil, mas aquilo já era meio ridículo, até para mim.

Ele levantou uma sobrancelha, parecendo mais preocupado do que irritado. Então abriu a boca, como se fosse tentar me reconfortar, mas, em vez disso, a fechou, enfiou uma das mãos no bolso da frente e me entregou um lenço perfeitamente dobrado.

— Obrigada — murmurei, assoando meu nariz. Devolvi o lenço.

Ele fez uma careta.

— Pode ficar. Agora, pela última vez, você pode sair da frente do meu carro?

Dei um passo para o lado.

Ele entrou e bateu a porta. Então abriu a janela e olhou para mim.

— Se serve de consolo, nem estava gostoso — comentou ele antes de fechar a janela.

O motorista seguiu caminho, me deixando parada ali no meio-fio, rodeada das migalhas que marcaram aquela interação estranha. A interação que eu, obviamente, havia tornado desconfortável.

Eu me esforcei ao máximo para recuperar a compostura, apesar do nervosismo. Então entrei no meu carro e segui para meu próximo destino. A parte do dia que eu estava evitando a todo custo. Eu só queria voltar para casa, me deitar na cama e ignorar todo o resto do dia, mas não havia um botão de pausa na vida. Infelizmente, os dias não param por ninguém — nem mesmo quando você precisa de uma folga.

2

Stella

Odeio isso.

Kevin também teria odiado.

— Me joga no mar e deixa as sereias me levarem — dissera ele para mim quando eu era pequena.

Isso aconteceu logo depois do enterro da minha mãe, e ele parecia não ter forças para suportar tanta tristeza. Kevin não costumava demonstrar seus sentimentos, e o surto que ele teve depois que minha mãe morreu foi a coisa mais triste que vi na vida.

Como os dois eram muito próximos, sempre imaginei que, para Kevin, tinha sido como perder alguém da família. Agora que ambos haviam partido, eu me sentia perdida e desamparada. Não tinha a menor ideia do que fazer sem as pessoas que me criaram. Pelo menos eu ainda tinha a vovó.

Acho que não seria capaz de superar a morte de Kevin sem ela. Foi difícil acordar nas últimas manhãs. Parecia que todo amanhecer era seguido por noites cada vez mais sombrias.

Você já teve a sensação de que algo entrou no seu peito, arrancou seu coração, o esmurrou várias vezes, depois deu uma marretada nele e o jogou num triturador de papel? E ainda teve a audácia de colocá-lo no lugar, completamente estraçalhado, impossível de ser curado? Para mim, o luto era assim. Como um coração esmurrado, marretado, triturado.

Primeiro minha mãe, agora Kevin.

Kevin Michaels foi como um pai para mim. Ele fazia de tudo e mais um pouco para cuidar de mim, e, agora, havia partido. Eu não conseguia aceitar aquilo. Na maior parte do tempo, era como se eu vivesse em negação. Precisava fazer um esforço enorme para encontrar beleza na vida. Mesmo assim, alguns dias eram mais difíceis que outros.

— Respira, querida — disse vovó, colocando a mão em minhas costas. O consolo que seu toque me trazia era fundamental, porque eu estava a um passo de desmoronar. — Você não está me ouvindo — repetiu ela, fazendo um movimento circular com a mão. — Eu falei para você respirar.

Soltei o ar.

Apesar de eu amar muito Kevin, sabia que vovó o amava ainda mais. Ela o viu nascer. Ela foi o segundo amor da vida dele, depois de sua própria mãe, pois foi sua babá desde seu primeiro mês de vida. Quando Kevin já estava grandinho, vovó virou governanta da família dele. Ela dizia que governanta era só um jeito mais chique de dizer empregada, mas sabia que a chamavam assim por uma questão de respeito.

Todo mundo sabia que vovó era exatamente isto — a matriarca da família. O ponto de serenidade. O anjo da guarda enviado para caminhar ao nosso lado e nos lembrar de respirar. Tinha essa função na vida de Kevin, na vida da minha mãe e na minha.

— Só não consigo entender. Um dia, ele está aqui, e, no outro... — sussurrei diante do caixão, com ela ao meu lado.

Eu estava com uma das mãos enroscada no meu colar. Havia três conchas nele. Depois que minha mãe se foi, acrescentei uma concha ao cordão para que eu sentisse a presença dela sempre que o tocasse. O fato de eu ter adicionado a concha de Kevin naquele outro dia partia meu coração.

— A vida passa mais rápido do que a gente gostaria — declarou vovó. — Pelo menos ele não está mais sofrendo. — Ela pousou as mãos sobre o caixão e recitou a mesma prece que oferecera à minha mãe. — Unido à terra, unido ao mar, que as ondas do oceano o abençoem aonde quer que vá. Que você encontre paz na sua próxima jornada, Kevin. Que seja abençoado.

— Que seja abençoado — sussurrei, reforçando as preces de vovó.

Vovó me ensinou que, quando duas pessoas ou mais faziam a mesma prece, ou pediam pela mesma coisa, aquilo se tornava ainda mais poderoso. Portanto, repetir "que seja abençoado" era meu jeito de garantir que a alma de Kevin encontrasse paz na vida após a morte.

— Eu troquei as fraldas dele. Bem antes de trocar as suas — disse vovó, baixando a cabeça. Permaneceu com as mãos sobre o caixão por mais alguns segundos. Os ombros estavam curvados para a frente, e parecia que ela carregava o peso do mundo inteiro nas costas. — E, agora, ele se foi.

A tristeza que ela tentava esconder para me proteger ficou evidente em seus olhos.

— Vovó — sussurrei, minha voz começou a embargar quando vi os olhos dela se enchendo de emoção.

Ela fazia o possível para não chorar na minha frente. Sempre. Vovó se sentia a líder da nossa família não convencional e, por isso, acreditava que devia aparentar estar sempre forte. Mas, depois de perder um homem que foi praticamente um filho, ela estava desmoronando.

Ela deu uma leve fungada e tirou um lenço da bolsa para secar as lágrimas.

— Estou bem, querida. Só preciso tomar um ar fresco lá fora um instante. — Ela começou a se afastar e, quando indiquei que ia acompanhá-la, vovó fez um sinal com a mão, sem me encarar, sinalizando que iria sozinha. — Preciso de um tempo, meu amor. Vou ficar bem.

Então ela se virou e foi andando. Coloquei as mãos sobre o caixão, fechei os olhos e sussurrei a mesma prece que a vovó havia recitado:

— Unido à terra, unido ao mar, que as ondas do oceano o abençoem aonde quer que vá.

Desde que me entendo por gente, escuto minha família falar isso. E não era algo reservado apenas a momentos ruins. Também costumávamos entoar essas palavras durante comemorações. Elas eram uma bênção para nossos entes queridos. Significava que não importava aonde você fosse ou para onde sua jornada o levasse, as bênçãos da terra e do mar sempre estariam com você. O mundo natural era seu protetor, e essas bênçãos sempre estariam ao seu lado, nos bons e nos maus momentos.

Quando abri os olhos, tomei um susto ao virar e me deparar com um homem, de preto dos pés à cabeça, parado ao meu lado. Ele encarava o caixão com um olhar intenso e confuso. Quando olhei para ele, tive a sensação de que o conhecia. Meu estômago embrulhou, e minha boca ficou seca quando o reconheci.

Ver os dois lado a lado deixou tudo muito óbvio.

Ele era a cara de Kevin.

Os dois eram da mesma altura, tinham a mesma barba impecável. Até os olhos eram idênticos. Nossa, aqueles olhos! Eram tão azuis, parecidos com os de Kevin. Porém, aqueles olhos não lembravam o mar em seus dias mais calmos, como os de Kevin, mas pareciam ter sido moldados durante a tempestade mais violenta do mundo. Embasbacada, senti um calafrio percorrer meu corpo ao encarar o homem que havia acabado com a minha manhã e que ainda tinha uma migalha de bolinho presa à barba.

— Você! — chiei baixinho.

Ele suspirou.

— Isso só pode ser brincadeira.

Não consegui raciocinar naquele momento, porque nada fazia sentido.

— Ninguém te ensinou que é falta de educação ficar encarando os outros? — questionou ele num tom seco. Sua voz era grossa e um pouco rouca, sem nem um pingo de gentileza.

Ele com certeza não tinha a voz de Kevin.

Ele com certeza não tinha a gentileza de Kevin.

Ele com certeza *absoluta* tinha os olhos de Kevin.

— O que você está fazendo aqui?! — vociferei, irritada por ele existir. Irritada por ele me lembrar tanto de Kevin. Irritada por ele ter comido a porcaria do meu bolinho.

— O que as pessoas costumam fazer em velórios, moça?

— Stella.

— De novo, não estou nem aí.

— Desculpa, eu... você... — Balancei a cabeça, tentando me recompor.

— Ele é velho — comentou ele, olhando para Kevin. — Eu não esperava isso.

— Como assim? O que você quer dizer com isso?

Ele deu de ombros.

— Porra, sei lá. Ele é só... mais velho do que eu imaginava.

— Não é legal falar palavrão dentro da igreja.

— Porra, foi mal — rebateu ele num tom sarcástico.

Que babaca! Mesmo assim, seu comentário fez com que eu soltasse uma risadinha.

Estreitei os olhos.

— De onde você conhecia o Kevin?

— A gente não se conhecia.

— Ah. — Soltei uma risada sarcástica. — Um dos meus passatempos favoritos é ir ao velório de pessoas aleatórias.

Ele me encarou, inexpressivo.

— Foi uma piada — expliquei —, mas não teve graça, pelo visto. Talvez as pessoas achem feio fazer piadas em velórios. Ele não acha — falei, apontando para o caixão de Kevin. — Ele não acha mais nada agora. — Eu ri. — Foi outra piada — falei. — Mas acho que também não teve muita graça. Tá, que tal esta? Toc-toc?

Ele continuou me encarando, parecendo completamente desinteressado.

Terminei a piada sozinha, porque, quando o clima ficava estranho, eu tinha o dom de deixar tudo ainda mais desconfortável.

— Quem é? Com certeza não é o Kevin. Porque ele morreu. Rá-rá. Entendeu? Piada de enterro.

Ele piscou.

Amarrou a cara.

E olhou para o outro lado.

— Para um cara que entra de penetra no velório dos outros, você não tem nenhum senso de humor — comentei.

Ai, meu Deus, qual é o meu problema? Eu estava falando as coisas mais aleatórias e esquisitas possíveis para aquele desconhecido, que tinha aparecido no enterro de um homem que ele nem conhecia.

Mas ele parecia bem familiar, de um jeito que trazia uma paz.

Cale a boca, Stella.

Pigarreei e alisei meu vestido com as mãos.

— Desculpa. Eu rio de nervoso em situações constrangedoras. Além do mais, eu e o Kevin sempre tivemos um senso de humor meio mórbido. E, bom, eu... por que você comeu o meu bolinho? — deixei escapulir. Meus lábios trabalhando tão rápido quanto meus pensamentos, fazendo a conversa ir ladeira abaixo.

— Isso de novo, não.

— Isso de novo, sim. Você nem queria o bolinho!

— Se eu não quisesse, não teria comprado.

— Sim, mas você nem o apreciou! Você praticamente desperdiçou tudo só porque quis ser mesquinho.

— Fazer o quê? Eu sou um cara mesquinho.

— Você é um escroto. É isso que você é.

— Não é legal falar palavrão dentro da igreja — zombou ele.

— Porra, foi mal — respondi.

Ele deu uma risadinha que durou pouquíssimos segundos.

— Não sou escroto. Só...

— Tem comportamentos escrotos. Aham. Blá, blá, blá. Você também é esquisito, sabia? Você está no velório de uma pessoa que nem conhecia. — Fiz uma pausa. Meu coração acelerou, e levei minhas mãos ao peito, em pânico. — Ai, meu Deus. Agora tudo faz sentido.

— O que faz sentido?

— Você está me perseguindo!

— Como é que é?

— Você está me perseguindo! Você me seguiu até aqui?

Ele suspirou.

— Não seja tão convencida.

— Essa é a única explicação que faz sentido!

— A única explicação por eu estar no velório de um cara aleatório é porque vim atrás de você? Você se acha tanto assim mesmo?

— Não tenho problemas de autoestima, se é isso que você quer saber. Acho que sou muito digna de ser perseguida. Muita gente por aí mataria para me perseguir. Ou me perseguiria para me matar. Acho que pode ser qualquer uma das duas coisas, na verdade.

— Você é sempre tão esquisita assim?

— Todo dia.

Ele levantou uma sobrancelha com ar questionador e me analisou, franzindo ainda mais a testa. Então olhou para Kevin e depois voltou a me encarar.

— Você já foi ao enterro de uma pessoa que é a sua cara?

— Eu, bom... não.

— Não estou pedindo para você bancar o Sherlock Holmes nem o Matlock. É só juntar os pontos, moça.

— Stella.

— Não me importa.

— Você está dizendo que o Kevin era seu pa...

Antes que eu tivesse tempo de concluir meu raciocínio, o homem me olhou de cima a baixo com uma cara de indiferença e foi embora. Enquanto ele se afastava, um calafrio percorreu meu corpo, me forçando a esfregar os braços.

— Não, não pode ser — murmurei.

Se Kevin tivesse um filho, eu saberia.

Impossível... Quer dizer, ele não pode ser...

Seria verdade? Kevin tinha um filho perdido?

Fiquei me perguntando qual seria o nome daquele homem egocêntrico, ridiculamente bonito e ranzinza que roubava bolinhos.

Eu me virei para o caixão de Kevin e balancei a cabeça.

— Pelo visto, você tentou levar alguns segredos para o túmulo, mas eles acabaram vindo à tona. Você tem alguma coisa a dizer em sua defesa? — Estiquei a mão até a boca dele como se empunhasse um microfone. — Fale agora ou cale-se para sempre.

Ele continuou em silêncio. Isso fez meu coração partido se estraçalhar em outros mil pedacinhos.

— Desculpa pelas piadas de enterro, Kevin. Embora elas sejam bem engraçadas.

Abri um sorriso desanimado, pois conhecia o senso de humor dele. Ele teria rido, se tivesse a chance. Era muito louco pensar em quanta saudade a gente podia sentir da risada de alguém. Se eu pudesse, teria reunido mais risadas para guardar com minhas outras lembranças.

Em casa, na recepção depois do enterro, fique responsável por me certificar de que todo mundo estava à vontade e não precisava de nada. E é claro que o homem que havia sido o destaque do meu dia — depois de Kevin, obviamente — estava lá, observando tudo. Eu o vi analisando as fotos penduradas na parede ao lado da escada em espiral.

Quando era mais novo, Kevin trabalhou como fotógrafo, e foi assim que conquistou seus primeiros milhões. Claro que o sucesso na bolsa de valores e a fortuna que havia herdado da família contribuíram muito para o estilo de vida multimilionário, mas ele era apaixonado pela sua arte.

Talvez fosse por isso que éramos tão próximos. Sim, eu usava tinta acrílica e pincéis, mas pessoas criativas normalmente se conectavam umas às outras. Nós compartilhávamos um quê de orgulho.

— Foi ele quem tirou todas elas — falei, me aproximando.

O homem olhou para mim e depois virou o rosto de novo para as fotos, sem dizer uma palavra.

Alisei meu vestido.

— Você tem nome?

— Tenho.

Esperei que me dissesse qual era, mas ele não o fez.

— Então...?

— Estou te incomodando? — questionou ele, ríspido.

— Não. Por que a pergunta?

— Porque você está fazendo questão de falar comigo, mesmo sem ter motivo nenhum para isso. Acho que está bem nítido que não estou a fim de conversa, mas você fica insistindo. Você é cansativa.

— Nossa. Você está sendo tão... rabugento e mal-educado de graça.

— E eu deveria estar feliz num enterro?

— Não, mas, tipo, não precisa ser babaca.

Ele abriu um sorriso sarcástico.

— Obrigado pelas dicas de etiqueta fúnebre.

— Vai se foder.

— Não estou interessado.

— Ainda bem que nunca mais vou ter que olhar na sua cara, Sr. Vou a velórios de desconhecidos porque não tenho vida própria.

— E ainda bem que eu nunca mais vou ter que olhar na sua cara, Sra. Conto piadas idiotas no velório dos outros e choro por causa de bolinhos de mirtilo.

— Você é um escroto!

— Quantas vezes você vai me dizer isso e finalmente parar de me encher o saco?

— Eu...

— Fala demais. É isso que você faz. Você fala demais.

— Você é mesmo filho do Kevin? — soltei.

— Sei lá. Por que você não pergunta para ele? Ah, espera. Não dá para fazer isso, porque ele morreu — respondeu o homem. Eu o encarei, inexpressiva. Ele deu de ombros. — Tentei fazer uma piada fúnebre como as que você faz.

— Pois é, bom, não foi um momento oportuno.

— Então acho que vou ter que abandonar minha carreira de comediante.

— Com licença, Sr. Blackstone, acho que já podemos começar — disse um homem, se aproximando de nós. Ele olhou para mim e abriu um sorriso radiante. — Stella! Que bom ver você — cumprimentou ele.

Joe Tipton era advogado e amigo de longa data de Kevin. Eu o conhecia fazia um bom tempo — isto é, desde que nasci.

O abraço dele era acolhedor e reconfortante.

— Eu só preferia que fosse em uma situação diferente — continuou ele.

— Eu também, mas não quero atrapalhar vocês — disse, me afastando de Joe. — A gente conversa mais tarde.

— Espera, não. Você não recebeu o meu e-mail? — perguntou ele.

— Que e-mail?

— Sobre o testamento do Kevin. É por isso que vamos nos reunir no escritório dele agora. A Maple está se despedindo dos convidados. Se você puder, é muito importante que esteja lá com a gente daqui a quinze minutos.

— Por que eu preciso estar lá? — perguntei.

— Fala sério, Stella. — Joe tirou os óculos e apertou o nariz. — Você achou mesmo que o Kevin não deixaria nada para você? Você foi como uma filha para ele. Você e a Maple eram a família dele.

— Você também.

Ele sorriu.

— Mas principalmente você. — Ele se virou para o homem que era a pedra no meu sapato. — Damian, se você e a Stella quiserem, podemos ir para o escritório fazer a leitura do testamento agora. Já estão nos aguardando lá.

— Damian — repeti, olhando para o desconhecido.

Ele tinha cara de Damian. Rabugento e mal-humorado. Misterioso e melancólico. Bonito de um jeito que chegava a ser irritante. Sim. Damian era um nome muito adequado para aquele sujeito.

— Que bom que vocês dois já se conheceram. Isso vai facilitar bastante a próxima parte — comentou Joe.

— Como assim? — perguntamos eu e Damian ao mesmo tempo.

Joe apenas sorriu e assentiu.

— Por favor, venham comigo.

Quando chegamos ao escritório de Kevin, meu coração acelerou ao ver todos aqueles rostos familiares. Rostos que eu não via fazia anos, alguns até décadas.

— O que vocês todas estão fazendo aqui? — perguntei, chocada ao me deparar com aquelas mulheres.

A única presença que me trazia algum conforto era de vovó, sentada em um canto, à esquerda.

— Você achou mesmo que nosso marido deixaria a gente de fora do testamento? — perguntou Denise, em um tom irônico.

Denise Littrell. Também conhecida como Denise Michaels — pelo menos por um certo período. Ao lado dela, estavam as outras duas mulheres que haviam sido esposas de Kevin ao longo de sua vida.

Denise, Rosalina e Catherine.

Ou, como eu gostava de me referir a elas, as madrastas malvadas do meu passado.

— Ele foi casado com todas essas mulheres? — perguntou Damian, arqueando uma sobrancelha.

— Em algum momento da vida, sim — respondi, olhando para Rosalina. — Mas algumas só duraram uma semana.

— E foi uma semana maravilhosa, tirando a fedelha irritante que nunca desgrudava da gente — observou Rosalina, retocando o batom vermelho.

Ela havia carregado na maquiagem, como de costume. E ainda usava os vestidos justos de sempre, o que não era um problema. Rosalina era uma das mulheres mais lindas do mundo — com ou sem maquiagem. Todas as ex-mulheres de Kevin pareciam modelos. Algumas, como Catherine, foram de fato supermodelos.

— Pelo visto, ele gostava de um tipo específico de mulher — comentou Damian, seco.

— Quem é o bonitão? — perguntou Denise, analisando Damian da cabeça aos pés como se ele fosse um bife suculento e ela estivesse faminta. Isso foi bem estranho, porque me lembrou de um dia específico, quando eu era pequena, que Denise deixou bem claro sua aversão a carne arremessando uma travessa de bolo de carne pela sala de jantar.

Os três casamentos de Kevin terminaram pelo mesmo motivo: eu.

E, agora, estávamos todas reunidas em uma sala, para ler o testamento dele.

— Posso fazer as apresentações, se quiserem. Ou podemos ir direto para a parte principal do testamento — sugeriu Joe.

— Vamos ao que interessa — respondeu Damian, ignorando o fato de que todas as mulheres o encaravam. — Tenho um compromisso depois.

— Certo. É claro. Bom, então vamos lá.

Joe pegou sua pasta e a abriu sobre a mesa de Kevin. Senti um aperto no peito só de vê-lo se acomodar na cadeira de Kevin. O luto era uma coisa esquisita. Vinha nos momentos mais aleatórios. Ver outro homem sentado naquela cadeira me causou uma tristeza que eu não esperava sentir. Meus olhos se encheram de lágrimas ao pensar que Kevin nunca mais sentaria ali.

Enfiei a mão no bolso e peguei o lenço que Damian havia me dado mais cedo para secar minhas lágrimas.

— Pronto! A dona perfeitinha com suas lágrimas de crocodilo — comentou Catherine.

— Ah, vai se catar, Catherine. Ninguém nunca gostou de você — censurou-a vovó, se aproximando de mim e segurando minha mão.

Aquele toque reconfortante me mostrava que eu não era a única que estava sofrendo com a morte de Kevin.

— Como é de conhecimento geral, Kevin tinha muito carinho por todos aqui presentes — declarou Joe. — E foi por isso que ele fez questão de escrever uma carta para cada um, explicando o que deixou para vocês.

Ele distribuiu as respectivas cartas a todas as pessoas presentes na sala. As mulheres imediatamente rasgaram seus envelopes para ver o que haviam herdado, resmungando e choramingando quando julgavam que não tinham recebido o que mereciam.

— A coleção de discos dele? Por que raios eu iria querer isso? — reclamou Denise.

— Bom, o Kevin disse que o primeiro encontro de vocês foi numa loja de discos. Ele falou que vocês costumavam dançar ao som dessas músicas, e que você daria o devido valor.

— Quanto vale isto? — perguntou ela com o cenho franzido.

— O suficiente — respondeu Joe, deixando transparecer certo desdém em seu tom de voz.

— Ele deixou mesmo a cobertura de Nova York para mim? — perguntou Rosalina, chocada.

— O quê?! Eu quero! — guinchou Denise.

— Pelo visto você não aprendeu mesmo quando ficar de boca fechada — observou vovó.

—Ah, vai caçar um tarô, Maple. — Denise mostrou o dedo do meio para a vovó, que apenas sorriu em resposta.

— Sim, Rosalina. Ele disse que foi porque você adorava os shows da Broadway — explicou Joe.

— Eu adorava mesmo. — Ela concordou com a cabeça, ficando emocionada.

Para falar a verdade, de todas as ex-mulheres de Kevin, Rosalina era a minha favorita. Tinha um comportamento meio exagerado, fruto de muitos traumas pessoais, mas às vezes era bondosa. Nos momentos de tranquilidade, ela era bem gentil. Se eu tivesse de escolher uma madrasta favorita dentre as três, seria Rosalina. Bom, mas isso não queria dizer muita coisa. Na verdade, ela era a menos pior das três.

— Nosso primeiro encontro foi no New York Theater — contou Rosalina.

— Ele também deixou ingressos das temporadas de balé dos próximos dez anos para você — informou Joe.

— Também fiquei com as joias. — Rosalina riu de felicidade. Com um sorriso maldoso, ela olhou para Denise. — Parece que ele não te amava tanto assim, né? — Então ela se virou para Catherine. — O que ele deixou para você?

— Espero que mais do que para vocês. Afinal de contas, ele se casou comigo duas vezes — observou ela.

— E se divorciou duas vezes também — rebateu Denise. — É fracasso em dobro, na minha opinião. Igual a quando você perdeu o Miss América duas vezes.

— Vai se ferrar, Denise — falou Catherine.

— Senhoras, senhoras. Cada caso é um caso. Ele explicou tudo nas cartas porque não queria que ficassem se comparando — declarou Joe.

— Falando em casos, por que a Catherine vai herdar alguma coisa já que foi ela que acabou com o meu casamento? — questionou Denise, reclamando.

— Ah, francamente. Ele já estava cansado de você antes mesmo de se casar. Naquela festa de fim de ano já dava para ver que você ia levar um pé na bunda. Você não pode me culpar por ter aproveitado a oportunidade — zombou Catherine.

— Isso só pode ser brincadeira — resmungou Damian para si mesmo, apertando a ponte do nariz quando as mulheres começaram a brigar sobre quem Kevin amava mais.

A sala foi dominada pelos berros das mulheres, que buscavam uma aprovação que jamais receberiam, porque Kevin não estava mais ali.

E ele nunca mais estaria aqui.

— Vocês podem calar a porra da boca e deixar o Joe terminar de ler essa merda?! — bradou Damian, preenchendo a sala com sua voz e cessando todos os gritos no mesmo instante.

Senti calafrios quando sua voz grossa ribombou pela sala.

Damian alisou o terno, e os olhos de Denise se fixaram nele.

— Agora... Sério... Quem diabos é você? — Ela se virou para Joe. — Se o Kevin queria fazer tudo através de cartas, por que você chamou a gente aqui? Isso podia ter sido resolvido por e-mail. Caramba! Odeio quando as pessoas insistem em fazer uma reunião presencial sobre questões que poderiam ser resolvidas por e-mail.

Nesse ponto, eu tinha de concordar com Denise. Nós discordávamos de praticamente tudo, menos quando o assunto era perder tempo com reuniões desnecessárias.

Eu ainda estava segurando meu envelope. Não tinha forças para abri-lo. Não estava pronta para ler as últimas palavras que Kevin havia dedicado a mim. Seria como uma despedida.

— Bom... — Joe começou a desenrolar um papel. — Aqui estão os últimos desejos de Kevin, que ele mesmo escreveu e me pediu que lesse em voz alta. — Ele pigarreou e começou a recitar as palavras que mudaram tudo. — "Se vocês estiverem ouvindo isso, é porque estou do outro lado da eternidade, e espero que ninguém venha encontrar comigo aqui tão cedo. Quis reunir todos vocês para explicar meus últimos desejos. Para as minhas ex-mulheres, oi. Tudo bem com vocês? Vocês estão lindas. Emagreceram, né?"

As mulheres riram como se ele as estivesse elogiando de verdade.

Joe continuou:

— "Como todos sabem, acredito plenamente na instituição do casamento, tanto que me casei quatro vezes. Cada uma de vocês trouxe algo diferente para a minha vida. Rosalina, você me presenteou com sua personalidade curiosa e seu espírito aventureiro. Catherine, você me agraciou com sua personalidade teimosa, porém forte. E, Denise, você me deu uma cabeça cheia de cabelos brancos."

Eu ri baixinho quando vi Denise revirar os olhos.

Joe continuou:

— "Juntando as experiências que tive com vocês três, posso dizer que tive o casamento perfeito. E é isso que desejo para Damian e Stella."

— Como assim? — resmungou Damian.

Joe levantou um dedo para que todos na sala ficassem em silêncio.

— "Meu último desejo é deixar o restante da minha fortuna para Damian e Stella, incluindo ações, títulos, propriedades e mais de quinhentos milhões de dólares divididos igualmente entre os dois."

As ex-mulheres de Kevin tiveram um ataque ao ouvir isso, e de repente parecia que eu tinha um bolo imenso entalado na garganta.

Ele tinha deixado tudo para mim?

E para Damian Blackstone?

Mas por quê?

— Tem mais — continuou Joe, falando um pouco mais alto para tentar recuperar a atenção dos presentes. — "Para que isso aconteça, é essencial que Damian e Stella passem seis meses casados. Durante esse período, os dois devem morar na mesma casa, convivendo pelo menos cinco dias da semana sob o mesmo teto. E não podem ficar separados, nem longe de casa, por mais de quarenta e oito horas. Sem exceções. Esse acordo deve começar daqui a uma semana."

— De jeito nenhum — dissemos eu e Damian ao mesmo tempo.

Que mania era essa de falar a mesma coisa ao mesmo tempo?

— Isso não é justo! — choramingou Denise. — Por que eles vão ficar com toda a parte boa?

— Denise, fica quieta — disse vovó.

— O quê? É verdade. Sem querer ofender, a gente nem sabe quem é esse cara. Por que a gente deve acreditar que ele merece um centavo do dinheiro do Kevin? Ele é quem tem menos direito aqui.

— Ela tem razão — concordou Catherine. — Ele não tem direito a nem um centavo.

— Acontece que o Damian é filho do Kevin. Portanto, ele tem direito ao dinheiro, sim — explicou Joe.

Os olhos das mulheres foram direto para Damian. As três ficaram chocadas quando a ficha caiu, assim como eu fiquei, mais cedo.

Ele as encarou com um olhar inexpressivo e as cumprimentou com um aceno de cabeça.

— Olá, madrastas.

— Ele é filho de quem? — perguntou Denise, se virando para as outras.

— Não olha para mim — respondeu Catherine. — Este corpo parece já ter parido uma criança?

— Querida, um bom cirurgião aqui na Califórnia é capaz de fazer milagres em qualquer pessoa. É só olhar para o nariz da Rosalina — rebateu Denise, cheia de malícia.

— Olha só quem fala, senhora "Bunda falsa do Dr. Ken" — contra-atacou Rosalina. — Esse seu quadril não me deixa mentir.

Era como assistir a um reality show chamado "A vida real das peruas de Los Angeles".

— Quantos anos você tem? — perguntou Rosalina para Damian.

— Vinte e um.

Ele era sete anos mais novo que eu, mas agia como se fosse muito mais velho. A julgar pela sua personalidade, eu chutaria que ele tinha noventa e quatro anos.

Joe pigarreou.

— Senhoras, nada disso faz diferença. O que importa é que, se cumprirem o acordo, Damian e Stella receberão todo o dinheiro. E uma das ex-mulheres vai receber vinte milhões. Damian e Stella vão decidir quem merece ficar com esse dinheiro.

— Um prêmio? — perguntou Rosalina, se empertigando. — Para a melhor esposa?

— Sim. — Joe apontou para o papel. — É o que está escrito aqui. Cada esposa deve passar um dia com o Damian nesse intervalo de seis meses e mostrar por que merece o dinheiro. Como todas já conviveram com a Stella quando ela era mais nova, o Kevin achou que seria importante que conhecessem o Damian.

— Isso é uma loucura — murmurei.

— E é justamente por esse motivo que não vou participar de nada disso — declarou Damian, se virando para Joe. — Sem querer ofender, Joe, mas você pode mandar o defunto do Kevin enfiar o dinheiro na bunda dele. Eu não quero nada. Não foi por isso que eu vim aqui.

— O que acontece se o Damian não quiser o dinheiro? — perguntou Denise, animada. — E se eles não aceitarem o acordo ou não cumprirem as regras?

— Bom, tudo será dividido entre as três ex-mulheres — explicou Joe.

Eu juro que os olhos delas se iluminaram como se fosse manhã de Natal.

— Acho que é melhor assim — comentou Rosalina.

— Fiquem à vontade — disse Damian. — Podem levar tudo.

Ele se virou e saiu do escritório, deixando a porta bater.

— É a coisa certa a fazer. — Catherine sorriu, satisfeita. — Todas nós merecemos esse dinheiro depois de termos criado essa garota. Eu mereço mais, porque passei mais tempo com ela.

Ela falava como se eu não estivesse ali.

— Vocês só querem saber do dinheiro? — perguntei. Parecia que minha cabeça estava dentro de uma máquina de lavar, pois meus pensamentos giravam sem parar, em um ritmo frenético.

Eu não conseguia processar tudo o que estava sendo dito, muito menos assimilar a ideia de que Kevin queria que eu me casasse com Damian.

Por que ele faria uma coisa dessas?

Sendo que ele sabia que eu namorava o mesmo cara há anos...

— Não importa o que a gente quer — disse Denise. — O que importa é que esses foram os últimos desejos do Kevin. E você não vai contrariá-los, vai? Ele queria que eu recebesse o dinheiro.

— Que nós recebêssemos — corrigiu-a Rosalina.

Eu estava ficando enjoada.

Vovó se virou para mim e sorriu.

— Você não deve nada a ninguém neste mundo, querida. Nem mesmo ao Kevin.

Ela foi generosa em me confortar, mas eu não acreditava em suas palavras. De certa forma, eu devia tudo a Kevin. Ele tinha me dado o mundo quando não me restava nada. Não entendia por que ele havia feito aquilo, mas sabia que deve ter tido seus motivos.

— Era isso que ele queria, vovó — sussurrei, com a voz trêmula.

— Sim — concordou ela. — Mas o que você quer?

Quero que ele se orgulhe de mim.

Sem pensar duas vezes, saí correndo do escritório e encontrei Damian com a mão na maçaneta da porta da frente, prestes a ir embora.

— Damian, espera!

— Por quê? Não tenho mais nada para fazer aqui.

— Tem, sim. O testamento...

— É uma idiotice completa. Eu devia ter pensado melhor antes de jogar minha vida para o alto e me mudar para esta merda de estado só por causa de uma carta qualquer escrita por um cara que estava cagando para mim. Eu vou embora.

— Não, você não pode ir embora — falei, me enfiando entre ele e a porta.

— Pelo amor de Deus, moça, isso de novo, não — resmungou ele.

— Stella.

— Eu...

— Não se importa. É, eu sei, mas a gente devia pelo menos conversar sobre o assunto. O Kevin não faria uma coisa dessas sem um motivo. Deve haver algum propósito para tudo isso.

— Você entende o que significa "eu não me importo"? Porque estou pouco me fodendo para o propósito de tudo isso.

— Bom, mas eu quero entender.

— Eu sei, e compreendo. Você é uma versão moderna da Cinderela que quer mudar de vida, mas realmente estou cagando para tudo isso.

— O quê? Não. Eu não estou pensando no dinheiro. Não tenho nada de Cinderela.

— Você não está na casa do homem que foi uma figura paterna para você, junto com um bando de madrastas aparentemente malvadas?

— Eu, bom, estou, mas...

— Cinderstella.

Uma mistura de Cinderela com Stella.

Argh! Como eu detestava aquele cara. E também detestava o fato de que aquele apelido tinha sido uma ótima sacada.

— Não achei graça nenhuma — menti.

— Não me importa, Cinderstella. Só sai da minha frente.

Cruzei os braços.

— Não. Só depois que a gente conversar.

Ele levantou uma sobrancelha.

— Se você não sair por bem, vai sair por mal.

— Peso quase uns cem quilos. Duvido que você consiga me tirar daqui.

— Consigo pegar o dobro disso na academia de olhos fechados. Confia em mim, você não vai querer pagar para ver. Agora sai da minha frente antes que eu fique irritado de verdade, Cinderstella.

— Para de me chamar assim.

— Então para de ser assim.

— Bom, você é... você é... você é a Fera, de *A Bela e a Fera*! Antes de ele ficar bonito! Você não passa de uma Fera feia, peluda e rabugenta!

Ele deu um passo na minha direção e arqueou uma sobrancelha, com ar arrogante.

— Você acha que eu sou feio, Cinderstella?

— Acho — respondi, confiante.

Por dentro, pelo menos. E isso fazia sua aparência exterior ser ainda mais horrorosa. *Ah, Stella, você acha que engana*. Damian Blackstone era certamente um dos homens mais bonitos que eu já tinha visto. O que tornava tudo ainda mais irritante.

— Que bom. Prefiro mesmo que você não fique me admirando.

Olhei para o teto, para não precisar encará-lo.

— Pode acreditar, isso é muito fácil!

— Ótimo.

— Excelente! — rebati, sentindo uma onda de nervosismo e raiva se misturando no meu estômago.

— Damian, por favor, uma palavrinha — chamou Joe, interrompendo nossa discussão.

Damian suspirou e foi até Joe. Os dois conversaram baixinho. Eu queria estar um pouco mais perto para conseguir escutar o que diziam, mas infelizmente não deu para ouvir nada.

Quando eles terminaram de falar, Damian apertou a ponte do nariz e suspirou.

Em uma questão de segundos, ele estava na minha frente mais uma vez. Então enfiou uma das mãos no bolso do blazer e puxou um papel plastificado. Um cartão de visita. Ele o colocou na minha mão.

— Aqui está o meu cartão. Me liga se você resolver aceitar esse acordo escroto.

— Mas você acabou de dizer que...

— Eu sei o que eu falei — bradou ele, fazendo um calafrio subir pelas minhas costas. — Mudei de ideia.

— Por quê?

— Porque sim.

Não falei nada, apenas aceitei o cartão. Dei um passo para o lado, liberando o caminho para que Damian pudesse ir embora. Ele aproveitou a oportunidade e saiu.

— Para de olhar para a minha bunda feia — berrou ele sem olhar para trás.

— Não estou olhando! — berrei em resposta, sentindo minhas bochechas esquentarem.

Tudo bem, talvez eu estivesse olhando um pouquinho, mas a culpa não era minha. Ele não devia ter colocado um terno feito sob medida que ressaltava sua bunda feia de Fera.

Dizer que Damian era feio era quase uma piada, porque não havia um pingo de feiura nele. Ele era belo como os atores antigos de Hollywood. Seu olhar ranzinza sensual era impecável, com seus olhos azuis ridiculamente hipnotizantes que lembravam um mar tempestuoso, e parecia que Damian fazia levantamento de caminhões em seu tempo livre, a julgar pelo corpo.

Sem dúvida, a julgar pela aparência exterior, ele era a personificação de um sonho. Mas que diferença isso fazia quando seu interior era tão sombrio e insensível?

Muitos homens deixam de ser bonitos no instante em que abrem a boca e começam a falar, e Damian era o cara gato mais feio que eu já tinha conhecido.

Parecia que meu mundo estava girando sem parar numa velocidade assustadora. Foi então que vovó apareceu e colocou a mão no meu ombro.

— Se acalma — disse ela com sua voz bondosa. — Você está se perdendo do seu eu interior. Hora de canalizar sua energia.

— Não vou conseguir ficar calma agora, vovó. Você viu o que acabou de acontecer? O testamento? Os últimos desejos dele? Não é possível que o Kevin queria que eu me casasse com um homem como o Damian! Nada faz sentido. E, se era isso mesmo que ele queria, então por quê? E há quanto tempo ele sabia que tinha um filho? E, ah, caramba, imagina como deve ter sido difícil para o Damian descobrir que o Kevin criou outra criança! Não quero nem pensar nisso. Além do mais, essa história com as ex-mulheres, e...

— Stella Maple Mitchell — disse vovó em um tom autoritário. — Vá canalizar a sua energia agora.

Eu sabia o que ela queria dizer. Quando era criança, sempre que eu me sentia incomodada com alguma coisa, vovó me mandava para o mar. Eu lavava minha ansiedade e, ao mesmo tempo, me reconectava com a terra, comigo mesma. Era um hábito que eu tinha desde criança, mas parecia meio ridículo fazer isso naquele momento.

— Não tenho tempo para isso agora — expliquei.

Vovó balançou a cabeça, fazendo algumas mechas brancas escaparem de seu coque alto.

— Se você não tem tempo para si mesma, então não tem tempo para nada. Anda, menina. — Ela segurou minhas mãos e as apertou de leve. — Vá encontrar sua paz. O mundo ainda vai estar aqui quando você voltar.

3

Damian

Pode me colocar de quatro e botar uma coleira no meu pescoço porque virei cachorrinho de Kevin Michaels. Foi isso o que eu me tornei. O cachorrinho de um defunto. Aquele fantasma tinha total controle sobre mim, e eu o odiava por isso. Eu já tinha uma lista de motivos para detestar o sujeito, porém os mais recentes estavam gritando.

Quando Joe me puxou para um canto com a intenção de conversar, ele me apresentou a única informação que poderia me convencer a aceitar esse acordo absurdo do testamento de Kevin: meu trabalho beneficente.

Se eu tivesse milhões de dólares, poderia ajudar milhões de crianças que crescem no sistema de adoção pública. Eu poderia fazer a diferença. Poderia ajudar a mudar as leis corruptas que mais prejudicavam do que beneficiavam as crianças que dependiam dos programas de assistência social.

Eu poderia abrir clínicas para oferecer atendimento psicológico para jovens necessitados.

Eu poderia ajudar adolescentes em situação de vulnerabilidade, para que eles nunca passassem pelos momentos sombrios que eu tinha passado.

Aquele dinheiro não significava porra nenhuma para mim, mas faria uma diferença imensa para muita gente que talvez eu nunca conhecesse.

— Por que estou com a impressão de que perdi uma parte da história? Como assim, você talvez tenha que ficar brincando de casinha com uma desconhecida? — perguntou Connor, no telefone.

Depois que saí enfurecido da casa, precisei esperar meu motorista aparecer para me levar embora. Então, é claro que a primeira coisa que fiz foi ligar para meu melhor amigo, Connor, para atualizá-lo sobre as bizarrices da minha vida.

— O que estou dizendo é que, na semana que vem, devo me casar com uma mulher que nem conheço para conseguir as respostas sobre o meu passado e ganhar uma bolada. Essas foram as condições que o Kevin deixou por escrito no testamento dele. É o único jeito de eu conseguir as respostas que preciso e da Stella receber metade da herança. Se não passarmos pelo menos seis meses casados, a grana toda vai ser dividida entre as ex-mulheres dele.

— Eita! — Connor suspirou do outro lado da linha. — É muito difícil alguma coisa me surpreender, mas isso é loucura.

— E eu não sei?

— E a família, essa mulher... como é mesmo o nome dela?

— Stella.

— Ela aceitou tudo isso numa boa?

— Sei lá. Está tudo muito confuso. A cerimônia de casamento vai ser na casa.

— Na casa em que você vai ter que morar?

— Aham. Exatamente. Preciso me mudar para a casa de um desconhecido até sexta-feira que vem.

— Que doideira, Damian. Isso tudo é muito esquisito, mas, por outro lado... talvez possa se transformar em algo incrível. Por exemplo, olha só para mim e para a Aaliyah. Nós moramos juntos por um tempo e, agora, estamos casados e com um bebê a caminho.

— Essa não é a história do Connor e da Aaliyah.

— É verdade, mas pode ser a história da Stella e do Damian.

Ah, Connor. O romântico inveterado.

— Para com isso — ordenei.

— Para com o quê?

— Para de ficar criando contos de fadas na sua cabeça, seu esquisito.

— Não estou criando nada — defendeu-se ele num tom nada convincente.

— Está, sim!

— *Não estou!* — gritou ele. Houve um momento de silêncio antes de ele dizer: — Mas, tipo, e se ela for a mulher da sua vida, Damian?

— Ela não é. Você sabe que eu não acredito nessas merdas. Sei que você acredita em todas essas baboseiras românticas, mas isso não é para mim. Vou conseguir as informações que eu quero, pegar o dinheiro e cair fora. Só isso. Tá bom?

— É, é. Tá bom.

— Connor.

— O quê?

— Para de se apaixonar pela ideia de eu me apaixonar.

— Mas, Damian! — resmungou ele, choramingando em um tom dramático. — E se ela for o seu final feliz?

— Você acha que só porque conquistou uma mulher, se casou e teve um filho com ela agora você é um guru do amor?

— Pode me chamar de Dr. Romance — brincou ele. — Bom, já que estamos falando da gravidez da Aaliyah, acho que estou tendo enjoos matinais.

— Connor, eu não sou médico, mas acho que não é assim que uma gravidez funciona.

Fazia apenas umas semanas que Connor e Aaliyah tinham se casado, e ela havia passado a festa inteira recusando todas as bebidas que lhe ofereciam. Ninguém mais parecia ter notado, mas eu, sendo eu, logo percebi o que estava acontecendo. Além do mais, Connor era incapaz de disfarçar sua empolgação com o bebê e tocava a barriga de Aaliyah sempre que tinha a oportunidade. Eles me contaram sobre a gravidez no dia em que vim para Los Angeles.

Desde então, Connor estava sendo a pessoa mais dramática do mundo, se comportando como se ele estivesse carregando a criança.

— Você não está entendendo. Tem dois dias que acordo enjoado, meu corpo está dolorido, e tenho vontade de vomitar sempre que como alguma coisa. Isso só pode ser sintoma da gravidez.

— Você já ouviu falar de um negócio chamado gripe?

— Bom, sim, é uma possibilidade, mas tenho noventa e nove por cento de certeza de que é da gravidez. Eu e a Aaliyah somos tão conectados que consigo sentir tudo o que ela sente. Aaliyah nem está aqui agora, mas sei que ela está com desejo de comer batata frita com molho de pimenta, então vou sair para comprar uma porção.

— Você vai engordar bastante nos próximos meses.

— Então você vai me ver fazendo cosplay de Papai Noel, meu amigo, porque esta barriga vai ficar bem ho-ho-roliça daqui a pouco.

Dei uma risadinha.

— Depois dessa, preciso desligar.

— Tá bom. Vai me dando notícias.

— Aham. Pode deixar.

— Se você acabar topando o acordo, a gente se vê na sexta.

— Como assim, a gente se vê na sexta?

— Hum, desculpa. Você não acabou de jogar a bomba de que deve se casar no próximo fim de semana e que o ensaio da cerimônia é na sexta?

— Sim.

— A gente se vê na sexta.

— Connor, não. Você não precisa vir até aqui para isso. É bobagem.

— Não é bobagem nada, mesmo que não esteja acontecendo pelos motivos óbvios. Não vou perder o seu casamento.

— É sério, Con. Não vem. Não quero fazer isso parecer algo maior do que realmente é. Mesmo que a gente decida seguir com o acordo, a situação toda vai durar menos que a gravidez da Aaliyah. Não vamos fazer um furdunço com isso. Por favor, não vem.

— Tá bom, tá bom. Mas quero saber uma coisa.

— O quê?

— Ela é bonita?

Suspirei, sabendo exatamente qual era a resposta. Desde seus grandes olhos castanhos e seus lábios carnudos até o quadril, que — ao contrário do de suas madrastas — não deixava nada a desejar, as curvas de Stella faziam meus olhos sentirem uma necessidade incontrolável de acompanhá-las. Seu cabelo batia nos ombros, em cachos definidos, e sua pele negra era macia como seda. Quando o sol batia em sua pele, juro que ela ficava ainda mais bonita. Stella era a definição de beleza. Ela era incrível.

— Me recuso a responder a essa pergunta — falei, para não dar a Connor outro motivo para criar expectativas sobre mim e Stella.

— Isso quer dizer que sim — disse ele em um tom convencido.

Quando desligamos, olhei ao redor da propriedade. Meu motorista ainda não tinha chegado, e a última coisa que eu queria fazer era entrar de novo naquela casa.

Eu odiava tudo o que estava acontecendo.

Eu não era mais um garoto implorando pelo amor de uma família. Essa fase da minha vida já tinha passado. Mesmo assim, por algum estranho motivo, eu me sentia como aquele mesmo garotinho vulnerável, que acreditava que poderia voltar para as ruas no dia seguinte, se alguém simplesmente mudasse de ideia.

Era por isso que eu não gostava de aceitar nada de ninguém. Eu odiava presentes e odiava promessas. As pessoas criavam condições para dar presentes e depois esfregavam a generosidade delas na sua cara quando você menos esperava, e promessas eram facilmente quebradas.

Minha cabeça estava a mil, e eu só queria desligar meus pensamentos.

Enquanto esperava o motorista, fui para a quadra de basquete e fiquei treinando arremessos. Porque era óbvio que Kevin Michaels tinha uma quadra de basquete. Essa era a única coisa que eu podia fazer para acalmar meus pensamentos. Cresci no Bronx jogando basquete em quadras caindo aos pedaços, e o esporte sempre me trouxe certa paz. Era bom saber que eu tinha o controle sobre meus lances e que poderia tentar de novo se não acertasse a cesta.

O céu noturno estava um breu, e algumas estrelas brilhavam. Fiz alguns passes e arremessos, então olhei para o mar e parei por um instante, segurando a bola.

Lá estava Stella, andando em direção ao mar, em seu vestido preto. As ondas batiam forte naquela noite, e eu tinha certeza de que a água estaria um gelo. Quando a água bateu em seus tornozelos, ela estremeceu ligeiramente, mas continuou andando. Eu não conseguia desviar o olhar, não conseguia entender por que Stella estava entrando no mar feito uma louca. Ela não parecia muito a fim de querer nadar àquela hora, mas continuava indo em direção às ondas fortes que quebravam com uma rapidez que me deixava desconfortável só de ver.

Água não era meu elemento favorito. Quando garoto, o máximo de água que eu via era quando os bombeiros abriam os hidrantes no verão, durante as ondas de calor em Nova York. Então o mar me dava muito medo.

Quanto mais fundo ela ia, mais nervoso eu ficava.

Ela sabe o que está fazendo, falei para mim mesmo.

Ela não estaria ali se não soubesse nadar, fiquei repetindo em minha cabeça.

Uma onda imensa veio na direção dela e a engoliu por inteiro, submergindo-a. Juro que meu saco encolheu só de assistir à cena. Meu peito ardeu quando ela não reapareceu.

— Aparece — falei alto, como se ela pudesse me escutar. Depois de um tempo, pigarreei e sibilei: — Cacete, Stella, aparece.

E nada.

Joguei a bola na quadra e fui correndo para o mar. Stella ainda não tinha surgido, e isso me deixou apavorado. Eu me joguei na água e mergulhei, procurando por ela. Assim que a senti, enrosquei um braço ao redor de sua cintura e comecei a puxá-la, tirando seu corpo ensopado da água. Foi então que veio o pânico.

Ela começou a gritar, agitando os braços, berrando como se eu fosse um psicopata que tentava matá-la.

— Me solta! — gritou ela alto, tossindo com o desconforto de ter sido arrastada para fora do mar. Ela cambaleou para trás quando chegamos à areia, caindo de bunda no chão e se arrastando para longe. — Não toca em mim! — berrou ela, em pânico.

Dava para entender.

Simplesmente me joguei na água e a tirei do mar sem que ela nem soubesse que eu estava ali. Eu também ficaria apavorado se um desconhecido me arrancasse do mar.

Mas o que eu podia fazer?! Ela estava se afogando.

— Calma — falei, jogando as mãos para o alto, em sinal de rendição. — Eu estava te ajudando.

— Me ajudando? — sibilou ela, tentando se levantar, atônita, ainda parecendo apavorada. — Eu não estava precisando de ajuda!

— Até parece que não. Você estava se afogando.

— Eu não estava me afogando!

— Estava, sim. Você não voltou para pegar ar! Eu fiquei olhando.

— Pois é! É assim que as pessoas nadam.

— Pessoas que nadam podem se afogar!

— Não quando sabem o que estão fazendo — rebateu ela. — Eu estava conversando com a minha mãe.

O que foi que essa doida disse?

— O que você quer dizer com isso? — perguntei, sem ter muita certeza de que queria saber a resposta.

— Não é da sua conta! Meu Deus. Eu gosto de nadar no mar, tá? Então, se você puder deixar eu fazer isso, vai ser ótimo.

— Tudo bem.

— Ótimo.

— Maravilhoso — sibilei para ela.

— Fantástico pra cacete! — respondeu ela.

Eu me virei para ir embora, irritado por ter me preocupado, mesmo que por um breve momento. Da próxima vez, vou deixar que ela se afogue, com certeza.

— Qual é o seu problema, hein?! — exclamou ela, fazendo com que eu me virasse e a visse dando um ataque. — Qual é a porcaria do seu problema?

— Como é que é?

— O seu problema, qual é? Desde que a gente se conheceu, você só me tratou mal.

— Eu? Foi você que teve um surto psicótico por causa da porcaria de um bolinho.

— Não foi nada disso. Além do mais, você não sabe o que aquele bolinho significava pra mim.

— Nada poderia justificar o seu comportamento dentro ou fora daquela padaria — falei.

— Não é verdade. Eu...

— Não tem desculpa...

— *Era o bolinho favorito dele!* — berrou ela, emanando emoção, com as narinas se alargando. A água pingava de seu corpo, e a tristeza surgiu em seus olhos. Sua voz ficou mais baixa quando ela continuou, tentando recuperar a compostura. — Era o bolinho favorito dele. Kevin passou mais de duas décadas indo ao centro da cidade nas manhãs de sábado para enfrentar a fila da Padaria do Jerry. E, quando ele voltava para casa, a gente dividia um bolinho de mirtilo. Esse foi o primeiro sábado que não fizemos isso. Então sinto muito por ter me comportado de uma forma esquisita hoje de manhã. Sinto muito por não estar em sã consciência. É que, hoje, enterrei o homem mais importante da minha vida. O homem que sempre esteve ao meu lado. Hoje, eu perdi o meu pai. — Ela engasgou com as próprias lágrimas. — Então, que tal você me dar um tempo? Porque, se acha mesmo que preciso das suas críticas e do seu julgamento em um dos piores dias da minha vida, está redondamente enganado. Eu estou destruída, tá? Estou me afogando nesse exato momento. Você não precisa segurar a minha cabeça embaixo da água. O meu dia já foi ruim o bastante.

— Você acha que só o seu dia foi ruim? Além de descobrir quem era o meu pai, descobri que ele criou a filha de outra pessoa desde o dia em que ela nasceu. Ele deu à filha de alguém tudo o que eu sempre quis. Ele foi o pai que eu sempre sonhei, só que para outra pessoa. Estou aqui porque me disseram que eu iria descobrir um pouco mais sobre o meu passado, mas, na verdade, o que eu tive até agora foram algumas pistas sobre a minha vida, como se tudo não passasse da porra de um jogo.

"Kevin Michaels está brincando comigo como se eu fosse uma marionete. Ele podia ter contado logo quem é a minha mãe, mas preferiu fazer aquele testamento bizarro e complexo. Depois, escreveu uma carta só para dizer que a minha mãe estava presente na leitura do testamento. Eu acabei de sair de uma sala onde estavam três mulheres, sendo que uma delas era a minha mãe. Ele transformou a minha vida em um jogo, então me desculpa se estou sendo ríspido. Me perdoa por eu ter sido um babaca hoje. Você teve um dia ruim? Experimenta ter uma vida de merda. Você pode estar se afogando na sua tristeza, mas eu já morri na minha."

A boca de Stella se abriu, em choque.

— Era isso que estava escrito na sua carta? Que uma delas é a sua mãe?

Tirei o papel murcho do bolso detrás da calça, agora destruído pelas ondas, e o balancei na frente dela.

— A carta dizia que o seu querido papai transou com as três mulheres na mesma época em que a minha mãe engravidou. Qualquer uma delas pode ser minha mãe.

Que ótimo descobrir que o seu falecido pai era um galinha.

Que dia fantástico.

Stella ficou pálida.

— Ai, meu Deus. Uma das madrastas malvadas é a sua mãe? — perguntou ela.

— Pelo visto, sim.

— Nenhuma delas reagiu à notícia — comentou ela.

— Nossa! Obrigada, detetive.

— Precisa ser irônico o tempo todo?

— Preciso. Faz parte da minha personalidade.

— É meio cafona isso.

— Sou cafona pra caralho mesmo.

Ela esticou a mão e tocou meu antebraço.

— Damian... Eu... Eu sinto muito. Não acredito que o Kevin tivesse a intenção de transformar isso num jogo. É a sua vida.

O toque dela despertou algo em meu corpo. Olhei para sua mão em meu braço.

— O que você está fazendo?

Os olhos dela se estreitaram, em confusão. Os olhos castanhos dela. Eu sei que Stella me irritou, mas seus olhos eram impressionantes. Eles expressavam tudo que ela sentia, sem precisar de palavras.

— Estou te consolando — explicou ela. — Ninguém nunca fez isso?

— É claro que já — rebati, puxando o braço. — Eu só não preciso que você sinta pena de mim.

— Não é pena. Estou demonstrando apoio — explicou ela. — Fico triste por você não conseguir diferenciar as duas coisas.

— Não precisa desperdiçar a sua tristeza comigo.

— Em que momento da vida você se tornou tão frio? — questionou ela.

Essa pergunta me acertou em cheio no peito e fez minha cabeça começar a girar.

Antes que eu pudesse responder, vi o motorista se aproximando.

— Sr. Blackstone. Cheguei.

Meu olhar encontrou o de Stella, e vi a tristeza refletida em seus olhos. Fiquei um pouco desconfortável por não saber se ela estava triste devido aos últimos acontecimentos ou por mim. Ela havia dito que não sentia pena, mas o sentimento estava estampado em seu rosto. Eu não sabia muita coisa sobre aquela mulher, apenas o suficiente para deduzir que ela se sentia mal por mim.

Stella era uma dessas pessoas que se compadecia de todo mundo. Até dos vilões das histórias — talvez ainda mais dos vilões, porque ela sabia que eles não nasciam assim. Eram frutos de uma vida cheia de decepções e desilusões.

4

Damian
SETE ANOS

Na porta do meu quarto havia uma placa que dizia "Entrada proibida", com o desenho de uma caveira. A Sra. Gable havia me ajudado a desenhá-la, porque achava que eu levava jeito para isso. Ela não sabia que tipo de arte eu faria um dia, mas acreditava que meu talento seria reconhecido. Por isso, havia comprado materiais de pintura e uma câmera descartável para que eu explorasse diferentes tipos de arte.

O Sr. Gable tinha pendurado a placa na minha porta e dito que eu merecia ter o meu próprio espaço para ficar sozinho quando quisesse.

Era a primeira vez que eu tinha um quarto só meu, o que me deixava feliz.

Eles transformaram o quarto em uma galáxia, porque eu era obcecado pelo espaço sideral. Minha cama era um foguete, e a Sra. Gable havia arrumado uma luz giratória que projetava imagens de estrelas nas paredes durante a noite. Eu tinha medo do escuro, então aquilo me tranquilizava.

Eles até me deram luzes noturnas no formato de estrelas, porque os Gable queriam muito que eu me sentisse confortável. Fazia meses que eu morava com eles, mais tempo do que já havia passado com qualquer outra família. Nós chegamos a celebrar as festas de fim de ano juntos, e eles estavam planejando uma grande comemoração de aniversário para mim. Era legal morar com eles depois de ter pulado de casa em casa.

Lares temporários.

Mas aquele parecia diferente. Talvez os Gable quisessem que eu ficasse para sempre. Talvez eu pudesse me tornar um Gable também.

Ganhei até um irmão. Jordan era um ano mais velho que eu, mas éramos melhores amigos. A gente conversava sobre um monte de coisas, tipo jogos de video game e animes. Ele era meu melhor amigo no mundo inteiro, o que era legal, porque era a primeira vez que eu tinha um melhor amigo. Eu nunca ficava em um lugar por tempo suficiente para fazer uma amizade nesse nível.

Meu aniversário era na semana seguinte, e eu ia fazer oito anos. Estava empolgado porque os Gable tinham prometido uma festança com muitas coisas, desde decoração até bolo e pula-pula inflável no quintal.

Estava tudo indo bem até o Sr. Gable trair a Sra. Gable.

Minha família perfeita começou a desmoronar diante dos meus olhos. O Sr. Gable saiu de casa, e, depois disso, a Sra. Gable passou a chorar todo santo dia. Ela até esqueceu o meu aniversário, apesar de nós dividirmos o mesmo teto.

Quatro semanas se passaram. A Sra. Gable mal saía da cama. Jordan também não sabia o que fazer, então a gente não a incomodava, e ela ficava em seu canto. Às vezes, eu ia ao quintal e colhia flores para tentar animá-la. Não funcionava. Talvez eu estivesse escolhendo as flores erradas.

Mais três semanas se passaram. A Sra. Gable não estava melhorando.

Certo dia, ela me chamou na sala de estar depois que Jordan me ajudou com o dever de casa. Eu desci, e foi como se tivesse levado um soco na barriga.

Minha assistente social, a Sra. Kelp, estava sentada no sofá ao lado da Sra. Gable.

As duas pareciam à beira das lágrimas, o que significava que eu também ia chorar. Eu sempre acabava aos prantos quando a Sra. Kelp aparecia de surpresa, porque significava que ela me levaria embora.

— Não — sussurrei com a voz trêmula.

Minhas mãos também tremiam, e achei que ia vomitar.

A Sra. Kelp se levantou do sofá devagar, como se qualquer movimento brusco pudesse virar meu mundo de cabeça para baixo. Mesmo assim, lá estava eu, tremendo e perdendo o chão.

— Não deixa ela me levar, por favor — choraminguei, correndo para a Sra. Gable. — Por favor. Eu sei que fiz besteira e não ajudei quando a senhora estava triste, mas juro que vou me esforçar mais. Por favor. Vou melhorar. E eu posso...

— Damian, para, por favor — implorou a Sra. Gable, secando as lágrimas em seu rosto. — É só que, com a separação e o processo do divórcio com o Jerry, não tenho mais condições de cuidar de você da maneira que merece.

— Mas e o Jordan? A senhora vai ficar com ele! Pode ficar comigo também. Não vou atrapalhar. Juro que vou me comportar. Por que o Jordan pode ficar e eu tenho que ir embora?

— Bom, Damian, querido... O Jordan é meu filho...

Engoli em seco, mas ainda não conseguia respirar.

— Eu também sou.

Ela fechou os olhos, e envolvi meus braços ao seu redor.

— Por favor, por favor. Não me manda embora.

Eu não podia ir embora. Tinha uma placa na porta do meu quarto. Aquela era a minha porta. Aquela família era a minha família. Eu não podia perdê-los. Talvez pudesse ficar com o Sr. Gable por uns dias, até a Sra. Gable melhorar. Talvez, se eu comesse menos, ela não me acharia um fardo. Talvez se eu ficasse quieto...

— Por favor, mãe — pedi com a voz embargada, as lágrimas escorrendo pelo rosto.

Ela se desvencilhou do meu abraço.

Ela me retirou de sua vida.

A Sra. Kelp começou a vir na minha direção, e eu gritei:

— Não! Não! Não vou voltar para o abrigo!

Antes que ela conseguisse responder, saí em disparada pela porta da frente e corri pelas ruas escuras. Ouvi as duas chamando meu nome, me pedindo que voltasse, mas continuei correndo, porque não queria recomeçar. Não queria morar com outra família que não me desejava.

Não demorou muito para que a Sra. Kelp me encontrasse. Ela me levou para um abrigo diferente dessa vez, mas, mesmo assim, o sentimento ainda era o mesmo — solidão.

Eu queria uma casa que fosse minha para sempre, mas, talvez, algumas crianças nunca conseguissem esse tipo de coisa.

Talvez algumas crianças só conseguissem casas temporárias.

Apesar de eu ter achado que aquela seria para sempre.

5

Stella

— Você tem que topar — disse Jeff, olhando para mim como se eu fosse louca.

A única loucura naquele momento era o meu namorado me dizer que eu precisava aceitar o pedido de Kevin. Depois do velório, voltei para casa, ainda abalada com aquela ideia absurda. Antes de ir embora, eu havia conversado com vovó. Kevin lhe deixara dinheiro e uma quantidade mais do que suficiente de bens para que ela tivesse uma vida financeira confortável pelo restante da vida. Ela insistia em me dizer que eu tomaria a decisão certa, independentemente de qualquer coisa, mas Jeff discordava.

Ele estava parado diante da bancada, raspando os bilhetes de loteria que costumava comprar todos os dias, na esperança de ganhar uma bolada. Ele ainda não tinha alcançado seu objetivo, mas virou fã de raspadinha depois de ganhar mil dólares em um bilhete que havia custado trinta dólares, uns oito anos antes. Era um de seus passatempos favoritos.

— Você está brincando, né? — Eu ri, porque aquilo obviamente era uma brincadeira.

Fui até nossa cozinha apertada e me servi de uma caneca de vinho. Era a mesma coisa que beber na taça, só que menos elegante. E mais a minha cara.

— Claro que não estou brincando. Amor, essa é a nossa chance — disse ele, se aproximando de mim.

Jeff estava com uma camisa branca e calça de moletom cinza. Eu também, apesar de nunca poder pegar emprestado o moletom do meu namorado, já que eu tinha o dobro do tamanho dele. Meu quadril era enorme. Graças à minha genética e a Doritos picante. E eu tinha muito orgulho dele, depois de tantos anos vivendo a cultura tóxica das dietas.

Eu tinha um vício meio estranho em pijamas e roupas confortáveis. Também adorava usar roupa de academia para ficar sentada no sofá. Um dos meus passatempos favoritos era me vestir para malhar e tirar uma soneca. Se eu fosse um animal, certamente seria um gato. Dormir, comer e fazer minhas necessidades em uma caixa de areia que os seres humanos depois iriam limpar: isso, sim, era vida.

— Nossa chance? — perguntei, arqueando uma sobrancelha. — De quê?

— De sair daqui! — exclamou ele, apontando ao redor. — Moramos num apartamento minúsculo, de um quarto só. Vivemos praticamente um em cima do outro.

— Desde quando você passou a não gostar de ficar em cima de mim? — provoquei.

Jeff nem me deu ideia, apenas continuou:

— Além do mais, a gente pode investir parte do dinheiro na minha carreira de músico, para me dar uma força.

Fiquei confusa, sem saber se ele estava falando sério mesmo.

— Hoje foi um dia cansativo. Não estou com cabeça para ouvir essas coisas a não ser que você esteja de brincadeira. Então, por favor, me diz que isso é uma piada.

Ele tirou a caneca da minha mão e a colocou sobre a bancada.

— Pensa um pouco. Dois milhões de dólares mudariam a nossa vida para sempre.

Arqueei uma sobrancelha. Prestar atenção nas coisas não era o ponto forte de Jeff.

— Eu disse duzentos milhões, não dois.

Ele arregalou os olhos.

— O quê?! Puta merda, Stella!

— Pois é. Também fiquei desconfortável. Ainda tem todas as ações e os bens... é... muita coisa.

— E é nosso.

— Mas eu não quero nada disso. Eu... — Suspirei e cruzei os braços. — Eu só quero o Kevin de volta.

— Bom, isso não vai acontecer, meu bem, então essa é a segunda melhor opção. Pensa um pouco, Stella. Tudo que a gente sempre quis — disse ele, estalando os dedos — surgindo assim, do nada. A gente poderia realizar todos os nossos sonhos num piscar de olhos.

— E, para isso, a sua namorada vai precisar se casar com um desconhecido. Ou você não escutou essa parte?

— Sim, sim. Então... ia ser meio estranho, mas o sacrifício seria por uma boa causa.

— Você está disposto a sacrificar a sua companheira por dinheiro?

Ele segurou minhas mãos e abriu o sorriso mais doce do mundo.

— Só por seis meses, amor. Depois você será todinha minha. E você não vai transar com o cara, né?

— O quê? Não. É claro que não. Acho que a gente nem vai se ver direito. Ele é meio fechado.

— Perfeito. Então seis meses e duzentos milhões de dólares depois você volta para mim e para nossa casa. Aí a gente pode se casar e fazer a festa dos seus sonhos.

— Não preciso de um casamento dos sonhos — argumentei. — Se a gente for ao cartório já está bom demais.

— Você merece mais do que um casamento no cartório. Sei que você é uma mulher independente, e é por isso que moramos aqui, e não na casa que o Kevin quis te dar. Mas não tem nada de mais aceitar ajuda, Stella. Você não precisa ser tão orgulhosa assim. Sabia que isso é reflexo de algum trauma?

Eu ri.

— Por acaso você anda fazendo aulas de psicologia?

— Não. Assisti a um vídeo no TikTok sobre isso. Mas é verdade. Você acha que precisa ter o controle de tudo e não deve aceitar ajuda do Kevin. É assim há anos, desde que a gente se conheceu.

Dei de ombros.

— Ele me criou sem ter obrigação nenhuma de fazer isso. Não quero nada que não seja meu.

— Mas você fazia parte da vida dele. Vocês eram pai e filha. É isso que acontece nas famílias. A geração anterior passa a herança para a seguinte. Pelo menos é o que eu acho. Você sabe que eu nunca tive uma família de verdade além de você.

— Eu sei... e você tem razão. Além do mais, esse foi o último desejo dele. Acho que talvez eu devesse topar.

— É, exatamente. Você não ficaria arrependida se não realizasse o último desejo dele? E aí, com o tempo, nós dois podemos começar nossa própria família e passar nossas conquistas para os nossos filhos.

Era visível que ele estava forçando a barra.

— Pensa que é o seu filme favorito, *A fantástica fábrica de chocolates*. Você é o Charlie, e esse é o seu bilhete dourado — declarou Jeff.

— Esse é o seu filme favorito. — Eu ri.

— Meu, seu, tanto faz. Só estou dizendo que esse é o seu bilhete dourado para mudar de vida. Então... aceita. Se não for por mim nem por você, então faça isso pelo Kevin. Esse foi o último desejo dele.

Senti um aperto no peito ao ouvir essas palavras. Embora a ideia de eu me casar com um desconhecido por dinheiro me parecesse loucura, era uma chance de dar a Kevin o que ele queria.

— Quer dizer, casamentos arranjados nem são tão incomuns assim. Esse é o tema principal de muitos dos meus romances históricos favoritos — falei, tentando me convencer de que o conceito não era tão estranho quanto parecia.

— Isso aí, porra! Tem muitos livros sobre o assunto. E seis meses passam voando. É tipo um semestre na faculdade, mas sem pagar mensalidades. Quero que você pegue o seu telefone, ligue pro Dillon e diga que aceita.

— Damian.

Jeff revirou os olhos e deu de ombros.

— Que seja. Na verdade, não faz diferença. A única coisa que importa é você dizer "sim" no altar para ele, para depois dizer "sim" no altar para mim.

Aquilo era loucura. Quando acordei hoje para ir ao enterro de Kevin, nem passava pela minha cabeça que agora estaria pensando em me casar com Damian. Meu dia tinha sofrido uma grande reviravolta, e a única coisa que eu queria era ir para a cama, acordar amanhã e descobrir que tudo aquilo havia sido apenas um pesadelo, que Kevin ainda estava vivo e com saúde e que a tristeza daquele dia não passava de um sonho.

Massageei o ombro, e o nervosismo só foi aumentando.

— E a gente? Eu vou ter que morar com o Damian por seis meses, lembra?

— Vamos dar um jeito. Você disse que tem dois dias de folga, então podemos passar esse tempo juntos. E os outros dias você pode ficar com o Dan.

— Damian.

— Foda-se. — Ele riu. — Pelo menos uma vez na vida, Stella, para com isso.

— Parar com o quê?

— De ficar pensando demais nas coisas. Você não vai ter todas as respostas agora. Não é assim que as coisas funcionam. Às vezes, você precisa se arriscar, confiar que tudo vai dar certo no final. Tenta fazer isso. Se arrisca. Se não quer fazer isso por você, faça pela sua família.

Naquela noite, quando fomos dormir, fiquei acordada fazendo aquilo que Jeff tinha me pedido que não fizesse — comecei a pensar demais. Ele roncava ao meu lado no breu do quarto. Olhei para o celular e vi que já eram três da manhã.

Depois de um bom tempo roendo as unhas, peguei o cartão que Damian havia me dado naquela manhã, digitei o número dele no meu celular e mandei uma mensagem.

Stella: Tá, eu topo.
Damian: Quem é?
Stella: Stella.
Damian: Quem diabos é Stella?

Suspirei. Não sei como, mas ele conseguia ser tão frio por mensagem quanto era ao vivo.

Stella: Cinderstella.
Damian: Ah. Certo. Minha princesa da Disney favorita.

Dava para sentir o sarcasmo emanando da mensagem.

Stella: Não começa. Só estou dizendo que concordo com a proposta.
Damian: Ah.
Damian: Tá bom.

Ao ler as mensagens, conseguia sentir a falta de interesse dele enquanto me respondia. Não levei aquelas mensagens curtas para o lado pessoal, porque nós não nos conhecíamos. Não tinha como aquilo ser pessoal. Nós não éramos completos desconhecidos. Eu tinha a impressão de que Damian era frio com todo mundo. Portanto, eu não devia me incomodar com isso.

Stella: Então... Qual é o próximo passo?
Damian: Vou marcar uma reunião com o Joe. Vamos organizar tudo então. Entro em contato em breve.
Stella: Tá bom, obrigada.
Damian: Você me dá a sua palavra de que vai aceitar?
Stella: Sim. É claro.
Damian: Quanto vale a sua palavra?

Que pergunta esquisita.

Stella: Como assim?
Damian: A palavra de muita gente não vale porra nenhuma. As pessoas prometem uma coisa e depois voltam atrás. Eu não faço negócios com gente que não tem palavra, então, se você não estiver comprometida de verdade, não vem me dizer que concorda. Porque, se você mudar de ideia depois, vai piorar a situação. Então, de novo, quanto vale a sua palavra?

Meu coração perdeu o compasso enquanto eu lia a mensagem. Senti um aperto tão forte no peito que tive até dificuldade para respirar. Por que aquele desconhecido me despertava emoções tão intensas?

Stella: A minha palavra vale tudo.

Damian: Tomara que isso seja verdade.

Stella: Desculpa por mandar mensagem tão tarde. Espero não ter te acordado. Você dorme tarde?

Ele não respondeu. Pelo visto, não gostava de bater papo.

Coloquei o celular na mesinha de cabeceira, pensando que a minha vida estava prestes a virar de cabeça para baixo.

Sra. Blackstone.

Eu odiava saber que aquele seria o meu nome, mesmo que temporariamente.

Minha esperança, meu sonho e meu maior desejo eram, um dia, ter o sobrenome de Jeff e ser sua esposa. Mas, primeiro, eu teria de ser uma Blackstone. Um nome muito adequado para um homem de alma sombria e com um coração de pedra.

～∞～

Na manhã seguinte, acordei com a campainha tocando. Jeff resmungou e cobriu a cabeça com o travesseiro para abafar o som.

— Atende — resmungou ele antes de se virar de lado.

Era inegável que, do casal, era eu quem funcionava melhor de manhã. Para ser justa, Jeff passava boa parte das madrugadas trabalhando como DJ. Ele brilhava sob a luz da lua enquanto eu dançava sob os raios de sol.

Porém o sol nem tinha nascido direito, e a campainha não parava de tocar.

Coloquei meu robe e as pantufas de emoji de cocô que Jeff tinha me dado de Natal e fui até a porta do nosso duplex. Eu não entendia por que, mas Jeff achava que aquelas pantufas eram a coisa mais engraçada do mundo. Pelo menos eram confortáveis.

Para minha surpresa, encontrei a única pessoa que nunca imaginei ver naquele lado da cidade.

— Catherine. — Apertei o nó do robe, tomada pela confusão. — O que você está fazendo aqui?

— Olá, Stella. Eu queria conversar com você.

Olhei para o relógio de pêndulo na minha sala.

— Ainda são cinco e meia da manhã.

— Pois é... Para você ver como tenho dormido mal.

— Imagino. Mas como você descobriu o meu endereço?

— Vamos logo ao que interessa. Não quero tomar muito do seu tempo. — Ela se virou para olhar seu carro estacionado. — É perigoso deixar meu carro aqui?

Dei uma risadinha.

— Ele chama atenção, mas acho que está tranquilo.

Ela parecia preocupada, então pegou a chave, apertando o botão da tranca várias vezes, fazendo um bipe alto ecoar pelo quarteirão.

— Se você preferir, a gente pode conversar no seu carro — sugeri, sabendo que ela ficaria louca se encontrasse um mísero arranhão naquele carro que custava mais do que a minha casa. — E o Jeff ainda está dormindo. Não quero acordá-lo.

Ela deixou escapar um suspiro de alívio ao concordar com a cabeça.

— Sim, pode ser. Podemos fazer isso — bufou Catherine, parecendo irritada com aquela situação, mesmo tendo aparecido sem avisar.

Para vovó, a regra sobre visitas indesejadas era clara: não abra a porta e feche as cortinas.

"Ninguém deve aparecer na casa dos outros sem ser convidado. Você está invadindo o santuário da pessoa", ela sempre dizia isso. "E, se alguém faz esse tipo de coisa, é porque seria capaz de ultrapassar todos os limites sem pensar duas vezes."

Então fomos para o carro, e eu me sentei no banco do carona. Quando nós duas nos acomodamos, Catherine trancou a porta quatro vezes.

— Só por precaução — disse ela.

Eu apenas sorri. Na cabeça dela, um bandido poderia aparecer e esfaqueá-la a qualquer momento.

Quando cruzei as pernas, os olhos dela foram direto para minhas pantufas de emoji de cocô, e uma expressão de nojo surgiu em seu rosto. Catherine era péssima em disfarçar.

— Jeff me deu de presente de...

— Não importa — disse ela, me interrompendo. — Não estou aqui para debater o seu estilo.

— Ah. Então tá. Bom... o que houve?

— Queria pedir desculpas.

— Pelo quê?

— Pela forma como tratei você no passado. Queria pedir desculpas por isso. Estava numa fase ruim, meio fora de mim. Fiz muita terapia nos últimos anos e mudei. Então me desculpa.

— Nossa, Catherine. Obrigada. Isso é muito...

— Enfim, preciso que você convença o Damian a me escolher para receber o dinheiro da melhor madrasta — interrompeu-me ela.

Eu ri, porque ela só podia estar de brincadeira. Mas então seu olhar sério fez minha risada desaparecer.

— Isso não foi uma piada?

— Não, de forma alguma. Eu mereço o dinheiro. Praticamente criei você, cuidei de você mais do que todas as outras.

Catherine realmente não dorme no ponto.

— Então você veio até aqui só para me convencer a falar com o Damian para ele te escolher? Seu pedido de desculpas não foi sincero?

— Claro que não — respondeu ela no automático, mas então percebeu o deslize e balançou a cabeça. — Quer dizer, é claro que não foi só por isso. Eu me importo com você.

Os lábios de Catherine pareciam se esforçar muito para formar essas palavras.

— Só faça isso, Stella. Para falar a verdade, você não merece um centavo do dinheiro do meu marido. Você não era parente dele.

— Ele sempre foi como um pai para mim. E ele era seu ex-marido.

— Mas ele não era seu pai. Você nem conhece o seu pai. Pode agradecer à sua mãe por isso. E deixa o Kevin fora das suas fantasias malucas. Ele era meu marido, não seu.

— Nunca mais fale da minha mãe desse jeito — sibilei, meu coração disparando com aquelas palavras queimando em meus ouvidos.

Era muita audácia de Catherine querer insultar minha mãe. Eu aguentava muita coisa dos outros. Aguentava ser ofendida, aguentava ser julgada, mas ouvir alguém falando mal da minha família era algo que eu não admitia.

Catherine abriu a boca para rebater, mas acabou não falando nada. Então pigarreou.

— Só promete que vai me escolher. Ou, melhor ainda, anula o acordo. Aí eu, a Rosalina e a Denise dividimos o dinheiro. Sei que você não quer nada. O melhor será nós três ficarmos com o dinheiro todo mesmo.

— E o Damian? O que acontece com ele?

— Que diferença faz o que acontece com ele? A gente nem conhece esse cara. Ele pode voltar para o buraco de onde saiu.

Meus instintos ficaram alerta na mesma hora quando me lembrei da conversa que tive com Damian.

Quanto vale a sua palavra?

Catherine empurrou a papelada para mim, e eu hesitei.

— Anda, Stella. Você é uma mulher forte, que se esforça para conquistar as próprias coisas, então sei que não quer ganhar nada de mão beijada.

— Sim... é verdade, mas não posso fazer isso. Não vou contrariar os últimos desejos do Kevin.

— Por que não?

— Já dei a minha palavra ao Damian.

— Como é que é?

— A gente conversou ontem à noite. Falei que aceitaria o acordo.

— E daí? Você não deve lealdade nenhuma a ele, Stella.

Balancei a cabeça.

— Não posso voltar atrás na minha palavra.

— Você só pode estar de sacanagem — disse Catherine, perplexa. Suas sobrancelhas se levantaram, seu rosto ficou vermelho e dava para ver que ela estava espumando de raiva. — Deixa de ser ridícula Stella!

Destravei a porta e a abri.

— Sinto muito, Catherine. De verdade, mas já prometi a ele.

— Sua golpista idiota! Eu sabia que jamais devia ter confiado em você. Eu te criei! Quer saber de uma coisa? Vai para o inferno, Stella. Junto com a sua mãe.

Eu sabia que ela só tinha falado aquilo porque estava nervosa, mas, ainda assim, me machucou.

Depois que saltei do carro e fechei a porta, Catherine saiu cantando pneu na pressa de ir embora.

Fiquei parada na rua, respirando fundo algumas vezes, tentando esquecer as palavras ditas por uma mulher irritada que julgava meu caráter e o da minha mãe. Eu não queria levar aquela energia para dentro da minha casa.

Nada do que ela disse era verdade.

Eu me conhecia.

Eu não era uma golpista.

Eu não era um monstro.

E minha mãe não estava no inferno.

Na verdade, o Paraíso tinha um espaço reservado para minha mãe e seu coração. E torcia para que Kevin estivesse ao lado dela.

Quando voltei para a cama e me deitei ao lado de Jeff, que roncava, meu celular apitou.

Damian: Me encontre amanhã na padaria do bolinho. Meu advogado estará presente para repassar os últimos detalhes.

Pelo visto, Catherine não era a única que estava com dificuldades para dormir.

6

Damian

Na tarde de quinta-feira, meu motorista estacionou na frente da casa de Kevin. Quando falei com Stella, ela me disse que pretendia levar seus pertences na quarta. Como eu não queria atrapalhar a mudança dela, esperei um dia para me mudar para a casa. Bom, o lugar era mais do que uma casa, era uma mansão. O tipo de propriedade que eu vendia para pessoas ricas que ganhavam uma quantia absurda de dinheiro. O tipo de propriedade da qual zombei a vida toda, dizendo que ninguém precisava de tanto espaço assim para viver.

Quase dois mil metros quadrados de terreno localizado na costa, que incluía uma linda praia de areia branca. Havia uma piscina externa imensa, uma quadra de basquete, outra de tênis, e até uma sauna. E também uma casa de hóspedes, onde a antiga governanta de Kevin, Maple Woods, morava.

Se o Damian de dezesseis anos entrasse naquela casa, pensaria que estava em um universo paralelo. O Damian adulto tinha a mesma sensação.

Eu ficava um pouco irritado ao ver como algumas pessoas tinham tanto, e outras sofriam para ter o mínimo. Às vezes a vida era uma bosta e muito injusta. Eu não merecia viver em uma casa como aquela, e o fato de um homem que eu não conhecia estar me obrigando a morar temporariamente ali com certeza era muito escroto.

Eu estava acostumado a morar em lares temporários. Na verdade, nunca tive nada diferente disso.

Antes de entrar na casa, mandei uma mensagem para Stella avisando que eu tinha chegado. Achei que seria melhor alertá-la da minha presença. Eu ficaria um pouco assustado se me deparasse com um estranho perambulando pela casa onde ia morar.

Ela respondeu no mesmo instante. Com emojis. Quase todas as mensagens que ela mandava tinham um emoji. Isso deixava claro o tipo de pessoa que ela era. A quantidade de emojis que uma pessoa usa diz muito sobre ela. No caso de Stella, a julgar pelo número de carinhas sorridentes que acompanhava cada frase, parecia que ela se esforçava demais para agradar aos outros. Eu preferia mensagens com pontos finais. Ao contrário de Stella, eu usava palavras curtas e ia direto ao ponto. Ela mandava textão atrás de textão, como se estivesse escrevendo o próximo clássico da literatura.

Avisei que havia chegado. Ela me respondeu dizendo que tudo bem, que estava arrumando suas coisas e que tinha pedido o jantar — e perguntou se eu queria alguma coisa. Depois me contou quantos anéis tinha Saturno. Tudo bem, a última foi exagero da minha parte, mas ela seria bem capaz de fazer isso.

Comecei a tirar algumas caixas do carro. O restante das minhas tralhas viria depois do casamento, então eu ainda não tinha muita coisa.

O motorista me ajudou com as caixas e foi embora.

Eu sabia que Stella estava em algum lugar da casa, porque vi o carro dela estacionado do lado de fora, mas nós só nos encontramos algumas horas depois. Eu estava sentado à mesa da sala de jantar, comendo. O entregador chegou com a comida de Stella, tocou a campainha e ela foi atender. Seria impossível ela não me ver quando voltou com a comida e seguiu na direção da cozinha.

Ela me encarou e parou, parecendo surpresa ao dar um passo para trás.

A hora era essa. O momento perfeito para convidá-la para jantar, para eu parecer menos babaca e incentivá-la a completar os seis meses do acordo.

Vá, Damian. Convide Stella.
— Dá para você parar de ficar me encarando e se sentar? — grunhi. Ela franziu a testa.
— Depois dessa grosseria toda, não.
— Então para de me olhar, Cinderstella.
— Pode deixar, Fera.
Ela saiu apressada, me deixando na sala escura.

Dava para entender a reação dela. Não tinha sido o convite mais caloroso do mundo. Por outro lado, eu não tinha o hábito de convidar as pessoas para comer comigo. Ao longo dos anos, havia aprendido a apreciar minha solidão. Durante boa parte da minha vida, as pessoas me mandaram embora. Então aprendi a nunca deixar ninguém se aproximar o suficiente para ter essa oportunidade. Além disso, gostava de ficar sozinho. A solidão era segura. Quando você está sozinho não corre o risco de ser magoado.

Stella arrumou seu prato na cozinha e voltou para a sala de jantar. *Continue andando, por favor.*

Mas é claro que ela não fez isso, porque Stella gostava de conversar.
— Acho que precisamos estipular umas regras básicas de convivência — declarou ela, mexendo na comida com a mão.
— Achei que a regra era a gente evitar um ao outro, não?
— Sim, mas não dá para fazer isso o tempo todo.
— Por que não?
— Porque é idiotice. — *Ótimo motivo, Stella.* — Além do mais, pessoas que dividem uma casa têm regras. Tipo compras de mercado. Fazemos isso juntos?
— De jeito nenhum.
— E as roupas para lavar?
— Eu lavo as minhas.
— E convidados? Se você resolver convidar uma mulher para cá, ou um homem, ou, bem... qualquer pessoa com quem esteja envolvido romanticamente, pode me avisar que fico no quarto pelo tempo que for preciso.

— E o mesmo vale para você.

— Não vou trazer o Jeff para cá. Acho que seria muito esquisito.

Concordei com a cabeça, porque eu não me importava.

Ela arqueou uma sobrancelha.

— Você tem...?

— Eu tenho o quê?

— Alguém?

— Você quer saber se estou solteiro?

— Sim. Não que eu tenha alguma coisa a ver com isso, mas, bom, se a pessoa com quem...

— Não sou fã de relacionamento sério.

— Diz o homem prestes a se casar com uma desconhecida.

— Casar não é ter um relacionamento sério. São duas coisas bem diferentes.

— São — concordou ela. — Mas você não tem curiosidade de saber por que o Kevin resolveu juntar a gente? Quer dizer, sei que existe um motivo, mas não consigo ligar os pontos.

— A lógica dele não me interessa. Só estou aqui pelo dinheiro. Depois de seis meses, vou seguir meu caminho.

Ela deu uma risadinha, como se eu tivesse dito algo engraçado.

— Fala sério. É impossível que você não esteja nem um pouco curioso para saber por que ele fez isso.

— Não estou.

— Mas...

— Por que você insiste em falar comigo? — reclamei. — Já deu para perceber que não quero conversa.

— Você é muito grosso.

— E babaca e escroto. Já sei disso. Quantas vezes você vai me dizer o óbvio antes de se tocar e me deixar em paz? — Stella abriu a boca e eu inclinei a cabeça, interrompendo-a antes que ela pudesse me responder. — Boa noite.

Eu estava sendo cruel, mas não conseguia evitar. Sempre que olhava para Stella, lembrava que meu pai havia preferido criar outra pessoa em vez de mim. Ela era uma lembrança da vida que eu poderia ter tido, e isso me tirava do sério. Ela era muito feliz e bem resolvida. Simpática, bondosa, animada, alegre. Não era justo.

Eu nunca tive a chance de sentir o amor que ela recebeu do homem que me devia aquilo. A culpa não era dela, mas eu estava magoado. A mágoa costumava mirar em um alvo e acertar inocentes ao redor. Stella só estava no meio do fogo cruzado do meu ódio por Kevin Michaels.

Quanto mais tarde ficava, mais estranha e desconfortável a situação se tornava. Anos vivendo em lares temporários me ensinaram que as primeiras noites eram sempre as mais difíceis. Esse era o momento em que eu me perguntava quanto tempo a família demoraria para decidir me abandonar. Eu odiava o fato de que um sentimento que eu achava que nunca mais surgiria dentro de mim estava voltando à tona de um jeito meio esquisito.

Fui para o meu quarto dormir, mas fiquei acordado até o sol nascer. Quando fui para o trabalho, estava morto de cansaço.

Aposto que Stella dormiu melhor do que eu, já que estava na casa onde havia sido criada. Infelizmente, eu tive de encarar meus pesadelos de olhos bem abertos.

~~~

Hoje o dia de trabalho foi normal, assim como todos os outros dias. Eu me sentia emocionalmente esgotado por ser uma pessoa introvertida que precisava fingir ser extrovertida ao passar o dia inteiro vendendo casas para gente metida e podre de rica. No instante em que pude relaxar meu rosto depois de passar o dia sustentando sorrisos falsos e forçando uma gentileza exagerada, me senti um pouco melhor. Depois de um dia cheio, de muito trabalho, a expressão carrancuda era meu semblante natural.

Além disso, quando alguém parece emburrado, as pessoas preferem não puxar papo. Stella ainda não havia entendido isso, mas ela logo aprenderia.

Quando saí do trabalho, não estava nem um pouco a fim de voltar para casa e passar mais um dia no mundo de faz de contas que Kevin havia criado. O casamento seria na manhã seguinte, mas minha ficha ainda não havia caído.

Quando o motorista entrou na propriedade, vi um carro que não conhecia parado na entrada.

Cacete, não acredito.

O idiota veio mesmo.

Connor havia trazido Aaliyah também, e eu estaria mentindo se dissesse que não fiquei feliz quando vi os dois. Desde que cheguei à Califórnia, me sentia deslocado. Era como se eu não pertencesse àquele lugar e ninguém ali me compreendesse. Por isso, ver aqueles rostos familiares me trouxe um alívio que eu nem sabia que estava precisando.

— Como você descobriu onde eu estava? — perguntei a Connor quando ele saiu do carro alugado.

Aaliyah vinha logo atrás, e ele a esperou antes de vir em minha direção. Ele nunca andava na frente dela, sempre ao seu lado. Se os dois passassem por uma porta, ele a abria para ela. Se ela tossisse, ele já vinha com um copo de água. Aposto que a maioria das pessoas não notava os pequenos gestos que Connor fazia pela esposa, mas eles sempre chamavam minha atenção. Eu não acreditava no amor até ver aqueles dois juntos. Eles faziam tudo parecer fácil.

— Você acha mesmo que só você sabe bancar o detetive? — brincou ele, vindo até mim e me dando um tapinha no ombro, porque sabia que eu não era muito de abraços.

Aaliyah parecia que ia chorar a qualquer momento. Seu coração bondoso ficava sempre visível através de seus olhos castanhos. Assim como o de Stella. Não que eu estivesse aprendendo qualquer coisa sobre o coração ou a bondade dela. Foi só um detalhe que percebi.

Aaliyah abriu um sorriso tão grande que senti seu calor. Ela já parecia ser mãe. Então me puxou para um abraço, porque sabia o quanto eu precisava de um.

— Sinto muito por tudo estar acontecendo nessa correria — sussurrou ela para mim. — Sei que você e o Connor são como irmãos um para o outro, mas, se você precisar conversar com uma irmã, pode contar comigo.

— Está tudo bem.

Ela se afastou e colocou as mãos em meus ombros por um instante, sem acreditar na minha mentira, mas me deixando contá-la mesmo assim.

— Vou pegar as malas — disse Connor.

— Você nem perguntou se a gente pode ficar aqui, Connor — rebateu Aaliyah. Ela se virou para mim com um ar apreensivo. — Eu falei para ele que a gente devia ficar num hotel. Sei que você já está sobrecarregado, e...

— Não precisa se preocupar. Eu avisei para Stella que era bem provável que vocês aparecessem. Perguntei se tinha problema ficarem aqui, e ela disse que não. Já escolhi o quarto de vocês, inclusive.

— Viu só, Chapeuzinho? Deu tudo certo — disse Connor, chamando a esposa pelo apelido. Ela era a Chapeuzinho Vermelho dele, ele era o Capitão América dela, e o amor dos dois quase dava enjoo. — Agora que resolvemos isso, vou pegar as malas.

— Eu ajudo — disse Aaliyah, dando um passo na direção do carro.

— De jeito nenhum! — exclamamos eu e Connor ao mesmo tempo, olhando para Aaliyah como se ela fosse doida.

Ela riu.

— Gente, eu só estou grávida. Posso carregar uma mala.

— Não se a gente puder evitar — rebati, indicando a casa com a cabeça. — Espera ali.

Ela obedeceu. Eu e Connor pegamos as malas e a encontramos na porta.

— Caramba, Damian. Quando você me falou que a casa era legal por telefone, não imaginei que seria tão legal assim — comentou Connor, balançando a cabeça, surpreso.

Dava para entender o choque dele, porque eu me senti exatamente assim quando vi a casa pela primeira vez.

— É um espaço agradável — comentei, fingindo que ela não era impressionante.

Eu precisava fazer isso para não me iludir com toda aquela realidade falsa. Era a única forma de manter minha sanidade. Tudo aquilo era uma fantasia, e eu não gostava de contos de fadas.

Ainda era difícil assimilar toda aquela situação e aceitar o fato de que eu me casaria com uma desconhecida no dia seguinte. Eu ainda nem entendia por que precisava me casar com Stella. Nada fazia sentido, e estava me dando uma dor de cabeça dos infernos de tanto tentar encontrar alguma lógica.

— Então... — Aaliyah sorriu, me distraindo dos meus pensamentos soturnos. — Quando eu vou conhecer a noiva?

Não fiquei surpreso ao ver que as duas mulheres fizeram amizade logo de cara. Aaliyah era o tipo de pessoa que fazia todo mundo se sentir à vontade. Até mesmo babacas como eu. Por algum motivo, apresentar Stella a Aaliyah me deixava desconfortável. Era como se meu mundo real estivesse se misturando a uma fantasia. Era como se eu estivesse delirando.

Stella sorria para Aaliyah enquanto as duas conversavam e, à medida que as palavras saíam da boca de Aaliyah, Stella parecia ficar menos tensa. Fiquei observando seu corpo agitado ir relaxando conforme Aaliyah sussurrava. Stella estava estressada desde que se mudara para cá, e dava para entender por quê. Eu tinha o hábito de analisar as pessoas, e, apesar de não me importar com Stella no geral, percebi alguns sinais.

Havia certa leveza nela ao conversar com Aaliyah, e seus sorrisos eram descontraídos e verdadeiros.

As duas continuaram batendo papo, e eu queria ser uma mosquinha no ombro de uma delas. Então as duas se abraçaram. Stella sussurrou um "obrigada" para Aaliyah, que a apertou um pouco mais. Eu já tinha recebido os abraços de Aaliyah. Aquele afago era capaz de fazer qualquer ser humano se sentir protegido.

Assim que se soltaram, Stella se virou na minha direção e me viu olhando para ela. O sorriso dirigido a Aaliyah foi direcionado a mim antes de ela me dar as costas e seguir na direção oposta. Aaliyah ergueu o olhar e veio até mim. Ela já tinha aquele brilho da gravidez. Apesar de a gestação ainda estar no começo, eu tinha certeza de que ela seria a melhor mãe do mundo para aquela criança. Não havia muitas coisas na vida que me deixavam animado, mas eu sabia que, se alguém merecia ser mãe, essa pessoa era Aaliyah. E, se alguém tinha nascido para ser pai, era Connor. Eles eram os pais que eu fingia ter quando era garoto.

Pelo menos alguém havia realizado o meu sonho.

— Ela é uma fofa — comentou Aaliyah, sorrindo para mim.

Bufei.

— Você mal a conhece.

— Tem pessoas de quem a gente gosta de cara.

— O que ela falou?

— Isso é um segredo de mulheres.

— Vocês falaram do casamento?

— Falamos.

— Ela falou como está se sentindo?

— Falou.

Arqueei uma sobrancelha. Ela balançou a cabeça, indicando que não ia me contar.

Esfreguei o rosto, irritado.

— Gosto de saber o que esperar das pessoas.

— Nem sempre você consegue prever o que vai acontecer, Damian. Às vezes, só temos que confiar que vai dar certo.

— Confiar não é comigo.

Aaliyah abriu seu sorriso bonito de sempre.

— Você está nervoso. Não precisa se preocupar, ela também está.

— Não estou nervoso — rebati. — Mas é sério. O que ela disse?

— Ah, sabe como é, bobagens. Coisas de mulher.

— Você não vai me contar mesmo?

Aaliyah colocou a mão no meu ombro e sorriu. Eu odiava que alguém me tocasse, mas abria exceção para ela. Nos próximos meses de gravidez, ela provavelmente receberia carta branca para fazer tudo o que quisesse.

— Não vou te contar mesmo.

Fiz uma careta.

Ela apertou meu ombro.

— Não faz cara feia, Damy. Amanhã é o dia do seu casamento.

Damy.

Eu queria muito pedir a ela que nunca mais me chamasse de Damy, mas ela dizia que precisávamos ter apelidos, porque éramos uma família. Foi assim que ela inventou Damy, e eu odiava aquele nome com todas as minhas forças.

Ela se afastou, mas Connor permaneceu ao meu lado, sorrindo como um bobo.

— Tem certeza de que eu não posso te chamar de Damy também? — perguntou ele.

— Se você fizer isso, chuto seu saco.

Ele se retraiu e protegeu as partes íntimas com as mãos.

— Entendido.

— Me faz um favor? — pedi.

Ele arqueou uma sobrancelha.

— Você nunca pede favores.

— Bom, pois é... mas preciso de um hoje.

— O que é?

— Tenta convencer a Aaliyah a te contar o que a Stella falou.

— Nossa. — Connor bufou baixinho, soltando ar quente. — A Aaliyah tem razão. Você está nervoso.

— *Não estou nervoso, porra!* — rosnei.

É, isso mesmo. Rosnei feito uma fera. Fazendo jus ao apelido que Stella tinha me dado.

Está bem. Eu estava nervoso. Mas isso não era compreensível? Era difícil eu passar mais de vinte e quatro horas com a mesma mulher, e até isso já era muito. Agora, uma semana depois de saber da existência daquela mulher, e provavelmente sem ter passado uma hora inteira na companhia dela, eu teria de olhar para ela em um altar e dizer "sim".

Parecia que eu estava prestes a me borrar de tanta ansiedade. Eu nem era um cara nervoso. Nada me abalava na maior parte do tempo.

Baixei a cabeça e entrelacei as mãos.

— O que eu faço para não foder com tudo?

— Como assim?

— Precisamos morar seis meses juntos. Todas as vezes que eu morei com alguém, deu merda. E se ela for embora...

— E se ela ficar?

Fiquei sério ao pensar nessa possibilidade. Ninguém nunca havia ficado, então eu duvidava que as coisas fossem ser diferentes desta vez.

— Estou falando sério, Connor. Preciso de dicas.

— Você quer que eu te dê dicas de como fazer uma mulher não ir embora? O cara que é casado a, tipo, dois segundos e meio?

— Sim, mas você é um homem melhor do que eu.

— Acho que nós dois sabemos que isso é mentira, mas aceito o elogio. — Ele se sentou na cadeira mais próxima e deu uns tapinhas no joelho. — Vem cá, filho, senta no colo do papai para a gente ter uma conversinha. — Eu o fitei com um olhar mortal, e ele ergueu as mãos, em sinal de rendição. — Bom, pode ficar aí, se quiser. Sem problemas.

Ele pigarreou e entrelaçou as mãos, assumindo uma postura mais séria — algo que não fazia com frequência.

— Seja paciente. Com ela e com você também. Vocês dois carregam um passado nas costas. Não sei qual é o dela, mas conheço o seu, e sei que isso pode dificultar as coisas às vezes, então vai com calma. Deixa isso um pouco de lado quando precisar de um tempo, e pode procurar a sua família sempre que quiser ajuda. Eu e a Aaliyah estamos a um telefonema de distância.

Abri um sorriso pesaroso, e ele retribuiu com um radiante.

— Valeu, Con.

— De nada, Damy.

Babaca.

— Isso parece o começo de um ótimo romance — comentou Connor. — A Aaliyah me fez ler um dos livros favoritos dela, sobre duas pessoas tóxicas que deviam ter feito terapia, mas deram um jeito esquisito de ficarem juntas, apesar do cara ser meio estranho e ficar olhando ela dormir.

— Que livro é esse?

— Um tal de *Crepúsculo*.

— Confia em mim, essa situação não vai ter nada a ver com Edward e Bella.

Os olhos de Connor se iluminaram, e um sorriso bobo se espalhou pelo seu rosto enquanto ele apontava um dedo acusador para mim.

— Você leu *Crepúsculo*?

— E vi os filmes. Sou um escroto, Connor, não um idiota de um alienado cultural. Você só está lendo agora? A Aaliyah devia ter entendido isso como um sinal de alerta e saído correndo.

Ele exibiu o dedo anelar.

— Ela já oficializou a situação. Agora não tem mais jeito.

— Existe um negócio chamado divórcio.

Um negócio que eu aguardava ansiosamente para providenciar em seis meses.

— Talvez você se apaixone pela Stella, e ela se apaixone por você, e vocês dois vivam felizes para sempre sem nem precisar de um divórcio.

— É melhor você esperar sentado — falei, todo seco.

Ele fez o oposto do que eu disse, se levantando e cruzando os dedos para dar sorte. Eu odiaria aquele babaca se não gostasse tanto dele.

— Vou ver se a Aaliyah está bem. Ela tem ficado muito tempo em pé e precisa descansar as pernas.

— Tá bom. Mas espera... Connor?

— O quê?

— Você quer, ahn...? — Eu estava enrolando para perguntar aquilo, porque sabia que ele ficaria todo emocionado. — Você quer ser meu padrinho ou sei lá o quê? Sei que é tudo de mentira, mas... — Os olhos dele se encheram de lágrimas, e Connor levou a mão ao peito. — Para — ralhei.

— Damian Lincoln Blackstone...

— Meu nome do meio não é Lincoln...

— Qual é o seu nome do me...?

— Não tenho um nome do me...

— Tanto faz. Não importa. Seria uma honra ser seu padrinho.
— Para — repeti.
— Parar com o quê?
— De chorar.
— São os hormônios. Gravidez é um negócio esquisito.
— Você que é esquisito.
— Vou contar a novidade para a Aaliyah. Mas, escuta, só para ficar claro. Você merece ter pessoas que fiquem, Damian. As que foram embora é que não mereciam você.

Elas não foram embora. Elas me mandaram embora. Era diferente.

Meu melhor amigo era uma manteiga derretida. Engraçado como éramos tão diferentes um do outro. Dizem que os opostos se atraem, e nosso caso era prova disso. Fiquei me perguntando o que isso significaria para mim e para Stella. O que ia acontecer quando a minha escuridão encontrasse a luz dela?

Connor se afastou, secando as lágrimas, e eu podia escutá-lo dando a notícia para Aaliyah depois ao virar no corredor. Eu podia jurar que ela também estava chorando; eles eram dois esquisitões sentimentais. Às vezes, queria ser capaz de sentir essas coisas. Sentir tudo, sem vergonha de ser arrebatado pelas minhas emoções. Porém eu já tinha me decepcionado demais por dar importância às coisas, então isso havia deixado de ser uma possibilidade para mim.

Segui por um corredor e fui em direção ao escritório, infelizmente entrando em um lugar onde eu não deveria estar. Ali, no meio do escritório, estavam uma costureira, Maple e Stella.

Stella.

De pé, cercada por vestidos pendurados.

Stella.

De vestido.

De vestido de noiva.

Minha noiva.

Merda.

Eu tinha uma noiva.

Uma noiva linda, inclusive.

Ela parecia o melhor presente do mundo naquele vestido branco, mas também aparentava estar meio desconfortável no traje. Eu sabia que a culpa não era minha, mas fiquei meio sem graça. Saber com todas as letras que uma mulher não quer se casar com você é algo que mexe com a sua cabeça.

Ela não queria se casar comigo. Ela nem me conhecia. E também não era como se eu estivesse implorando para ser marido dela.

Aquilo era loucura. Aquilo tudo, cada detalhe daquela situação em que estávamos, era uma maluquice.

— Você não pode ver a noiva antes do casamento! — avisou Maple, me mandando ir embora.

— Não acredito em superstições — respondi, sem tirar os olhos de Stella, que também não parava de me encarar.

— Só porque você não acredita, não significa que elas não são reais. Agora, sai daqui antes que isso dê azar — disse Maple, me afastando com as mãos.

Olhei para as araras com os vestidos, depois para uma Stella silenciosa e sem graça, e disse a única coisa em que consegui pensar para lhe dar um pouco de tranquilidade.

— Pode ir de preto, se quiser.

7

Stella

Os amigos de Damian eram mágicos.

Connor e Aaliyah transformaram minha ansiedade em uma festa. Conhecê-los foi uma ótima surpresa, e, por alguma razão, os dois acabaram me deixando menos nervosa com o casamento no dia seguinte.

— A gente precisa organizar um jantar de ensaio de casamento! — anunciou Connor depois que provei o vestido, e Damian, seu terno.

— A gente não precisa de um jantar de ensaio, porque não vai ter ensaio. Nós vamos nos casar no quintal. Vai ser algo simples — declarou Damian em um tom seco.

Era impossível não sorrir ao observar a forma como ele e os amigos interagiam. Ele era muito diferente de Aaliyah e Connor. Os dois eram como a casa iluminada e colorida da vizinhança, enquanto Damian era a casa toda pintada de preto. Opostos completos, mas que, de alguma forma, davam certo juntos.

Talvez um cara como Damian precisasse de amigos radiantes. Caso contrário, ele se perderia na escuridão.

— Ah, mas é claro que a gente precisa de um jantar de ensaio — opinou Aaliyah. Seus cachos definidos estavam presos em um coque perfeito, e seu sorriso era contagiante. — Sabe no que estou pensando? — perguntou ela para Connor.

— Ah, eu sei no que você está pensando.

Ele concordou com a cabeça.

— No hambúrguer do In-N-Out! — gritaram os dois juntos, jogando as mãos para o alto.

— Ah, nossa, e podemos comprar aquele negócio que vimos no caminho para cá? — perguntou Connor.

— Donuts! — berraram eles ao mesmo tempo.

Parecia que os dois se comunicavam por frases incompletas mas sabiam exatamente o que estava sendo dito. Era a coisa mais fofa do mundo.

— A gente não vai fazer nada disso — declarou Damian, sério.

Eu achava incrível o fato de os amigos permanecerem inabaláveis diante de seu tom seco. Os dois continuavam felizes e contentes. Nós acabamos indo para um restaurante mais convencional, já que Damian não era nada fã de fast-food. Provavelmente ele nunca provou as batatas fritas especiais do In-N-Out. Eram incríveis.

— Sabe, eu e a Aaliyah começamos dividindo um apartamento, e olha só onde estamos agora. Então, mesmo que tudo pareça uma loucura nesse momento, pode acabar dando tudo certo no fim — disse Connor.

Se ele não era o romântico mais inveterado do mundo, eu não sei quem seria.

Infelizmente, fui a destruidora de sonhos.

— Por mais que isso tenha dado certo para vocês, eu já tenho namorado.

— O quê?! — exclamou Connor, sem conseguir disfarçar a surpresa. — Você tem namorado?

— Tenho.

— E ele não se incomoda com nada disso?

— Na verdade, foi ideia dele. — Dei de ombros. — Foi ele que insistiu para que eu aceitasse o acordo.

— Um cara ganancioso, pelo visto — murmurou Damian.

Olhei para ele.

— Diz o homem que só topou esse acordo pelo dinheiro.

Ele me lançou um olhar ainda mais duro. Quase mostrei a língua para ele. Infantil? Sim. Dramático? Também.

Mostrei a língua para ele em pensamento, e, por algum motivo, isso foi estranhamente satisfatório.

— Não liga para o Damian. Ele não sabe se comportar. Há quanto tempo você e o seu namorado estão juntos? — perguntou Connor.

— Uns dez anos quase.

Ele estreitou os olhos e apontou para mim.

— Então, pelo que entendi, não é tão sério assim — brincou ele.

— Ignora ele — disse Aaliyah, tocando meu antebraço de um jeito reconfortante. — Ele anda assistindo a muitas comédias românticas comigo.

— Ah, nossa, sei como é. Tenho uma sessão de comédia romântica toda noite — expliquei. — Sempre vejo uma comédia romântica todo dia. Quanto mais meloso o filme, melhor.

— Meu Deus — resmungou Damian, revirando os olhos.

Por que ele é sempre tão mal-humorado? Achei que estivéssemos tendo uma noite divertida.

— Algum problema com o que eu disse? — perguntei, em um tom incisivo.

— Nenhum. Deixa pra lá — respondeu ele.

— Não leva o que o Damian diz para o lado pessoal. Ele também me julga por eu ser viciado em comédias românticas — comentou Connor, amenizando um pouco a tensão que Damian despertava em mim.

De qualquer forma, por que eu me importava com o que ele pensava? Nenhuma das nossas interações até o momento tinha sido prazerosa. Estava na cara que nós não tínhamos sido feitos um para o outro.

— Por que você me trata tão mal o tempo todo? — perguntei a Damian.

Era impossível não levar as coisas que ele dizia para o lado pessoal.

— Pelo amor de Deus, não começa a chorar — zombou Damian.

— Damian! Para! — Aaliyah chamou a atenção dele.

Ele olhou para ela, murmurou um pedido de desculpas e pediu licença para ir ao banheiro.

Eu me recostei na cadeira, completamente frustrada.

— Sinto muito, mas qual é o problema do seu amigo? Ele é um babaca!

Connor franziu a testa.

— É, tem dias que ele acorda de ovo virado.

— De ovo virado? Fala sério. Ele acorda com um omelete inteiro virado. Se o Scrooge e a Cruela Cruel tivessem um filho, seria exatamente como ele.

Aaliyah sorriu.

— Então, ele é bem mal-humorado mesmo, mas juro que, no fundo, é um cara legal. Ele parece um homus duro.

Levantei uma sobrancelha.

— Ahn?

— Sabe quando você deixa o homus fora da geladeira por muito tempo e a parte de cima endurece? Mas aí, quando você fura essa casca, se depara com um homus delicioso e macio por baixo. O Damian é assim. Ele é um homus endurecido, você só precisa cutucar um pouco para chegar ao interior cremoso.

— Que comparação mais esquisita — falei.

— É, amor. Foi bem estranho — concordou Connor.

— Desculpa. — Os olhos de Aaliyah se encheram de lágrimas. — Eu estava pensando no homus que deixei fora da geladeira outro dia. Quando acordei e vi que não dava mais para comer porque tinha estragado, enfiei uma torradinha na casca mesmo assim e chorei quando cheguei no meio cremoso. E, desde então, estou com desejo de comer homus.

Os olhos de Connor se encheram de emoção.

— Não chora. Você sabe que eu choro quando você chora.

— Desculpa, mas é que estava tão gostoso! — disse Aaliyah, secando as lágrimas.

Não consegui conter o riso ao ver as emoções de uma mulher grávida, que afetavam seu marido com a mesma intensidade. Juro que parecia que eles eram duas almas que compartilhavam um mesmo coração.

— Não consigo entender como vocês podem ser tão sensíveis e ter um melhor amigo como o Damian.

Connor olhou na direção do banheiro e depois voltou a me encarar, então arregaçou as mangas e entrelaçou as mãos.

— Bom, vamos lá: enquanto o Damian não está aqui, podemos dar uma aula rápida sobre como lidar com ele.

— Ah, adorei a ideia! Tipo, Curso de Introdução ao Damian! — exclamou Aaliyah em um tom animado, como se não tivesse acabado de ter uma crise histérica por causa de homus. — Primeira lição: nunca desista quando ele resmungar, bufar ou fizer cara feia. Ele faz isso para afastar as pessoas. Você precisa se manter firme e bufar para ele também, se for necessário.

— Boa! Segunda lição: não deixe que ele te desrespeite. Se ele te magoar, deixe isso claro. Ele é tão direto que nem sempre percebe que faz isso. Mas, se você mostrar que ficou magoada com algo que ele disse ou fez, vai conseguir ver o arrependimento nos olhos dele. Então as atitudes dele depois disso serão uma forma de se desculpar. Às vezes, ele até pede desculpas com todas as letras, mas o normal é que faça isso através de gestos. Ele é o tipo de cara que prefere fazer em vez de falar.

— Terceira lição: ele tem traumas do passado e não vai falar sobre isso. Ele tem medo de ser abandonado, então prefere manter as pessoas longe — sussurrou Aaliyah ao ver Damian saindo do banheiro.

— E a quarta lição! — disse Connor, se inclinando na minha direção. — Pode mandar esse babaca ir se foder de vez em quando. Ele não vai merecer ouvir isso em noventa e nove por cento das vezes. Mas tem esse um por cento aí... e alguém precisa colocá-lo em seu lugar. Ele respeita pessoas que se impõem e que o enfrentam.

— É, e não se esqueça de que ele é um homus — reforçou Aaliyah, batendo com um dedo na cabeça. — Se você quebrar um pouquinho a casca, vai chegar na parte boa.

8

Damian

Depois do jantar, Stella e eu ficamos do lado de fora, esperando o manobrista trazer o carro alugado de Connor. Aaliyah e Connor tinham ido correndo ao banheiro, nos deixando sozinhos.

E, é claro que nossa querida Stella não aguentou ficar em silêncio por muito tempo e começou a puxar papo.

— Seus amigos são muito legais. — Stella inclinou a cabeça para mim e estreitou os olhos. — Ainda estou tentando entender como você é tão babaca.

E lá vamos nós de novo.

— Fomos criados de formas diferentes — resmunguei.

— Sei. Talvez. Mas a Aaliyah disse que cresceu em um contexto mais ou menos parecido com o seu, e...

— Não seja ignorante.

— Como é que é?

— Se você está falando do fato de que eu e a Aaliyah crescemos em lares adotivos e acha que todo mundo nessa situação é criado do mesmo jeito, então está sendo ignorante.

— Eu nem sabia que a Aaliyah tinha crescido em lares adotivos. Talvez, se você me deixasse concluir meu raciocínio, saberia aonde eu pretendia chegar.

— O que você ia dizer?

— Esquece. Não importa.

Resmunguei e não insisti no assunto.

Ficamos parados na calçada, esperando Aaliyah e Connor voltarem. O silêncio era ensurdecedor, mas eu não tinha coragem de quebrá-lo e pedir desculpas a Stella por colocar palavras em sua boca.

— Você faz isso sempre? — perguntou ela, encarando a rua, mas falando comigo.

— Faço o quê?

— Cria barreiras?

— Barreiras?

— Para afastar as pessoas.

Alternei o peso entre os pés e cruzei os braços, sem falar nada.

Apesar de a resposta ser um sim bem sonoro.

Ela soltou um suspiro pesado e se virou para mim.

— Escuta, sei que você não está feliz com a nossa situação, e, acredite, eu também não estou. Mas, para que a gente consiga fazer esses próximos meses darem certo, temos que aprender a nos comunicar.

— Discordo. O que a gente precisa é ficar bem longe um do outro. Eu não sou de interagir muito com pessoas.

— Bom, pelo visto, nós somos o oposto um do outro. Eu adoro interagir com pessoas.

— Tudo bem. Você não precisa interagir com esta pessoa — respondi com frieza. — Além do mais, você não gosta de interagir com pessoas. Você gosta de agradá-las, o que é diferente.

Ela riu.

— Você nem me conhece e já está tentando definir quem eu sou.

— Não é difícil perceber isso. Você faz de tudo para ganhar a aprovação dos outros. É por isso que fica tão incomodada por eu não gostar de você.

— Estou pouco me lixando se você gosta de mim ou não — rebateu ela. Alternando o peso entre os pés, Stella girou os ombros para trás. — Mas por que você não gosta de mim? — perguntou, provando que eu estava certo.

Soltei uma risada irônica.

Ela franziu o cenho.

Eu não estava acostumado a vê-la com o cenho franzido. Sua expressão parecia bem triste agora. Talvez porque ela não demonstrasse tristeza com frequência.

— Vai se foder, Fera.

— Com as luzes acesas ou apagadas, Cinderstella?

Ela corou e começou a gaguejar, depois se mexeu de um jeito meio desconfortável.

— Escuta, nenhum de nós quer estar aqui, então vamos tentar ficar longe um do outro, tá? Seis meses passam rápido, e aí vamos poder seguir em frente. Daqui a pouco, não vamos passar de uma lembrança distante um para o outro.

— Não vejo a hora.

— Que bom.

— Que ótimo.

— Fantástico!

Revirei os olhos.

— Você sempre precisa dar a última palavra?

— Não!

— Que bom.

— Só estou dizendo...

— Meu Deus, mulher! Você não consegue ficar quieta? Você fala demais.

— Você fala de menos.

Fiquei quieto.

Ela continuou falando.

Eu bufei.

Ela bufou também, dramática.

— *Pff!* — soltou ela.

— Que porra foi essa?

Ela estufou o peito.

— Bufei para a sua bufada.

Cogitei a hipótese de que ela realmente estivesse descompensada, mas não falei nada porque não queria dar abertura para que aquela conversa continuasse.

Nós éramos um casal incompatível, e parte de mim duvidava de que ela conseguiria passar seis meses sem falar comigo. Foi só naquele momento que percebi o quanto o silêncio tinha sido um privilégio na minha vida.

∽∾∾

— Seja mais legal com ela — disse Connor.

— O quê?

— Você me ouviu. Para de ser escroto. Você precisa baixar um pouco a guarda, Damian — comentou Connor no cinema de casa, depois do jantar.

Aaliyah tinha ido se deitar, e Stella estava fazendo sei lá o quê. Provavelmente dançando sob a luz da lua e conversando com o mar, ou fazendo alguma outra coisa esquisita.

Connor tinha dado a ideia de assistirmos a um filme no cinema, e eu havia concordado. Mas fazia vinte minutos que estávamos tentando descobrir como colocar o filme. Ele então desistiu, se jogou em uma das poltronas incrivelmente confortáveis e começou a me dar bronca.

— Não tem nada de errado em levantar a guarda — argumentei. — É bom impor limite aos outros.

— Sim — concordou ele. — Mas tratar os outros com frieza não é bom. A Stella é uma boa pessoa.

— Aonde você quer chegar com isso?

— Você é grosseiro com ela.

— Não sou grosseiro. Sou direto.

Ele riu.

— O seu jeito direto parece grosseiro para a maioria das pessoas.

— Por que é minha responsabilidade controlar como o resto do mundo se sente?

Ele apontou um dedo para mim.

— Olha aí você fazendo de novo.

— Fazendo o quê?

— Está entrando na defensiva. Não estou aqui para encher o seu saco, cara. Estou aqui como seu melhor amigo. Você me pediu dicas para fazer essa situação com a Stella dar certo e, assim, conseguir o que quer: o dinheiro para ajudar instituições de caridade.

— Sim.

— Então estou sendo um amigo prestativo. Você precisa ser mais legal com ela.

— Eu não sou legal.

— Porra nenhuma. Você é o cara mais legal que eu conheço. Só não costuma mostrar isso para os outros com frequência. No ano passado, você foi mais do que legal dando força para a Aaliyah quando ela mais precisava. Você foi bondoso. E paciente. E o melhor amigo que alguém poderia ter. Você é a pessoa mais franca do planeta, Damian. Não estou dizendo que você tem que ser o Super-Homem da Stella, mas... só pega mais leve. Dá para ver que ela é sensível.

— Ela chora por tudo.

— E você não chora por nada. Vocês são o oposto um do outro. Tenta achar um meio-termo, pelo menos. Você não está sozinho nessa situação louca. A Stella está passando pela mesma coisa dia após dia. Ela não é a vilã dessa história, Damian. Ela é a mocinha. Ela é do bem.

— E se ela não for? E se ela for uma pessoa horrível e estiver escondendo isso muito bem?

Ele deu de ombros.

— Você é mestre em interpretar pessoas. Cinco minutos com qualquer pessoa e você já sacou qual é a dela. A Stella deu alguma indicação de ser cruel durante o tempo em que você passou com ela?

Não.

Nenhuma.

Muito pelo contrário.

Ela era esquisita pra cacete? Sim. Mas cruel? Nem um pouco.

— Não estou dizendo para você se deixar apaixonar por ela, apesar de eu achar que isso também seria uma boa ideia. Só tenta pegar mais leve. Ela está nessa merda toda com você. Na verdade, vocês dois estão juntos nessa roubada.

Bufei, irritado por ele estar certo.

— Vocês estão enrolados aí?

Stella interrompeu nossa conversa ao entrar no cinema. Ela estava ensopada, secando o cabelo cacheado com uma toalha. Eu tinha quase certeza de que ela havia ido dar um mergulho no mar, exatamente como na outra noite.

— Não conseguimos ligar isso — disse Connor, exibindo cinco controles remotos diferentes.

— Eu ajudo vocês.

Ela se aproximou e pegou os controles. Em questão de segundos, a tela acendeu. Stella perguntou ao que queríamos assistir, Connor respondeu, e ela configurou tudo.

— Quando vocês terminarem, é só apertar este botão para desligar tudo. E tem um frigobar com bebidas ali no canto. Posso fazer pipoca, se vocês quiserem — ofereceu ela.

— Não precisa — falei.

— Adoro pipoca! — exclamou Connor, como se não tivesse acabado de comer duas cestas de pão no jantar.

Sem pensar duas vezes, Stella foi preparar a pipoca para meu amigo faminto. Sem qualquer sinal de irritação nem reclamações. Ela apenas fez a pipoca e nos entregou dois baldes.

— Se precisarem de mais alguma coisa, é só me chamar, não importa a hora. Eu cresci aqui, então sei como tudo funciona. Se não precisarem de mim, a gente se vê amanhã, para o grande evento — brincou ela sobre a cerimônia, aparentando estar nervosa.

Será que ela estava tão nervosa quanto eu?

Quando ela saiu do cinema, suspirei, olhando para os milhos estourados com um cheiro delicioso diante de mim.

— O que foi? — perguntou Connor, ao ouvir meu suspiro.

— Ela é igual a você e a Aaliyah, né?

— Como assim?

Revirando os olhos, enfiei um punhado de pipoca na boca e mastiguei com vontade.

— Uma boa pessoa. — Ele riu. Eu gemi. — Não tem graça.

— Eu sei. Detesto quando boas pessoas aparecem. É um saco.

Eu também detestava. Porque elas quase nunca ficavam na minha vida.

9

Stella

Acordei na manhã seguinte depois de uma péssima noite de sono. Fiquei rolando na cama até o sol nascer, pensando no que ia acontecer naquele dia. Pior ainda, eu esperava poder passar a noite com Jeff, para deixar claro para ele, ou talvez para mim, que, no fim das contas, aquele casamento era apenas um contrato. Só um papel que formalizaria o último desejo esquisito de Kevin.

Infelizmente, Jeff tinha um bico como DJ naquela noite e se recusou a assistir à cerimônia. Dava para compreender o lado dele. Eu odiaria vê-lo se casando com outra mulher. Mesmo assim, achava que sua presença teria deixado ainda mais óbvio o absurdo daquela situação — principalmente porque tinha sido ele quem insistira para que eu aceitasse o acordo.

Vou fazer isso por nós dois. Pelo nosso futuro. Pelo nosso final feliz.

Eu ficava repetindo isso para mim mesma o tempo todo, tentando evitar um colapso nervoso.

Alguém bateu à porta, me obrigando a sair da cama. Quando abri, dei de cara com um rosto amigo e uma bandeja cheia de comidinhas deliciosas. E, mais importante, champanhe.

— Bom dia! — exclamou Aaliyah, sorrindo de orelha a orelha. — Achei que a noiva merecia começar o dia com um drinque. Sei que não é um casamento de verdade, mas você merece ser tratada como uma rainha mesmo assim.

— Por que não conheci você antes? — brinquei. — Entra. — Quando ela entrou no quarto, percebi que havia outra bandeja na mesinha do corredor, em frente à porta do meu quarto. — Você trouxe aquilo ali também? — perguntei.

— Ah, não. Já estava ali quando cheguei.

Fui até lá e senti meu coração perder o compasso quando vi um prato com bolinhos de mirtilo e uma xícara de café preto. Exatamente o que Kevin sempre comprava. Ao lado do prato, havia um bilhete dobrado. Eu o peguei e li as palavras enquanto o órgão mais forte do meu corpo martelava em minhas costelas.

Para dar sorte hoje.

— Fera

Ah, Damian.
Seu homus endurecido.

— É do Damian? — perguntou Aaliyah.

— É. Ele... — Suspirei, sentindo as lágrimas se acumularem em meus olhos enquanto eu encarava os bolinhos. — Eu e o meu pai costumávamos comer bolinhos de mirtilos juntos. É uma longa história.

Ela sorriu e começou a preparar uma mimosa para mim.

— Sou toda ouvidos.

Expliquei para ela a história dos bolinhos e contei como eu e Damian tínhamos nos conhecido. Ela riu da situação, apesar de eu ainda sentir vergonha por ter me comportado feito uma doida naquela manhã.

— Bem que eu achei estranho ele ter saído de casa às quatro da manhã. Acho que ele deve ter sido o primeiro da fila — disse Aaliyah.

— Você estava acordada às quatro da manhã?

— Aham. Não consegui dormir por causa do fuso horário. São três horas de diferença.

Olhei para os bolinhos me sentindo meio atordoada.

— Não sei como alguém tão babaca também pode ser tão doce.

— O Damian é assim mesmo.

— Tenho vontade de chorar só de olhar para esses bolinhos. Sei que é bobagem, mas tenho.

— Você perdeu uma das pessoas mais importantes da sua vida na semana passada. Ainda está sensível. Sinta o que tiver que sentir. Está tudo bem.

— Obrigada, Aaliyah.

— De nada.

— Você pode me contar alguma coisa sobre ele? — pedi, quando ela me entregou meu drinque.

Tinha quase certeza de que o medo estampado no meu rosto havia deixado claro para ela que eu precisava de uma bebida.

— Sobre o Damian?

— É. Sei que é besteira, mas eu, bom, estou...

— Desnorteada?

Assenti.

Ela abriu um sorriso gentil e me entregou a taça.

— Eu entendo. Quer dizer, mais ou menos. Para falar a verdade, só vi esse tipo de coisa acontecer nos livros.

— Pois é. — Ri de nervoso.

— Parece um conto de fadas perverso. O que aconteceria se a Fera se casasse com a Cinderela?

— Ele te contou sobre os nossos apelidos?

Ela arqueou uma sobrancelha, curiosa.

— Não. Apelidos? O Damian odeia apelidos.

Eu ri.

— Bom, ele me chama de Cinderstella, mas de um jeito debochado.

— Nossa. Você deve mesmo provocar algum efeito nele para ele reagir assim. O que posso dizer é que ele é leal. Quando resolve ficar do lado de alguém, é para valer. Há pouco mais de um ano, passei por uma situação complicada. Eu e o Connor não estávamos nos falando, mas o Damian apareceu quando eu mais precisava de apoio. Ele ficou comigo e me deu muita força. Daquele jeito dele, é claro. Mas segurou minha mão nos momentos mais difíceis. Por causa do amor dele pelo Connor. Ele é capaz de tudo pelo melhor amigo.

— Como eles se conheceram?

— Essa é uma história longa demais para eu contar agora. Você precisa tomar banho e se arrumar. A Maple pediu para eu levar você para a casa de hóspedes daqui a duas horas, para colocar o vestido. Então tire um tempo para você. E saiba que não importa o que aconteça, tudo vai dar certo.

— Como você sabe que vai dar certo?

— Eu não sei. — Ela deu de ombros. — Vamos dizer que é a minha intuição. Aproveita os bolinhos e a mimosa.

— Obrigada mais uma vez, Aaliyah.

— De nada. — Ela fez uma pausa, como se tivesse mais alguma coisa para dizer.

— O que foi?

— Eu só queria dizer que... Não sei o que vai acontecer entre você e o Damian. Não sei como vai acabar essa situação bizarra nem se vocês dois vão aguentar os seis meses inteiros, mas já li muitos contos de fadas. Eles sempre terminam com um final feliz.

Mordi o lábio inferior.

— Até os perversos?

— Especialmente os perversos. Talvez não seja o final que a gente planejava, mas, mesmo assim, tudo acaba bem.

Agradeci de novo. Antes que ela fosse embora, fiz mais um pedido.

— Você por acaso gostaria de ser minha madrinha? Como a Maple vai ser a celebrante, não tenho ninguém para ficar do meu lado. Quer dizer, tenho minhas amigas do trabalho e tal, mas, como esse não é o meu casamento de verdade, achei que seria esquisito convidar as pessoas, contar sobre essa situação toda então...

— Seria uma honra. Outra coisa, sei que a gente te deu umas dicas ontem, mas não tenha medo de jogar na cara do Damian que você é esposa dele. Depois que vocês se casarem, não deixa o Damian te tratar mal nem uma única vez. Mesmo fingindo não levar casamentos muito a sério, ele faz questão de honrar seus compromissos e de manter sua palavra. Depois do "sim", ele vai ser leal a você.

— Como você sabe disso?

Ela olhou primeiro para os bolinhos de mirtilo e depois para mim.

— Eu conheço o meu amigo e o coração que ele finge não ter.

∽∽

— Não chora — falei para vovó quando saí do quarto, usando meu vestido.

Um vestido preto — como Damian havia sugerido. Por algum motivo, aquilo parecia certo. Era como se eu não estivesse dando a ele algo especial que preferia guardar para Jeff.

Não adiantou nada pedir a vovó que não chorasse, porque, assim que abri a boca, ela já estava se debulhando em lágrimas.

— Uau, uau, uau — arfou ela, vindo em minha direção com os braços abertos. — Sei que isso é uma loucura para você, mas, nossa, Stella. Você parece uma obra de arte. — Ela me deu o abraço mais apertado do mundo. — Queria que a sua mãe e o Kevin pudessem te ver hoje.

Ao ouvir aquilo, senti um aperto no coração.

— Não é de verdade, vovó.

— Eu sei, eu sei. Mas, caramba... — Ela deu um passo para trás e segurou minhas bochechas. — Hoje parece de verdade.

Alguém bateu à porta. Vovó abriu, e Aaliyah entrou.

— Olá, meninas. Stella, nossa... você está deslumbrante — disse ela.

— Obrigada.

— Os meninos já estão esperando. Podemos começar quando vocês duas estiverem prontas.

— Estamos prontas — disse vovó e se virou de novo para mim. Ela arqueou uma sobrancelha. — Não estamos? — perguntou, querendo minha confirmação para seguirmos em frente.

Concordei com a cabeça, soltando o ar que eu nem tinha percebido que estava prendendo.

— Estamos. Vocês podem ir na frente. Vou daqui a uns cinco minutos, tudo bem?

— Perfeito. — Vovó me deu um último abraço antes de sair com Aaliyah.

Fui até a janela e fiquei observando as ondas quebrando na praia. O mar estava tranquilo naquela manhã. Calmo até. Sem pensar muito, fui até a porta dos fundos da casa de hóspedes e comecei a andar na direção do mar. À esquerda, dava para ver o local da cerimônia, e eu sabia que me restava pouco tempo até ter de estar ali para trocar votos com um homem que eu não conhecia.

Eu precisava de um instante com a mulher que foi a primeira pessoa a me amar.

— Mamãe, preciso do seu amor para me ajudar a enfrentar esse dia. Vou precisar que você me mostre que está comigo. Pode ser? Porque estou entrando em pânico agora, e não consigo acreditar que tenho que fazer isso sem você... sem o Kevin... — Respirei fundo e alisei o vestido com as mãos. — Aliás, se você puder, diz para o Kevin que estou revoltada com ele por causa dessa ideia. — Fiz uma pausa, olhando para meus dedos. — E também que odeio o fato de ele não estar aqui para me levar até o altar.

Eu me agachei e molhei as mãos, sentindo a frieza da água lavar minha pele. Ao fechar os olhos, sussurrei a resposta para as palavras que apenas minha alma era capaz de ouvir.

— Eu também te amo, mamãe.

Unida à terra, unida ao mar, que as ondas do oceano me abençoem aonde quer que eu vá.

Eu me empertiguei e segui rumo à minha vida temporária, para a qual diria "aceito".

O caminho até o altar estava ladeado por lilases. Senti um aperto no peito quando vi minhas flores favoritas. O sol batia em minha pele e minhas mãos suavam de nervosismo. No momento em que levantei a cabeça para olhar para a frente, encontrei os olhos de Damian e, pela primeira vez, notei que nunca tinha visto aquela expressão em seu rosto.

Era... deslumbramento?

Ele me encarava como se estivesse me vendo pela primeira vez. Damian balançou a cabeça por um instante, como se tentasse sair de um transe, depois pigarreou. Era impossível fingir que ele não estava lindo. A Fera ficava bem naquele terno todo preto e de pés descalços na areia. Seus olhos azuis se destacavam ainda mais com o mar servindo de pano de fundo para a cerimônia.

Quando cheguei ao meu lugar, me virei para ele.

— Oi, Fera.

Ele fungou e acenou com a cabeça.

— Olá, Cinderstella.

Sorri.

Ele quase sorriu também.

— Só um instante, só preciso encontrar a passagem certa — disse vovó, se virando de lado enquanto folheava seu livro.

Damian não tirou os olhos de mim. Eu nem cogitava a possibilidade de olhar para qualquer pessoa que não fosse ele.

— Você... — Ele esfregou o nariz com o polegar, se deixando levar pelo nervosismo. — Você está...

— Bonita? — Sorri.

— Não.

Franzi a testa.

— Ah.

— Não... Não foi isso que eu quis dizer. — Ele fez uma careta e resmungou baixinho, olhando para baixo. Seus dedos se remexeram na areia enquanto ele alternava o peso entre os pés. Quando ele levantou a cabeça, aquela expressão que eu tinha visto em seu rosto quando estava chegando ao altar agora havia se transformado em algo mais intenso. E era inconfundível. — Você está fascinante — sussurrou. Tão baixo que fui a única a escutar. Tão carinhoso que senti um frio na barriga. Tão sincero que quase me debulhei em lágrimas.

Nunca na vida ninguém havia usado essa palavra para me descrever. Bonita? Sim. Fofa? Claro. Amorzinho? O tempo todo. Mas fascinante? Parecia ser um termo secreto, reservado em um conjunto de palavras que jamais eram usadas para descrever uma mulher como eu.

Fascinante? Fascinante. *Fascinante*!

Os calafrios que aquela palavra me proporcionou faziam minha cabeça girar.

— Não chora — disse ele, em tom de alerta.

— Você não manda em mim — falei.

Ele sorriu.

Tinha escapulido. Sem querer. Algo que provavelmente quase nunca acontecia com ele.

Ele escondeu o sorriso na mesma hora, mas eu tinha visto. Ele viu que eu tinha visto, e, bom, aquele sorriso ficaria grudado na minha mente por algum tempo.

— Por que você está sendo legal comigo? — sussurrei, confusa.

O Damian com quem eu briguei em frente à padaria não era o mesmo Damian que estava parado ao meu lado naquela manhã, que tinha comprado bolinhos de mirtilo para mim e usava a palavra "fascinante" para me descrever.

— Porque hoje é o nosso casamento — respondeu ele.

Você me deixa muito confusa, Sr. Blackstone.

— Bom, vamos lá. — Vovó olhou para nós, então a cerimônia começou.

Foi tudo muito rápido, o que me deixou aliviada.

— Vocês escreveram seus votos? — perguntou vovó.

Arregalei os olhos, pega de surpresa com a pergunta.

— Ah, não. Achei que a gente não precisaria, porque...

— Eu escrevi — interrompeu-me Damian, e fiquei chocada ao ouvir aquilo.

— Hein? Você escreveu seus votos? — questionei.

Ele enfiou a mão no bolso do paletó e pegou um papel dobrado.

— Escrevi, mas se você preferir que eu não leia...

— Não — respondi depressa, colocando a mão em seu antebraço. No instante em que encostei em sua pele, os olhos azuis de Damian baixaram para a minha mão e depois subiram devagar até meus olhos castanhos. Afastei a mão na mesma hora e esfreguei as palmas suadas no vestido. — Quer dizer, eu quero ouvir.

Ele assentiu e desdobrou o papel.

— Stella. Acho que não seria exagero dizer que hoje é um dia estranho pra caralho — começou ele, e todo mundo riu. Mas ele, não. Era como se nem tivesse percebido quanto tinha sido engraçado. — E, enquanto eu escrevia isso, percebi que não te conheço. Não sei seu nome do meio, muito menos seu sobrenome. Mas sei que nada disso é fácil para nenhum de nós dois. Um amigo me lembrou desse fato. Apesar de eu não saber muito sobre você, sei sobre mim. Conheço meus defeitos e sei quais são as minhas dificuldades. Sei que sou grosseiro, que sou frio e difícil de lidar. Às vezes sou meio estourado e sou capaz de pensar o pior das pessoas. Sei que você já viu de perto, e não me orgulho disso, principalmente porque também vi algumas características suas nos últimos dias. — Ele me fitou e começou a falar olhando diretamente para mim. — Eu vi a sua bondade. Vi que você é sensível. Eu vi como você absorve cada palavra que é dita, além de ser uma pessoa bastante emotiva. Você se emociona até com as ondas — disse ele, apontando para o mar.

Eu ri, sabendo que estava à beira das lágrimas naquele momento.

— Eu vi as caras que você faz e sei como minhas palavras te impactam. Vi como minhas atitudes escrotas te afetam. Então quero fazer algumas promessas para você hoje. Prometo tomar cuidado com o que falo, para você não achar que precisa estar sempre pisando em ovos comigo. Prometo pedir desculpas quando estiver errado, e até quando estiver certo. Prometo ser sincero com você e tentar fazer isso de um jeito mais gentil. Apesar de isso tudo ser de mentira, prometo fingir que não é. Prometo ser seu marido quando você precisar de mim e ser menos babaca sempre que puder. Prometo bolinhos de mirtilo nas manhãs de sábado, porque sei que eles são importantes. Enfim. É isso. Prometo não ser as piores partes de mim, para você poder ser as melhores partes de você. Hoje, prometo isso a você.

— Muito bem — disse vovó, secando as lágrimas. — Eu não esperava por isso.

Damian fez uma careta.

— Foi meio exagerado.

— Não! — gritaram todos ao mesmo tempo, jogando as mãos para o alto.

Connor se inclinou para a frente e deu um tapinha no ombro do amigo.

— Foi a conta certa.

A expressão ranzinza de Damian reapareceu quando ele franziu as sobrancelhas.

— Tá bom. Então pode continuar — disse ele para vovó.

— Espera! — gritei. — Pensei em algumas promessas também.

— Ah, é? — perguntou ele, surpreso.

— Sim. Bom, é meio óbvio que estou improvisando, mas prometo a você manhãs tranquilas. Já percebi que você acorda meio de mau humor, pelo jeito como resmunga enquanto faz café. E prometo não ficar tagarelando quando estiver nítido que você não está a fim de conversar. Então não vou mais fazer isso. Na verdade, talvez eu faça, mas só porque sou tagarela. Não gosto de lugares silenciosos. Até quando estou sozinha, falo comigo mesma. Mas vou tentar me policiar. Prometo a você paz no meu mundo de caos emocional. Prometo me esforçar para chorar menos, porque sei que isso te deixa desconfortável. E juro que até as suas piores características não são tão ruins quanto você pensa, e prometo criar um espaço em que você possa ser como é de verdade, sem julgamentos. Hoje, eu prometo isso a você.

— Acho que vocês estão querendo arrasar com o coração de uma mulher grávida — choramingou Aaliyah, tirando um lenço de dentro do sutiã.

— Passa um para cá — pediu Connor, esticando a mão.

Eu ri ao ver que tudo acabou ficando leve depois de uma manhã tão intensa.

Quando chegou a hora, nós dois dissemos "aceito". Não trocamos alianças, mas assinamos um papel, tornando o acordo bastante real.

Vovó uniu as mãos.

— Pelo poder a mim concedido pelo estado da Califórnia, eu os declaro marido e mulher. Você pode beijar a...

— Não vou te beijar — disse Damian, interrompendo vovó. Ele ficou um pouco tímido e balançou a cabeça. — Bom, você tem namorado...

— É. Meu namorado. É claro. Seria bem inapropriado.

— Sim. Porque casar com um desconhecido não é nada inapropriado — brincou ele.

Pelo menos eu achei que ele estivesse brincando. Era difícil saber se algo era brincadeira ou não quando se tratava de Damian.

— Bom, vocês podem se abraçar, pelo menos — sugeriu vovó.

— Ah, o Damian não abraça ninguém — disse Connor. — Tirando a Aaliyah, mas só porque ela está grávida. Ela tem passe livre com ele por alguns meses.

— Bate aqui então? — brinquei, levantando a mão fechada.

— Eu me recuso — respondeu Damian.

Justo.

— Bom, ahn... e um aperto de mão? — sugeriu vovó, já sem paciência com aquilo.

Estiquei minha mão para Damian, e ele retribuiu o gesto.

Trocamos um aperto de mão como marido e mulher. Logo em seguida, uma onda quebrou na praia. Quando a água espirrou em minhas bochechas, parecia que minha mãe havia me dado beijos.

⁓୬ୄ⁓

Depois da cerimônia, Connor e Aaliyah tiveram de correr para pegar o voo de volta para Nova York. Quando eles foram embora, o dia voltou a parecer um sábado qualquer, tirando o vestido de noiva nada tradicional que eu ainda estava usando e o marido que agora morava comigo na casa onde cresci.

Eu me sentei na areia, observando o céu escuro beijar o horizonte, sentindo meu coração acelerar. Tinha a impressão de que, por mais que quisesse que aquele fosse um dia normal, os próximos seis meses seriam bem interessantes.

Eu me levantei, ainda de vestido preto, e fui andando até o mar, onde deixei as ondas me engolirem. Rezei para a deusa do mar e pedi a minha mãe e a Kevin que me protegessem de tudo que estivesse por vir. Pedi que me mostrassem o caminho que eu deveria seguir, que me ajudassem a entender o que eu teria de enfrentar, porque não tinha a menor ideia do que fazer. Parecia que a minha vida estava sem rumo. Eu achava que tudo seria diferente. Achava que, a essa altura, já seria reconhecida pela minha arte e não estaria mais trabalhando em um estúdio de massagem. Achava que já estaria casada e talvez esperando meu primeiro filho. Pensei que Kevin ainda estaria aqui para me levar ao altar.

Enquanto as ondas passavam por mim, implorei para que levassem minha ansiedade e meus medos embora.

Fiquei na água por uns dez minutos. Quando saí, vi Damian vindo na minha direção com uma toalha. Curiosa, levantei uma sobrancelha enquanto ele se aproximava.

— Você faz isso toda noite? — perguntou ele. — Eu digo, entra no mar...

— Faço. É meio que um hábito.

Ele contraiu um dos cantos da boca e encarou a toalha por alguns segundos antes de entregá-la a mim.

— Achei que ia querer.

Eu lhe agradeci. Damian ficou parado ali, me olhando sério, e eu sorri, sabendo que ele estava pensando em outra coisa.

— O que foi?

— Nada, é só que... Eu não sabia se a gente devia fazer isso ou não. E aí pulamos essa parte na cerimônia, mas... — Ele enfiou a mão no bolso e tirou um anel com um cristal preto imenso. Arfei ao ver aquilo. Ele franziu o cenho. — Comprei no início da semana. Não sabia se deveria te dar ou não, então... toma.

Ele o enfiou na minha mão e se virou para ir embora depressa.

Não pude deixar de sorrir ao ver que ele estava nervoso. Pelo visto, eu não era a única que ficava pensando demais.

— Damian, espera! — chamei.

Ele se virou para mim com uma sobrancelha arqueada e uma expressão carrancuda. Acenei com a cabeça na direção dele.

— Obrigada por isso. E pela toalha. Para ser sincera, eu me sinto como se nós fôssemos duas crianças brincando de casinha.

— Eu passei a vida inteira brincando de casinha, em diferentes cenários.

— Em lares adotivos? — perguntei, e ele assentiu. — Posso perguntar em quantas casas você morou?

— Perdi a conta.

Aquela resposta fez meu coração doer. Eu não podia nem imaginar como aquilo tinha sido sofrido. Se Kevin não tivesse me adotado depois da morte da minha mãe, talvez eu tivesse seguido o mesmo caminho. Quanto mais eu descobria sobre Damian, mais compreendia como a comparação com o homus endurecido fazia sentido.

Durante a vida inteira, ele teve de ser forte, porque provavelmente achava que a qualquer momento seria abandonado. No seu lugar, eu também teria dificuldade em confiar nas pessoas.

Eu queria continuar falando, tentar descobrir mais sobre ele, porém sabia que não podia forçar muito a barra tentando tirar informações dele. Damian se fecharia na mesma hora.

Em vez disso, eu lhe agradeci mais uma vez pela toalha.

— De nada. — Ele esfregou a escápula. — Não é isso que os maridos fazem pelas esposas?

Sim. Imagino que seja.

10

Damian

Novembro foi nosso primeiro mês morando juntos. Foi mais fácil do que eu esperava. Nos dias em que não éramos obrigados a dormir na mesma casa, Stella ficava com o namorado, Jeff. Nós ainda não tínhamos nos conhecido, mas ela falava dele como se o idolatrasse. O que provavelmente significava que ele não prestava. Stella parecia enxergar apenas o lado bom da maioria das pessoas — inclusive quando se tratava de mim.

Eu não ia para o meu apartamento nos dias em que podia dormir fora de casa. Não fazia sentido mudar minha rotina nas quartas e quintas quando teria de voltar para a nossa casa dois dias depois. Por mais que aquela situação ainda fosse novidade, precisava admitir que a casa era dominada por um silêncio perturbador quando Stella não estava.

Quando ela estava em casa, era um circo. Não de um jeito irritante — tudo bem, talvez de um jeito meio irritante. Stella simplesmente iluminava o lugar. Ela sempre trazia flores para dar mais vida e, nas noites em que dormia lá, todas as luzes ficavam acesas. Era como se ela tivesse medo de ficar no escuro por muito tempo. Além disso, ela falava sozinha. Não importava o que estivesse fazendo. Qualquer tarefa a levava a conversar sozinha em voz alta ou cantarolar uma música enquanto mexia o quadril de um lado para o outro. Eu ficava exausto só de ver a animação dela. Stella parecia ser uma dessas pessoas que simplesmente eram felizes. Aquele tipo de felicidade sem motivo específico. Antes de Connor, eu não sabia mesmo que essas pessoas existiam. Para mim, Stella havia se juntado a ele no grupo das pessoas de bem com a vida.

Porém, quando ela não estava em casa, o dia se tornava cinza e tomado por tempestades outra vez.

Eu ainda estava me acostumando a morar com outra pessoa. Fazia muito tempo que não morava com alguém. A última vez foi quando eu tinha quinze anos e fugi do abrigo. Depois disso, passei a me virar sozinho.

Quando se está acostumado a viver sozinho e acaba sendo obrigado a morar com outra pessoa, você se torna extremamente consciente de todos os seus hábitos bobos, como lavar os pratos antes de colocá-los no lava-louça. Ou jogar as roupas sujas direto na máquina de lavar em vez de num cesto. Eu não podia mais fazer isso, porque agora a máquina era compartilhada.

Eu era meio ranzinza e sabia disso, mas Stella parecia não ligar muito. Ela era uma pessoa muito limpa e organizada. Quase nunca deixava suas coisas fora do lugar e, às vezes, quando saía de casa, até perguntava se eu queria algo da rua. Começamos com o pé esquerdo, mas Stella acabou se mostrando bastante prestativa.

Eu estava meio surpreso com o fato de o namorado dela ainda não ter falado em casamento. Relacionamentos sérios não eram a minha praia, mas dava para ver que Stella era um ótimo partido. Tudo bem que tinha um senso de humor meio bobo, mas Stella também era gentil. Bondosa e atenciosa. Linda. Linda de um jeito que era impossível tirar os olhos dela quando ela não estava prestando atenção. Às vezes, eu a encontrava rindo sozinha de alguma coisa no celular. Ela jogava a cabeça para trás com uma expressão divertida no rosto. Sua boca se abria em gargalhadas, e ela batia a mão na coxa de tanto que ria, se entregando completamente ao momento. Às vezes, até soltava uns roncos no meio do riso, e, bom... quando eu presenciava essas ocasiões, sabia que estava testemunhando um momento de felicidade pura.

Eu ficava com inveja dela. Bastava olhar para Stella para ver sua alegria. Meu cérebro não conseguia processar o que era aquela sensação.

Mas, de vez em quando, eu me perguntava como ela se comportava quando ficava irritada. Será que ela ficava irritada? Será que perdia a calma? Ou será que apenas ia da felicidade para a tristeza? Ou para a mágoa? Tinha curiosidade de saber como seria a Stella irritada.

Por outro lado, não entendia por que ficava me perguntando essas coisas. Mesmo assim, às vezes, ela surgia em meus pensamentos, do nada, enquanto eu estava trabalhando.

Toda noite, ela entrava no mar de roupa. Comecei a deixar toalhas limpas na areia para ela se secar depois. Eu nunca perguntei por que ela mergulhava de roupa. Com certeza, havia um motivo para isso. E um motivo que não dizia respeito a mim nem a mais ninguém.

Eu meio que detestava o rumo que meus pensamentos estavam tomando — do nada Stella surgia em minha mente.

Na noite de Ação de Graças, eu estava no escritório tentando trabalhar. Stella tinha me convidado para um jantar que ela havia preparado, mas eu não estava muito a fim. Só que também não tinha conseguido pegar um voo para passar o feriado com Connor e Aaliyah, já que não podia ficar mais de quarenta e oito horas fora da casa, por causa do acordo.

Eu também estava tentando ignorar a dor esquisita em minha lombar, que comecei a sentir depois do treino de musculação mais cedo naquele dia. Meus músculos pareciam estar se repuxando com a tensão, e a dor irradiava pelo meu corpo sempre que eu me mexia mesmo que ligeiramente. O desconforto não ia embora nem me deixava trabalhar.

Uma batida à porta me distraiu do trabalho e da dor.

— Entra — gritei.

Stella apareceu com um sorriso nos lábios, porque ela estava sempre com um sorriso nos lábios.

— Oi.

— Olá.

— Trouxe uma quentinha do jantar de Ação de Graças para você, e algumas sobremesas também. Deixei na geladeira.

Como Stella era atenciosa!

Ela era muito gentil. Gentileza era algo raro hoje em dia, mas Stella fazia disso uma arte.

— Obrigado — falei.

— De nada. E... — Ela parou de falar e me encarou, parecendo preocupada. — O que houve com as suas costas?

— Nada — respondi, sem nem perceber que estava me encolhendo e esfregando a lombar.

A dor era intensa. Era bem provável que eu não conseguisse malhar no dia seguinte.

— Você se machucou. Como?

— Distendi um músculo no treino.

— Deixa eu te ajudar — ofereceu ela, vindo até mim. — Sou massagista.

— Não, é sério, está tudo bem. Eu...

Estou derretendo com o seu toque.

As mãos de Stella pousaram em minha lombar, e ela começou a massagear meus músculos com delicadeza. Seus dedos massageavam minha pele aplicando a pressão necessária.

Fechei os olhos e suspirei.

— Mais para baixo — falei. — Mais forte — insisti. — Mais, mais, mais.

Caralho, caralho, caralho. Isso é muito gostoso.

— Geralmente, sou eu que falo isso para o homem — brincou ela.

Eu nem me toquei que meus comentários pareciam pornográficos, mas a risada dela me fez perceber que aquilo tudo poderia ser mal interpretado.

Aquela risada doce, alegre.

Pura felicidade.

Não fui nem capaz de retrucar, porque ela apertou mais forte, e eu gemi.

Isso mesmo. Gemi alto quando ela pressionou minha lombar.

Eu me inclinei para a frente e me apoiei na mesa, dando mais espaço para Stella, e isso foi o suficiente para que ela fosse com tudo.

— Caralho, caralho, caralho, caralho — murmurei, enquanto minhas pernas tremiam de prazer. Minhas mãos se fecharam em punhos, e comecei a bater na mesa. — Isso, isso, isso. Aí, aí.

Ela riu, porque aquela cena provavelmente era patética, mas eu não estava nem aí. As mãos dela eram mágicas, e, de alguma forma, fui enfeitiçado.

Quando Stella terminou, deu alguns passos para trás. Demorei um pouco para me endireitar e fiquei surpreso ao perceber que me sentia bem melhor. Já conseguia me sentar mais ereto. Eu não tinha me dado conta do quanto estava fora de forma. Mas certamente algum funcionário meu já tinha reparado nisso.

— Isso foi... — arfei, ainda meio atordoado. Então pigarreei. — Obrigado.

— Você malha com que frequência?

— Seis dias na semana.

— E costuma se alongar? — Meu silêncio foi ensurdecedor. — Damian!

— Não faz muita diferença.

— Faz toda a diferença! — berrou ela.

O que era aquilo? Era assim que ela ficava quando estava irritada? Ou... não. Era preocupação. Droga, Stella, como era a sua versão irritada? Por que eu estava tão curioso com isso?

Ela continuou, e fiquei um pouco deslumbrado com sua preocupação.

— Você está maltratando o seu corpo. Precisa começar a se alongar.

— Mas...

— Sem mas. Isso é uma ordem. E deveria fazer massagem uma vez por semana. Você está muito tenso, e o seu corpo agradeceria por isso.

— Não tenho tempo para fazer massagem uma vez por semana.

— Tem, sim.

— Não tenho, não. Sou um homem ocupado.

Ela sorriu.

— O seu corpo está pedindo socorro. Se você continuar ignorando os sinais, ele vai parar de funcionar, e aí você vai ter todo o tempo do mundo, porque não vai conseguir mais se mexer. — Ela pegou um papel e uma caneta na minha mesa e começou a escrever. — Aqui está o nome do meu estúdio de massagem. É só ligar e marcar uma hora que vamos agendar você com um dos nossos melhores massagistas.

— Por que você está preocupada comigo? — perguntei, sendo direto.

Ela me fitou com um olhar confuso.

— Porque você é um ser humano. Logo, merece que as pessoas se preocupem com o seu bem-estar.

— Você sabe que a maioria das pessoas não pensa assim, né?

Ela deu de ombros.

— O fato de as pessoas não pensarem assim não quer dizer que eu esteja errada. O mundo seria melhor se as pessoas se importassem umas com as outras.

— É, mas esse mundo não é real.

— Fazer o quê? Eu gosto de uma boa ficção. E acredito que existam no mundo mais pessoas boas do que ruins.

— Você está se iludindo. Quase tudo nesse mundo é marcado pela maldade. É idiotice pensar que não.

A mágoa ficou estampada no rosto de Stella, cujos lábios se curvaram para baixo na mesma hora. Talvez tenha sido o que eu disse, porém era mais provável que tivesse sido o meu tom. Geralmente, as pessoas me achavam frio, mas nunca me incomodei com isso, pois era o que as mantinha longe de mim.

Correção: eu nunca me incomodei, mas isso foi antes. Por algum motivo, as reações de Stella faziam com que eu me sentisse quase... culpado. Não. Quase, não. Eu me sentia um babaca. Ela era incapaz de esconder seus sentimentos. Eu trancafiava os meus no fundo da minha alma. Nós dois éramos muito diferentes, de várias maneiras.

— Por que você é tão ranzinza? — perguntou ela.

— Precisa ter um motivo?

— Sempre tem um motivo.

Abri a boca para responder, e as palavras já estavam quase saindo quando desisti de compartilhar os pensamentos que se passavam em minha mente. Eu sabia quais eram os motivos que me faziam assim, mas não tinha a menor vontade de compartilhar esses detalhes com a minha esposa.

Minha esposa temporária — uma mulher a quem eu estaria ligado apenas por alguns meses.

— Preciso voltar ao trabalho — falei, e a frieza em minha voz quase fez com que eu me retraísse.

Mas eu não conseguia evitar. Ela havia trazido à tona meus pensamentos sombrios, e a última coisa que eu queria era mostrar a Stella as nuvens pesadas que pairavam sobre minha cabeça.

— Quem te magoou, Damian? — sussurrou ela, as palavras cheias de preocupação.

— O mundo — respondi, sem pensar duas vezes.

Eu devia ter pensado um pouco mais antes de responder, porque aquilo pareceu ter sido o suficiente para partir o delicado coração de Stella. Eu me encolhi ligeiramente ao ver seu olhar de preocupação. Ela me fitava como se eu fosse um cachorrinho abandonado que ela queria levar para casa e encher de carinho.

— Não faz isso — alertei.

— O quê?

— Não fique preocupada comigo.

— É inevitável. — Ela esfregou o próprio braço e deu de ombros. — Eu sou assim.

— Bom, então vai ser assim em outro lugar. Estou...

— Ocupado — completou ela. — Sim. Você já disse isso.

Olhei para o outro lado, porque não conseguia encarar os olhos castanhos de Stella. Eles quase sempre faziam eu querer pedir desculpas por ser como sou.

Ela ficou parada ali por um momento, esperando por uma resposta, mas eu não sabia o que dizer. A verdade era que ela me deixava desconfortável. Algo nela me era familiar, apesar de eu nunca permitir que a familiaridade se tornasse parte da minha vida. Ela esfregou os antebraços expostos e assentiu com a cabeça.

— Bom, tudo bem então. Talvez a gente devesse conversar, e...

Fiz uma cara feia, sentindo o estômago embrulhar.
— Desculpa.
— O quê?
— Pelo meu jeito? — A frase pareceu uma pergunta, mas deveria ser uma afirmação. Balancei a cabeça e esfreguei o nariz com o polegar. — Desculpa por criar um clima desagradável. Eu, hum, não estou acostumado a conviver com pessoas. Não estou acostumado a medir as palavras. Não estou acostumado a... tudo isso... Bom, a interagir com alguém como você.
— Alguém como eu?
— É. Uma boa pessoa.
— Sinto muito por você não ter conhecido muitas pessoas boas na vida, Damian.
— Não tem problema.
— Tem. — Ela balançou a cabeça. — Tem, sim. Mas eu entendo. Essa situação toda é bem esquisita, então eu entendo o fato de você agir assim.
— Mas não é só nessa situação — confessei. — Eu só não sei lidar muito bem.
— Com o quê?
— Com outros seres humanos.
— Ah — disse ela, compreensiva. — Bom, pessoas são superestimadas.
— Você adora pessoas.
Ela riu e deu de ombros.
— Fazer o quê, não é mesmo?
O canto da minha boca se retorceu um pouco enquanto eu tentava organizar meus pensamentos.
— Vou melhorar, como prometi nos votos. Vou me esforçar para não ser escroto. Desculpa por ter sido escroto. Estou tentando melhorar. Só, por favor... tenha paciência comigo.
Seus olhos castanhos se tornaram suaves quando ela inclinou a cabeça para me fitar. Ela abriu a boca, e tracejei as curvas de seus lábios carnudos, em formato de coração, na minha mente. Qualquer pessoa

ficaria imediatamente hipnotizada com aquela perfeição. Stella parecia uma obra de arte em lugar de destaque no Louvre.

Estonteante.

Mesmo quando eu era babaca com ela, parte de mim apreciava sua existência marcante. Ela não sabia disso, mas, às vezes, estar diante de sua beleza era difícil.

— Você não é escroto, Damian — sussurrou ela, com a voz carregada de uma bondade que eu certamente não merecia. — Só tem comportamentos escrotos.

Dei uma risadinha.

Os olhos dela se iluminaram.

Eu parei de rir.

Os olhos dela perderam o brilho.

— Queria que tivesse durado mais tempo — comentou ela, se referindo à minha risada.

Não tive coragem de dizer a ela que eu também queria.

— Vou deixar você voltar ao trabalho, mas, por favor, Damian, é sério — disse ela, indo embora —, tenta fazer massagem uma vez por semana. Você vai até dormir melhor.

— Por que você acha que eu não durmo bem?

Ela abriu um sorriso, um sorriso de quem sabe o que está falando, e saiu do escritório.

Quando ela foi embora, tudo ficou mais escuro.

Talvez ela tivesse razão. Talvez a escuridão realmente estivesse sempre comigo.

11

Damian

Comecei minha manhã malhando na academia da casa. Levantar pesos e soltá-los era um dos meus passatempos favoritos. Algumas pessoas faziam terapia — outras iam à academia. Eu estava no último grupo.

Depois do treino, costumava tomar banho e preparar o café da manhã, mas a campainha tocou na minha última série de *deadlift*, o que me fez resmungar de irritação. Fui até o hall de entrada e abri a porta. Era uma senhora com uma pilha enorme de álbuns de fotografia. Eu a conhecia — bom, eu não a conhecia, mas ela estava no velório e tinha celebrado o casamento. Ela morava na casa de hóspedes.

Tinha o cabelo branquinho e usava um vestido esvoaçante meio hippie com sandálias de plataforma brancas. Mesmo de salto, devia ter menos de um metro e setenta. Era uma mulher pequena, porém sua energia parecia maior do que a da maioria das pessoas.

— Olá. — Ela sorriu. — Apesar de eu ter casado você e a Stella, nós ainda não fomos apresentados oficialmente nem tivemos a oportunidade de conversar. Eu quis esperar um pouco até você se adaptar. Eu sou a Maple, a avó da Stella. De coração, não de sangue.

— Ela saiu — expliquei.

— Eu sei, hoje é sábado. Ela está na aula de pintura, no centro da cidade. Posso entrar? — perguntou Maple. Meio que perguntou, na verdade. Bom, parando para pensar, não foi muito bem uma pergunta, porque ela já foi entrando. — Você acabou de malhar agora? — perguntou ela, extremamente à vontade na casa.

— Eu nem tinha acabado — menti.

— Você costuma mentir com facilidade? — perguntou ela, seguindo para a sala de jantar. Maple colocou a cesta que estava segurando em cima da mesa e se virou para mim, colocando as mãos no quadril. — Ou fica se sentindo meio culpado depois?

Eu não sinto muita coisa.

— Fica. — Ela me lançou um olhar de legítima preocupação, como se conseguisse ler meus pensamentos. — Dá pra perceber.

— Desculpa, você precisa de alguma coisa, ou...

— Trouxe alguns álbuns com fotos do Kevin. Achei que você ia gostar de dar uma olhada, já que também é fotógrafo.

Como ela sabia disso? Eu não contei para ninguém que gostava de fotografar. Talvez ela tivesse visto minhas câmeras por aí ou me flagrado tirando fotos na praia.

Ela sorriu.

— Tenho o dom de ler as pessoas, meu filho. Não precisa ficar nervoso. Eu só acredito em boa magia.

Do que ela estava falando?

— Enfim, também vim aqui por causa da minha Stella — disse Maple.

Eu ainda estava pensando no comentário sobre magia. Ela era bruxa? Mas que diabos...?

— O quê? — perguntei, tentando não ficar assustado com aquela mulher esquisita.

— Veja bem, a minha Stella é muito sensível. Está tudo estampado no rosto dela, e ela verbaliza o que sente também. Stella fala tudo em voz alta. Ela gosta de ter certeza de que todo mundo está bem o tempo todo, mesmo que para isso precise abrir mão do próprio bem-estar.

— Por que está me dizendo essas coisas?

— Porque eu não sou como a Stella. Sou mais parecida com você. Pessimista. Alguém que enxerga o mundo com frieza. — Ela sorriu e assentiu com a cabeça. — Alguém que não sente muita coisa. Mas, quando se trata das poucas coisas que me fazem sentir algo, ou das poucas pessoas com quem me importo, eu faço tudo por elas. Então, só vim aqui para dizer que, se você machucar a minha Stella...

— Maple...

— Não gosto de ser interrompida, meu filho.

Calei a boca.

Ela continuou:

— Se você machucar a Stella... Eu vou machucar você.

O olhar penetrante dela fazia como que minha pele parecesse estar em chamas.

— Entendi.

Então a expressão dela pareceu se suavizar.

— Sinto muito pelo mundo ter machucado você.

— A Stella te contou isso? — bufei.

— Não. — Ela balançou a cabeça. — Mas é assim que pessoas como nós são moldadas. O mundo nos deixa calejados. Vou parar de atrapalhar você. Só queria me apresentar e avisar o que vai acontecer se você magoar a minha menina. Espero que tenha entendido a mensagem.

— Entendi, não precisa se preocupar. Não vou machucar a Stella.

— Obrigada, Damian.

Assenti.

Ela se virou e começou a se afastar, mas então olhou para trás.

— Você é um homem bom, Damian. Igual ao seu pai.

Amarrei a cara.

— Você não me conhece.

Ela sorriu.

— Mas eu conhecia o seu pai.

— Ele não me criou.

— Não, mas, se ele soubesse da sua existência, teria adorado ser seu pai. Ser pai era o que ele mais queria na vida. Odeio saber que ele perdeu essa oportunidade.

— Como assim ele não sabia sobre mim?

— Ele descobriu que você existia pouco antes de falecer. Kevin não tinha a menor ideia de que você existia antes de darem a notícia a ele.

Um nó se formou em minha garganta. Passei boa parte da vida odiando meu pai, pensando que ele havia me abandonado. Passei a adolescência inteira tentando encontrá-lo só para mandá-lo ir se ferrar. Então, do nada, descubro que ele nem sabia que eu existia. Era difícil processar essa informação.

— Damian, acho importante você saber que o Kevin ia querer te conhecer. Ele estaria presente na sua vida todo santo dia se tivesse tido a oportunidade.

Pigarreei.

— Você disse que era como eu. Pessimista e fria.

— Sim.

— Mas age e fala coisas que são o oposto disso.

— Ah, pois é. Eu sei. Acabo amolecendo de vez em quando. É o efeito Stella. Se você passar um tempo com ela, vai ficar assim também.

Ela foi embora, e meu peito continuou pesado. Meu coração batia em um ritmo louco, e minhas mãos suavam.

— Maple — chamei, indo até a varanda, observando-a enquanto ela ia embora. Ela parou e olhou para mim, esperando que eu continuasse. — Não vou machucar a Stella — repeti. — Dou a minha palavra.

— Sinto que você é um homem de palavra.

— Sou mesmo.

— Então obrigada por me prometer isso. — Ela abriu um sorriso parecido com o de Stella. Embora as duas não fossem parentes de sangue, dava para ver que eram bem parecidas. — Acredito em você. E cuide dela, tá? Se ela precisar.

Eu não sabia por que, mas prometi que faria isso.

No fim da tarde, Stella já estava em casa, e, por algum motivo, o lugar não parecia mais tão sombrio. Eu estava preparando o jantar quando ela entrou na cozinha trazendo legumes e frutas.

— Ah, oi — disse ela, parecendo surpresa ao me ver.

— Olá.

— O cheiro está delicioso — comentou, enquanto guardava as compras. — Massa?

— É.

Ela deu uma risadinha quando sua barriga roncou.

— E vou fazer um macarrão instantâneo para o jantar.

— Maple — falei.

Ela arqueou uma sobrancelha.

— O quê?

— Ela passou aqui hoje de manhã. Trouxe umas fotos que o Kevin tirou.

— Ah. — Ela levou as mãos ao peito. — Deve ter sido difícil ver aquilo tudo.

— Ainda não olhei.

— Entendi.

Ela parou de falar, mas ficou me olhando. O olhar dela me deixava desconfortável, porque transmitia uma paz com a qual eu não estava acostumado. Alternei o peso entre os pés e voltei minha atenção para a massa que estava no fogo.

— Ela é uma pessoa legal. A Maple.

— Ela é uma das melhores pessoas que eu conheço. Na verdade, ela passou na minha aula de pintura hoje também e falou de você.

— O que ela disse?

— Ela me fez prometer que eu não ia machucar você.

Ah, porra, Maple.

Assim você amolece meu coração calejado.

Stella terminou de guardar as compras e colocou as sacolas reutilizáveis na despensa. Quando estava saindo da cozinha e passou por mim, escutei seu estômago roncar de novo.

Cerca de quinze minutos depois, bati à porta do quarto dela.

Ela abriu a porta e sorriu.

— Oi.

— Olá.

As mesmas palavras que sempre trocávamos. "Oi" e "Olá".

— Você, ahn... precisa de alguma coisa? — perguntou ela, sem entender por que eu estava ali, na porta do quarto dela. — Está tudo bem?

— Não.

— Não está?

— Quer dizer, está.

— Tudo bem então...

— Quer dizer — resmunguei, esfregando a nuca. — Fiz muita.

— Muita o quê?

— Muita comida.

Ela sorriu ainda mais e estreitou os olhos.

— Sinto que essa conversa vai chegar a algum lugar, mas ainda não entendi aonde.

— Sobrou comida, se você quiser. Fiz muita.

— Você não costuma guardar o que sobra? Hoje não é o seu dia de preparar comida para a semana toda?

Ela prestava tanta atenção assim em mim mesmo?

— Tenho alguns almoços de negócios na semana que vem. Não vou precisar da comida.

— Não quero incomodar, mas, se você quiser que eu coma com você...

— Não quero.

Os olhos dela perderam o brilho, e o canto de sua boca se retraiu como se minha resposta ríspida a tivesse deixado nervosa. Maple tinha razão. Stella não conseguia esconder suas emoções.

— Bom, o que eu quis dizer é que preciso trabalhar. Vou comer no escritório. Mas pode ficar à vontade para comer o que quiser.

— Muito legal da sua parte oferecer, e vou aceitar. Obrigada, Damian.

— Aham.

— Se você quiser jantar comigo algum dia...

— Não estou interessado, Stella.

— Então tá. Tenha uma boa noite.

Eu queria dizer "Você também", mas não consegui.

12

Stella

Damian era um cozinheiro de mão cheia. Quando terminei de comer, lavei a louça e fui para a sala de estar, onde acabaria passando o restante da noite. Escolhi um dos meus filmes favoritos para assistir. Eu tinha quase certeza de que já havia assistido a todas as comédias românticas já lançadas, até as estrangeiras.

Se havia romance, eu estava lá para prestigiar — e chorava mesmo. E, quanto mais meloso, melhor. *Quero é drama, Hollywood*.

Quando eu estava ali, sentada na sala de estar, enroscada em um cobertor, Damian passou pelo corredor, com um copo vazio na mão. Seus olhos encontraram os meus e depois se direcionaram para a televisão. Ele bufou e seguiu seu caminho.

— Não faz isso! — reclamei.

— O quê?

— Ficar bufando toda vez que estou vendo os meus filmes.

— Eu não bufei.

— Bufou, sim. Você bufa para tudo.

— Se eu bufo para tudo, como você sabe que foi para o seu filme?

— Eu... Bom, não sei, mas foi por causa do meu filme. Você fechou a cara quando olhou para a televisão. Nem adianta negar.

— Não vou negar. Não gosto de comédias românticas. Elas reforçam padrões de relacionamentos que são inatingíveis.

— Bom, vou te contar um segredo: a ideia é essa mesmo. A realidade é muito sem graça. Os filmes estão aí para serem exagerados e dramáticos.

— Por que você quer assistir a algo que não é real?

— Porque estou mentalizando o impossível para a minha realidade.

— Ah... Você é dessas.

— Dessas o quê?

— Dessas pessoas que acham que podem fazer as coisas acontecerem só com o poder do pensamento.

— Eu realmente acho que os pensamentos são uma ferramenta poderosa. Pode zombar de mim o quanto quiser, mas já mentalizei muitas coisas na minha vida, e tudo dá certo quando foco meus pensamentos.

— Você me mentalizou, Cinderstella?

— Não. Ainda estou tentando entender como foi que você veio parar aqui.

— Deve ter sido algum pensamento ruim que você teve no ano passado ou alguma coisa assim — brincou ele.

Ele... fez uma piada. Estava brincando comigo. Pelo menos, eu achava que estava. Era difícil interpretar Damian. Parecia que toda sua existência tinha sido escrita em grego antigo, e eu precisava avaliar o contexto para decifrar seu significado.

— Deve ter sido isso mesmo. Acho que você apareceu depois que tive uma dor de barriga daquelas e xinguei muito o universo perguntando se aquela era a pior merda que poderia me acontecer.

Ele abriu um sorriso verdadeiro — que permaneceu em seu rosto por um pouco mais de tempo.

Faça isso mais vezes, Damian.

Ele inclinou a cabeça, achando graça.

— De nada.

Eu ri.

Eu gostava daquele lado dele. Um lado que não era tão pesado. Bom, ele ainda era uma pessoa arredia, e sua postura se mantinha severa, mas seus olhos... pareciam mais doces. Como não queria que a conversa acabasse, mudei de assunto.

— Quer dizer que você não curte comédias românticas? — perguntei.

— Não.

— O que você gosta de ver então? — Arqueei uma sobrancelha. — Deixa eu adivinhar, documentários?

— Por que você diz isso como se fosse uma coisa ruim?

— Não é ruim, só é... monótono.

— Você acha que eu sou monótono?

— Não. Quer dizer, não sei. Não tenho a menor ideia do que você gosta. Você não compartilha muita coisa comigo.

— Não leva para o lado pessoal. Apesar de eu ter a impressão de que você leva tudo para o lado pessoal.

Eu me empertiguei no sofá.

— Eu não le... — Comecei, mas as palavras foram se desmanchando em minha boca.

Eu realmente levava tudo para o lado pessoal. Esse era um dos meus maiores defeitos.

— Será que acabei de testemunhar um momento de autoconhecimento? — comentou ele.

— Mais ou menos.

— Que orgulho de você, Stella.

Fingi fazer uma mesura no sofá.

Ele olhou para o copo que estava segurando, depois para a cozinha. Mas, em vez de seguir até lá, pigarreou.

— Não gosto de documentários.

— Ah, é?

— Eles costumam retratar situações tristes, e não gosto de ver coisas tristes. Já chega o que eu passei. Não gosto de ficar consumindo mais tristeza ainda. — Ele esfregou a nuca. — Seria péssimo se eu mentalizasse mais tristeza na minha vida.

Sorri e apontei para o espaço ao meu lado no sofá.

— Então você devia assistir a essa comédia romântica comigo. Sempre procuro filmes leves e divertidos.

— São todas iguais — resmungou ele.

— Eu sei. É por isso que eu gosto. Porque, não importa o que aconteça, não importa as dificuldades, o final feliz está garantido. Acho que faltam finais felizes no mundo. Então, de novo... — Apontei para o espaço vazio no sofá.

Ele bufou. Mas não foi uma de suas bufadas irritadas. Nas últimas semanas, eu tinha aprendido a diferenciar suas reações, os resmungos e as caretas de Damian. Ele fazia algumas caras estranhas quando estava irritado ou sobrecarregado. E ainda tinha as que sinalizavam que ele estava pouco à vontade.

Essa de agora fazia parte do último grupo, eu achava.

Torcia para que fosse.

— Preciso terminar umas coisas — disse ele, rejeitando a oferta.

— Ah. Claro, bem... Boa noite, então. Vou estar aqui, caso mude de ideia.

Ele assentiu e foi para a cozinha. Sem pensar muito, voltei para o meu cobertor, meus lanchinhos e meu filme ridiculamente meloso. Quando Damian voltou da cozinha com o copo cheio, não olhou na minha direção, mas eu o fitei.

Só percebi que Damian havia parado no meio do caminho quando ele pigarreou, chamando minha atenção.

— Sim? — perguntei.

— Eu, ahn, devo terminar o que estou fazendo daqui a uma meia hora, ou talvez um pouco mais. Então, se você topar assistir a outro filme meloso...

Abri um sorriso enorme. Ele estava mesmo se convidando para assistir a um filme comigo?

— Tudo bem. Faltam uns quinze minutos para esse aqui terminar, mas eu te espero para começar o próximo.

Ele franziu o cenho.

— Não. Relaxa. Pode começar logo o próximo. Não tem problema.

Ele se virou para voltar ao escritório, mas eu chamei:

— Damian.

— Oi.

— Eu espero você.

Os cantos de sua boca se retraíram, e ele a abriu como se fosse dizer que eu não precisava esperar, mas não deixei.

— Vou até fazer pipoca para você.

Ele franziu as sobrancelhas, e fiquei surpresa de ver que suas rugas eram bonitas. Eu não sabia que uma testa franzida podia parecer tão natural.

— Com manteiga? — perguntou ele.

— E sal — respondi.

Ele resmungou um pouco. Aquele parecia ser um sinal de nervosismo. Damian estava nervoso?

Antes que eu pudesse perguntar, ele concordou com a cabeça e esfregou o nariz com o polegar.

— Volto assim que terminar.

— Tudo bem. Vou estar aqui me empanturrando de comida. Me manda uma mensagem quando estiver acabando lá para eu fazer a pipoca.

Ele quase sorriu para mim antes de voltar para o escritório. Pelo menos era nisso que minha mente queria acreditar.

Vinte minutos depois, Damian me mandou a mensagem da pipoca. Oito minutos mais tarde, ele voltou. Dessa vez, não usava mais o terno sufocante que parecia até desconfortável. Tinha colocado uma camisa branca e uma calça de moletom cinza, que o faziam parecer mais humano do que aquele robô que ele normalmente aparentava ser.

A calça de moletom também me causou um arrepio pela protuberância na área da virilha. Estava bem claro que Damian era bem-dotado.

Abri um sorriso de orelha a orelha e juntei as mãos, tentando ignorar os pensamentos inapropriados que surgiam em minha mente.

— Chegou na hora certa. O próximo da lista é *A proposta*.

— Vou tentar adivinhar... tem um casamento falso.

Arqueei uma sobrancelha.

— Você já viu?

Ele me encarou e depois se sentou para pegar seu balde de pipoca.

— Meio que vivo isso.

É verdade.

— Escuta, se você tiver um fraco secreto por comédias românticas, não precisa esconder de mim. Não estou aqui para julgar ninguém. Algumas mulheres curtem bastante isso — Fiz uma pausa. — Quer dizer, se você estiver procurando alguém. Que dizer, tudo bem se não estiver. Mas, bom, você tem namorada? A gente não conversou muito sobre isso, e...

— Stella.

— O quê?

— Você vai ficar me enchendo de perguntas ou nós vamos assistir ao filme?

Eu me empertiguei, esperançosa.

Ele não tinha ideia do quanto eu gostaria de enchê-lo de perguntas.

— Não, Cinderstella — murmurou ele.

— Mas, Fera...

— Aperta o play.

Fiz um biquinho, mas obedeci. Começamos a assistir ao filme, e, de vez em quando, Damian fazia comentários maldosos, que eu rebatia com meu senso de humor espirituoso. Ele quase sorria, e eu quase ficava satisfeita, e ficávamos repetindo esse ciclo.

Então, em uma determinada cena, achei que ele fosse chorar, mas acabou enfiando um punhado de pipoca na boca para segurar as lágrimas. Abri a boca para comentar, mas meu celular tocou, interrompendo meus pensamentos.

Vi o nome de Jeff na tela. Damian olhou para mim, pegou o controle remoto e pausou o filme.

— *Obrigada* — articulei com a boca.

Ele assentiu e voltou para a pipoca.

Atendi à ligação e me virei um pouco, ficando quase de costas para Damian.

— Oi, Jeff. O que foi? Você não devia já estar...

— Hum, oi. Aqui é a Kate — disse uma voz do outro lado da linha, me interrompendo. — Estou ligando por causa do Jeff.

Eu me empertiguei.

— Ah... Quem é você? Por que está com o celular dele?

— Trabalho na boate onde o Jeff ia tocar hoje. Ele acabou enchendo a cara e não conseguiu nem começar o show. Foi um parto fazer ele digitar a senha no celular para eu te ligar. Você pode vir buscar ele?

— Ai, meu Deus. Posso. Ele está bem?

Do canto de olho, vi que Damian se empertigou um pouco no sofá.

— Sim. Ele só está bêbado. E agindo de um jeito meio babaca também, mas sabe como é... o álcool faz isso com algumas pessoas.

Kate me passou o endereço da boate, e eu lhe agradeci antes de desligar. Levantei do sofá, e Damian fez o mesmo, parecendo preocupado.

— Está tudo bem? — perguntou ele.

Balancei a cabeça.

— Não. É o Jeff. Ele, ahn... bebeu além da conta e precisa de uma carona para casa. Tenho que ir buscá-lo. — Olhei para a televisão e depois para Damian. — Desculpa por ter que parar o filme. Você pode continuar se...

— Eu espero você.

Franzi a testa.

— Não. Não precisa. Pode continuar vendo. Não tem problema.

— Stella.

— O quê?

— Eu espero você — disse ele em um tom gentil, repetindo as palavras de antes, quando eu disse que o esperaria para começar a ver o filme. Juro que ele chegou a abrir um sorriso breve, que desapareceu na mesma velocidade com que surgiu. Abri a boca para responder, mas ele balançou a cabeça. — Vai.

Então eu fui.

⁓୨ଡ଼⁓

Jeff não era um bêbado divertido. Muito pelo contrário. Eu sabia que ele recorria ao álcool para tentar relaxar sempre que tinha um trabalho importante. Infelizmente, ele não conhecia os próprios limites e sempre exagerava.

— Jeff, o que você está fazendo? — perguntei, ao chegar à boate Quarenta e Quatro e encontrar meu companheiro bêbado, sentado no banco do lado de fora do estabelecimento, ao lado do seu equipamento.

Ele se levantou e resmungou alguma coisa enquanto vinha cambaleando na minha direção.

— Dá pra acreditar nesses escrotos metidos? Eles me expulsaram! — explodiu ele.

Havia uma fila para entrar na boate, e fui tomada por uma onda de constrangimento quando vi que todo mundo estava olhando para nós. Passei os braços ao redor do homem bêbado de quase um metro e noventa que se apoiava em mim e sussurrei:

— Está tudo bem. Vamos para casa. Cadê a sua chave?

Ele murmurou algo ininteligível.

— Ei, moça, tira ele daqui logo — disse o segurança irritado e de cara emburrada.

— Chupa minha piroca, seu escroto — berrou Jeff, apertando o pau com a mão.

Vergonha era pouco para descrever o que eu estava sentindo.

— Chega, Jeff — falei, em um grito meio estrangulado e puxando-o para longe.

— Ei, amor, você também pode chupar a minha piroca, se quiser.

Ele se virou para mim e tocou a ponta do meu nariz. Bom, boquete era a última coisa que eu queria fazer naquele momento. Eu estaria muito mais feliz em casa, assistindo a Sandra Bullock e Ryan Reynolds fingindo estar apaixonados.

Eu o coloquei dentro do carro depois de ouvir mais alguns comentários grosseiros. Então guardei o equipamento na mala. Um equipamento que parecia muito mais caro do que o que ele normalmente usava. Eu teria de conversar sobre isso com ele em algum momento. De onde ele tinha tirado dinheiro para comprar aqueles equipamentos?

Depois de fechar a mala, me sentei no banco do motorista e olhei para o meu namorado bêbado, balançando para a frente e para trás no banco, completamente transtornado. Senti um aperto estranho no estômago quando virei a chave na ignição.

— Você está com a chave de casa, Jeff? — perguntei.

— "Você está com a chave de casa, Jeff?" — repetiu ele, zombando de mim.

Eu sabia que não poderia levá-lo para a casa sem a chave e, quanto mais tentava arrancar informações dele, mais irritada eu ficava.

— Esquece. Você vai ficar comigo hoje — declarei, mas ele não pareceu se importar nem prestar atenção ao que eu falei.

Estava ocupado demais desamarrando os sapatos e os jogando no painel do carro enquanto falava sem parar sobre uns artistas novos que eu não conhecia porque não era descolada o bastante — Palavras dele, não minhas.

Quando chegamos à casa de Kevin, Jeff ainda não tinha calado a boca e ficava falando coisas sem sentido. Eu conseguia identificar algumas palavras, e alguns comentários me magoaram um pouco.

Eu o arrastei até a entrada. Ele andava apoiado em mim. Quando abri a porta, dei de cara com Damian, que observava a cena. Ele parecia chocado, mas não deu um pio.

— Desculpa — murmurei. — Não consegui achar as chaves dele, e, bom, ele vai ter que dormir aqui hoje.

Damian concordou com a cabeça, compreensivo.

Jeff levantou o olhar e sorriu.

— Você deve ser o novo colega de casa da minha namorada.

— Sou — respondeu Damian, seco.

— Só não vai para a cama com ela — disparou Jeff. Ele cambaleou até Damian e lhe deu um tapinha nas costas. — A menos que isso renda mais uns milhões para a gente.

Ele riu, apesar de o comentário não ter sido nada engraçado.

Damian lançou um olhar perplexo para mim e se afastou de Jeff, que acabou perdendo o equilíbrio. Meu namorado se estatelou no chão, rindo como se aquele fosse um dos momentos mais engraçados de sua vida, enquanto eu observava tudo, horrorizada.

— Por mais alguns milhões, eu faria a Stella de puta sem nem pensar duas vezes. E ela deixaria, né, amor?

— Chega, Jeff — gritei, sentindo minhas bochechas ardendo.

— "Chega, Jeff" — zombou ele e se virou para Damian. — Ela também gosta de bancar a babá com você? Juro, essa mulher gosta tanto de ficar atrás de mim que parece até que eu gosto de dar o cu.

— Jeff! — sibilei, horrorizada. Meu olhar encontrou com o azulíssimo de Damian. — Desculpa.

Ele não fez nenhum comentário. Apenas deu meia-volta e foi para o escritório, fechando a porta.

— Você passou dos limites, Jeff! — exclamei enquanto ele se esforçava para se levantar.

Ele estava fora de si naquela noite. Não sei se um dia eu conseguiria esquecer a vergonha que ele tinha me feito passar na frente de Damian.

— Menos, mulher. Foi só uma brincadeira — balbuciou ele, soluçando. — Então, você vai chupar a minha piroca ou eu posso ir dormir? — perguntou ele, esfregando a virilha.

Nada me deixava menos excitada do que Jeff bêbado. Era por isso que eu não permitia destilados em casa. Ele nunca sabia quando parar, e eu não gostava da pessoa que ele virava quando bebia.

Levei Jeff para um dos quartos de hóspedes e ele apagou em poucos segundos. Fiquei aliviada quando ele se jogou na cama. Achei ótimo. Não aguentava mais aquela palhaçada.

Fui para a sala de estar e comecei a limpar a bagunça da sessão de cinema que tinha acabado cedo demais.

— Deixa que eu arrumo — disse uma voz. Quando me virei, dei de cara com Damian.

Ele estava empertigado e sério, com as mãos nos bolsos da calça de moletom, bem diferente do meu namorado.

— Que isso. Está tudo bem. Imaginei que você não fosse querer terminar o filme depois de ver aquela cena.

— Ele te machucou?

— O quê?

— O seu namorado. Ele te machucou?

Dei uma risadinha, confusa com aquela pergunta.

— O quê? Claro que não. Ele só está bêbado e...

— Ridicularizando você.

Meu corpo reagiu àquelas palavras enviando calafrios pela minha espinha. Neguei, balançando a cabeça.

— Sei que você pode ter tido essa impressão, e sinto muito pela forma como ele se comportou.

— Você não tem que pedir desculpas por homem nenhum.

— Sim, não, eu sei, mas... — Por que Damian estava sendo tão seco e ríspido comigo? Por que ele estava fazendo tempestade em um copo de água? — O Jeff... vira outra pessoa quando bebe.

— Conheço homens assim — disse ele. — A verdadeira personalidade dele vem à tona quando está bêbado.

— Você não sabe nada sobre ele.

— Eu sei o suficiente.

— Olha só, você pode até achar que sabe alguma coisa, mas está enganado. Não tem a menor ideia da minha situação com o Jeff, e...

— Eu realmente espero que aquele babaca te defenda do mesmo jeito que você compra as dores dele. Mas duvido muito.

Ele estava sendo extremamente frio comigo, e eu não entendia por quê. Sim, Jeff estava bêbado e havia feito comentários inapropriados, mas nada que justificasse aquela reação de Damian. Ele estava pegando pesado comigo por algum motivo, eu só não sabia qual era.

— Que diferença faz para você, de qualquer forma? — perguntei.

— Não faz diferença nenhuma.

— Então acho melhor você cuidar da sua vida — falei, esfregando meu braço.

— Sim. É melhor mesmo.

— Boa noite, Damian.

Ele não respondeu, o que não foi nenhuma surpresa.

Depois de limpar a sala, fui para o mar. Precisava me sentir próxima da minha mãe e do Kevin. As ondas quebravam na areia, então entrei na água para lavar minhas inseguranças.

Queria lavar as explosões e a bebedeira de Jeff. Queria arrancar de mim a frieza e os comentários de Damian. Queria me livrar de todos os julgamentos.

Então mergulhei nas ondas e implorei aos meus ancestrais que me curassem.

13

Stella

— Caralho, minha cabeça — resmungou Jeff, rolando na cama.

Fazia horas que eu o esperava acordar depois da noite de bebedeira.

— Estou surpresa por você não estar vomitando — comentei, sentada na beirada da cama.

Ele se remexeu e esfregou o rosto. Ele gemeu quando seus olhos se adaptaram à iluminação. Pelo visto, a luz que invadia o quarto piorava sua dor de cabeça.

— Onde eu estou? — perguntou ele.

— Na casa do Kevin. Fui te buscar na boate ontem. Você não lembra?

— Não. Para ser sincero, não lembro nem de ter feito o meu show.

— É porque você não fez show nenhum.

— O quê?! Por quê?! — exclamou ele, se sentando de supetão na cama. Eu me assustei com a reação repentina dele.

— Sei lá, Jeff. Você quem deveria saber. Uma pessoa ligou do seu celular pedindo que eu fosse te buscar. Você estava sentado na frente da boate, todo curvado, com o seu equipamento... Aliás, onde foi que você arrumou aquele equipamento?

Ele esfregou o rosto e resmungou:

— Não começa com isso agora, Stella.

— Como é que é? Vou começar com isso agora, sim. Você tem ideia do quanto me humilhou na frente do Damian ontem? Na frente das pessoas que estavam na fila da boate?

Ele olhou para mim e inclinou a cabeça. Então franziu o cenho e pigarreou.

— Você pegou o meu equipamento?

Senti um aperto no peito ao me dar conta de que Jeff só estava preocupado com os bens materiais.

Ele deve ter percebido que fiquei chateada por ele ter ignorado meus comentários, porque se levantou na mesma hora.

— Desculpa, Stella. Sou um idiota. Fiz uma besteira enorme ontem à noite. Estava muito pilhado com esse show de ontem e só conseguia ouvir a voz do meu pai dizendo que eu não era bom o suficiente, que não ia conseguir. Então bebi um pouco para relaxar.

— Você sabe que beber nunca é a solução para os seus problemas.

— É. Mas sabe como é... — Ele cutucou a cabeça com um dedo e deu de ombros. — Você sabe que tenho problemas com o meu pai, que a minha infância não foi fácil. Mas me desculpa. — Ele veio até mim e me abraçou. — Não vou pisar na bola assim de novo — prometeu ele.

— Tudo bem. Mas e o equipamento?

— Será que posso ficar totalmente sóbrio antes da gente continuar essa conversa? Já sei que você vai comer meu rabo por causa disso.

— Fala logo, Jeff.

— Peguei um dinheirinho emprestado, tá?

— O quê? Por que você fez isso? A gente não tem como bancar...

— Ah, a gente tem, sim — interrompeu-me ele, segurando minhas mãos. Ele as apertou de leve. — Acho que você ainda não entendeu uma coisa, Stella. Nós somos multimilionários, graças ao bom e velho Kevin.

— Só se a gente sobreviver aos seis meses. Além do mais, você não devia estar fazendo empréstimos para comprar coisas quando...

— Por que você não consegue ficar feliz por nós?! — berrou ele, sua irritação aumentando a cada segundo. — Você vive rezando para o seu deus do mar, pedindo ajuda, mas não consegue nem comemorar quando uma coisa boa acontece.

Senti meu estômago começar a embrulhar.

— Por favor, fala baixo.

— Por favor, deixa de ser tão, tão, tão...

— Tão o quê, Jeff?

— *Tão você!* — bradou ele. — Você sempre faz tudo parecer muito maior do que realmente é. Isso é cansativo pra caralho. Você é cansativa, Stella.

Um calafrio percorreu minha espinha quando encarei seus olhos e vi suas olheiras profundas. As palavras dele me magoaram, e eu não soube o que dizer.

— Está tudo bem aqui? — Ouvi uma voz grossa.

Eu me virei e vi Damian parado, com seus ombros largos e de braços cruzados. Seu foco era Jeff, e ele parecia pronto para atacá-lo.

— Mas quem é você? — perguntou Jeff.

— Eu sou o Damian, o colega de casa da Stella.

Colega de casa. Marido. Mesma coisa, termos diferentes.

Jeff meio que estufou o peito e se virou para mim.

— Esse é o cara do testamento?

— A gente se conheceu ontem à noite — explicou Damian com frieza. — Acho que você devia estar muito doido, já que não se lembra.

— Bem provável. — Jeff me encarou. — Vou pegar uma água, e a gente continua essa conversa em casa.

Antes que eu conseguisse falar qualquer coisa, Jeff saiu do quarto, passando direto por mim e Damian.

Assim que ele foi embora, soltei o ar que nem notava que estava prendendo. Senti minhas bochechas corarem ao olhar para Damian.

— Desculpa pela barulheira.

— Ele gritou com você.

— Pois é. Ele está de ressaca e é meio rabugento de manhã.

— É meio-dia.

— Certo. Claro. Mas, bom, ele...

— Você não precisa fazer isso, Stella.

— Fazer o quê?

— Ficar arrumando desculpas para o comportamento dele.

Eu não sabia o que dizer, e parecia que ele também não, porque nós dois ficamos parados ali por um instante, nem silêncio absoluto. Dava para perceber que ele estava remoendo alguma coisa. Damian estava sempre remoendo alguma coisa. Ele só não costumava compartilhar seus pensamentos.

— Fala logo, Damian. Sei que você tem algo a dizer, então fala logo.

— Isso me incomoda — declarou ele, se empertigando.

— O que te incomoda?

— O fato de ele beber muito, o jeito como fala com você quando bebe. Ele grita com você quando está de ressaca. Isso me incomoda.

— Eu...

— Ele te machuca? — perguntou ele, chegando mais perto de mim.

— Para de me perguntar isso, Damian — sussurrei.

— Vou parar de perguntar quando você parar de mentir, Stella.

Engoli em seco, sentindo ondas de calafrios percorrerem meus braços.

— Ele nunca me bateu — respondi em um tom sério, decidido.

Damian pareceu desolado. Seus olhos azuis como o mar pareciam desesperados ao me encararem. Só de ver sua expressão, tive vontade de cair de joelhos e soltar o choro.

— Stella — sussurrou ele, chegando mais perto. Tão perto que estávamos a centímetros um do outro. Tão perto que eu conseguia sentir o calor emanando de seu corpo. Sua boca se abriu, e ele verbalizou uma verdade que eu nunca tinha cogitado enfrentar. — Essa não é a única forma de um homem machucar uma mulher.

— Eu... ele... — Eu estava confusa. Não sabia o que Damian queria que eu dissesse. — O Jeff não é tão ruim quanto você pensa.

— Espero que você se trate com a mesma bondade que demonstra pelos outros. Bom, mas a julgar pelo namorado que escolheu, duvido muito.

— Você está sendo maldoso, Damian — falei baixinho, sabendo que estava prestes a chorar.

— Então me desculpa — pediu ele. — Não quis ofender. Só estava comentando um fato.

— Isso não é um fato. É a sua opinião.

— Confia em mim, Stella. É um fato.

— Stella! A bateria do meu celular acabou. Preciso que você me leve para pegar o meu carro — berrou Jeff. — Anda logo!

Damian deu um passo para trás.

Fiquei imóvel, abalada com aquela situação toda.

— Desculpa, preciso ir — murmurei, passando por ele para sair do quarto.

— Stella.

— O quê?

— Ele não é o mocinho da sua comédia romântica — declarou Damian. Fitei aqueles olhos azuis enquanto ele continuava: — Ele é o namorado babaca do começo do filme.

∽∾∽

Quando eu e Jeff chegamos à nossa casa, meu namorado ainda estava de ressaca, então preparei um café da manhã para ele. Demorou um tempo até eu ouvir um pedido de desculpas, mas ele enfim disse que estava arrependido por ter me tratado daquela forma, o que acabou me pegando de surpresa.

— Como assim você quer conhecer o Damian? — perguntei, confusa com o pedido que Jeff havia acabado de me fazer. — Vocês acabaram de se conhecer.

— Não, estou falando de conhecer de verdade. Trocar uma ideia.

— Por quê?

— E por que não? Você não acha que seria legal o seu namorado conhecer o seu marido? — perguntou ele, sentado na sala de estar, examinando sua coleção de discos. — A menos que exista algum motivo para você estar criando caso.

Aquelas palavras foram como um soco. Atravessei a sala e me sentei no chão ao lado dele.

— O quê? Não. Claro que não tem motivo nenhum. Por que você pensaria uma coisa dessas?

— Não fui convidado para o casamento — respondeu ele.

Eu ri.

— Você foi convidado, sim, mas falou que não queria ir.

— É claro que eu não quis ir. Você acha que seria legal ver outro homem se casando com a minha mulher? Mas acho importante conhecer o cara que está morando com você. Quer dizer, e se ele for um tarado? Ou um serial killer?

— Ele não é um serial killer.

— Você não tem como saber disso. Dei uma pesquisada sobre ele hoje, assim que chegamos, e a ficha dele é limpa, mas parece que você se esqueceu de me contar um detalhe.

Arqueei uma sobrancelha.

— Que detalhe?

— Que ele parece um modelo da Calvin Klein.

Estreitei os olhos.

— O quê? Calma aí... você está...? — Comecei a rir ao ver a seriedade estampada no rosto de Jeff. — Você está com ciúme?

Ele jogou as mãos para cima, em sinal de rendição.

— Que legal você estar achando graça! Não é todo dia que a sua namorada se casa com um bonitão capa de revista.

— Só gostaria de lembrar que essa ideia não foi minha, Jeff. Foi você quem sugeriu isso. Eu não queria aceitar.

— Eu sei, tá? Eu sei. Só não sabia que você estava morando com um deus grego.

Cheguei perto dele e o abracei.

— Eu nem reparei na aparência dele, para ser sincera.

Que mentira. Eu tinha reparado, sim. Era impossível não reparar.

Jeff pareceu aliviado com a minha resposta.

— É melhor você ficar longe dele.

Sorri.

— Não é sempre que você mostra esse seu lado ciumento. Achei meio excitante.

Ele deixou os discos de lado e me puxou para o seu colo.

— Ah, é? Você tem tesão nessas coisas?

— Em ver meu namorado com ciúme do meu marido de mentira? Ah, tenho. Esse é meu ponto fraco.

Ele olhou para o corredor.

— Você está livre agora?

— Estou.

Senti um frio na barriga ao me aconchegar nele, pensando que a próxima parada seria o nosso quarto. Mas o celular de Jeff tocou, cortando o clima. Ele atendeu a ligação comigo no colo.

— Alô? Oi, sim. E aí? — Seus olhos foram se iluminando aos poucos. — Agora? Ah, é claro que eu topo. Chego em vinte minutos. Estou saindo daqui.

Ele desligou o celular e se levantou depressa, me derrubando no chão.

— Ei! — reclamei.

— Foi mal, amor. Acabaram de me ligar da boate 5-90. Eles precisam de um DJ de última hora e a Cassie me recomendou.

— Cassie? Quem é Cassie?

— É uma outra DJ da região — explicou ele e em seguida olhou para mim e abriu um sorriso travesso. — Quem está com ciúme agora?

— O quê? Não estou... — Tudo bem, talvez eu estivesse um pouco. Mas ele não precisava esfregar isso na minha cara. Ele sabia tudo sobre minha situação com Damian. Eu nunca tinha ouvido o nome de Cassie sair da boca dele antes, mas não queria brigar. Não com tudo o que estava acontecendo. — Você vai agora?

— Vou. Vai ser uma ótima oportunidade para mim. Quer dizer, para a gente. Vou lá tocar.

— Espera, a gente ainda tem que conversar. O equipamento novo que você comprou e...

— Stella. Agora, não. Perdi a grana de ontem e não posso deixar a mesma coisa acontecer hoje. Dá para você dar um tempo com esse negócio de ficar pensando demais em tudo?

Fiquei quieta.

Ele suspirou e apertou o nariz.

— Deixa eu adivinhar. Você vai ficar irritadinha agora.

— O quê? Não. É só que... Acho que estamos meio desconectados.

— Isso porque você fica sensível com tudo e analisa demais as coisas. Nós estamos bem, gata. Eu te perdoo por ter exagerado.

Ele se inclinou na minha direção, me deu um beijo na bochecha e saiu correndo da sala para pegar suas coisas.

Será que eu estava exagerando? Será que eu era sensível demais?

Ele tem razão. Estou pensando demais em tudo.

Quando terminou de se aprontar e voltou para a sala, eu ainda estava no chão, exatamente onde havia caído. Então Jeff veio até mim e me deu um beijo na testa.

— Me deseja boa sorte.

— Boa sorte — murmurei.

— A gente se vê mais tarde, tá? E eu estava falando sério. Vamos marcar um jantar com o Damian. Quero que ele saiba quem eu sou.

— Tudo bem. Te amo — gritei.

— Eu também — disse ele, batendo a porta ao sair.

14

Damian

Era ele?
   Aquele era o namorado dela?
   Sinto muito, mas...
Que porra era aquela?
Como uma mulher como Stella estava com um cara daquele?
Eu não conseguia entender como uma pessoa tão gentil e alegre podia estar com um cara feito Jeff. Ele era o exemplo perfeito de um babaca mau-caráter que pisava em mulheres e as diminuía só para se sentir melhor.

Para mim, não fazia sentido. Claro que Stella não teve escolha ao se casar comigo, foi tudo motivado pelo testamento de Kevin. Mas me chocava ver que suas preferências a levavam a ficar com alguém como Jeff. Ela não tinha o menor critério. Ela não tinha critério nenhum, na verdade.

— Você vai ficar andando de um lado para o outro aí na varanda ou vai entrar? — gritou Maple de dentro da casa.

Fiquei imóvel, surpreso por ter sido pego no flagra, apesar de Maple não ter se virado para mim.

— Pode abrir a porta, meu filho — disse ela, insistindo para que eu entrasse.

Obedeci, fechando a porta. Ela estava sentada à mesa da sala de jantar, cercada por cristais e velas, jogando tarô. A casa corria grande risco de incêndio. Enquanto Maple analisava as cartas, eu me aproximei.

— Como você sabia que eu estava lá fora? As cortinas estão fechadas — perguntei.

— Digamos que meu sexto sentido me avisou.

Dei um passo à frente, e ela se virou para mim com o baralho em mãos.

— Escolhe uma carta?

Balancei a cabeça.

— Não acredito nessas coisas.

— Que coisas?

— Nessas besteiras místicas de feitiçaria.

Maple sorriu, sem se deixar abalar por eu desdenhar de sua crença.

— As pessoas não costumam acreditar em muitas coisas. Mas isso não significa que elas não sejam reais. De qualquer forma, eu entendo. Homens de Áries têm mais dificuldade em acreditar em coisas que não estejam bem na cara deles.

— Sou de Aquário, não de Áries.

Ela levantou uma sobrancelha.

— Achei que você não acreditasse nessas besteiras místicas de feitiçaria.

— Não acredito. Mas já ouvi o suficiente para saber qual é o meu signo.

— Agora você falou como um verdadeiro ariano — apontou ela, espalhando as cartas sobre a mesa.

— Já disse, não sou de Áries.

— Claro que não. Você não tem Sol em Áries. Mas, querido, hoje estou falando da sua Lua.

Eu não tinha a menor ideia do que raios ela estava falando, e, ao notar minha confusão, o sorriso dela se alargou. Virou as cartas e as analisou, pareceu confusa, depois olhou para mim, olhou para as cartas e voltou o olhar para mim.

— Humpf — murmurou.

Então Maple soprou as velas, juntou o baralho em uma pilha e olhou para mim.

— Como eu posso ajudar, Damian?
— Queria te fazer uma pergunta.
— Eu sei. Pode falar.
— Existe alguma chance do Jeff machucar a Stella?
Maple arqueou uma sobrancelha.
— Ele fez alguma coisa com ela?
— Fez. Bom, não. Pelo que eu vi, não fisicamente. Mas estou com uma sensação ruim. — Alternei o peso entre os pés. — Ele trata a Stella mal. E a menospreza. E bebe demais.
— Ah, sim. Ele faz isso tudo mesmo.
— Mas ela finge enxergar apenas o lado bom dele.
— Ah, querido, ela não está fingindo. Esse é o dom e a maldição dela: enxergar o lado bom das pessoas. — Ela pegou um isqueiro e acendeu um maço de gravetos e folhas. Eles começaram a queimar e a soltar fumaça enquanto ela defumava a sala. — Incenso de sálvia — explicou ela. — Para limpar a energia ruim.
— Você vai precisar usar bastante disso aí em mim.
Ela abriu um sorriso sincero.
— Menos do que você imagina. — Ela colocou o maço em um vaso sobre a lareira e limpou as mãos em um pano que estava em cima da mesa. — Então você acha que o Jeff é tóxico
— Acho.
— E está preocupado com o bem-estar da Stella.
— Não. — Pigarreei. — Não estou preocupado com a vida dela.
Maple riu e se aproximou de mim. Ela tocou meu antebraço.
— Você pode se importar com os outros, querido. Isso não é sinal de fraqueza.
Não falei nada porque não me importava.
Certo? Certo. Eu não me importava. Mas...
— Ele fala com a Stella como se ela fosse idiota.
— Sim. Cá entre nós, acho que ele é um imbecil. Fiz algumas leituras sobre ele, e, bom... ele não é uma boa pessoa.
— As cartas de tarô falaram isso?
— E as conversas que já tivemos.

— Por que ela ainda está com ele? Dá para ver que ele é péssimo.

— Como eu disse, ela só enxerga o lado bom das pessoas, e você — ela foi até a cozinha e colocou uma chaleira no fogo — só enxerga o lado ruim.

— Meu dom e minha maldição — murmurei.

— Você aprende rápido.

— O que eu faço? Como mostro para ela que ele não presta sem fazê-la entrar na defensiva?

— Essa é a parte complicada. Ela protege as pessoas que ama. Até as que não merecem sua proteção. Se você falar alguma coisa ruim de algum protegido dela, ela vai revidar.

— Eu sou muito direto.

— Não acho que isso seja verdade. — Ela colocou algo que parecia uma mistura de ervas dentro de uma xícara, jogou água quente em cima e a entregou para mim. — Acho que a gentileza faz parte da sua essência.

Bufei, pegando a xícara.

— Suas cartas disseram isso a meu respeito?

— Não. Foram os seus olhos. Você não é o único que consegue interpretar a energia dos outros. Eu estudo pessoas desde antes de você nascer. Com e sem o tarô.

Tomei um gole do chá e fiz uma cara feia.

Ela riu.

— Xixi de gato geralmente causa essa reação nas pessoas.

Arregalei os olhos.

— Como é que é?!

A risada de Maple ecoou pelas paredes.

— É brincadeira. Mas a sua reação foi impagável. Algumas pessoas acham que chá de dente-de-leão é muito amargo. Mas a lavanda deve ajudar.

— Não gosto muito de chá.

— Eu sei. — Ela sorriu. Detestei aquilo. Detestei porque ela me encarava como se soubesse tudo a meu respeito. Eu não gostava de pessoas que conseguiam me interpretar. Eu me sentia exposto demais.

— Meu conselho? Seja para Stella a pessoa que o Jeff não é.

Franzi o cenho.

— Como eu faço isso?

— É simples. Seja você mesmo.

— Eu não sou um cara legal.

— O fato de você ficar mentindo para si mesmo não quer dizer que isso seja verdade. Sabe do que a Stella precisa? De um amigo que fique do lado dela, que a defenda sempre que ela precisar.

— Você quer que eu seja amigo dela?

— Não. — Ela balançou a cabeça. — Você quer ser amigo dela. É por isso que fica andando de um lado para o outro por aí, remoendo as coisas.

— E se ela não quiser ser minha amiga?

— Para um homem que sabe interpretar as pessoas, você errou feio nessa, hein? — Maple riu. — Não seja tão ingênuo, Damian. A Stella está tentando ser sua amiga desde o primeiro dia.

Fiz uma careta e lhe agradeci, apesar de os conselhos dela não me parecerem muito úteis. Quando me virei para ir embora, hesitei e olhei de novo para Maple, que estava novamente concentrada nas cartas de tarô.

— Você fez alguma leitura de mim? — perguntei.

— Fiz, sim.

— E o que as cartas disseram?

— Faz diferença? — Ela abriu um sorriso largo, do tipo que uma avó daria aos netos que eram jovens demais para entender as coisas da vida. — Você não acredita nessas coisas mesmo. Tenha um bom dia, Damian.

∽✿∾

Eu tinha passado semanas adiando meu encontro com as madrastas malvadas, porém finalmente tive de encarar o fato de que precisava passar um tempo com cada uma. A primeira da lista era Rosalina. Ela me convidou para assistir a um musical, e fiquei até grato pela ideia, porque isso significava que poderíamos passar pelo menos duas horas sem falar.

Mas não consegui me concentrar no espetáculo. Em vez disso, fiquei analisando cada detalhe dela. Eu tinha o nariz dela? O rosto dela de perfil era parecido com o meu? Eu tamborilava os dedos quando ficava nervoso, do mesmo jeito que ela fazia durante a apresentação. Será que ela estava nervosa? Se estivesse, qual seria o motivo? Seria pelo dinheiro? Por causa do musical? Porque era minha mãe?

Você é minha mãe, Rosalina?

Depois da apresentação, fomos jantar. Ela pediu uma salada, e eu, filé de costela. Ela ficou tagarelando sobre as atuações no musical, julgando os atores como se fosse capaz de fazer melhor. Eu duvidava que fosse o caso. Por outro lado, ela podia estar atuando na minha frente agora, fingindo que não era minha mãe.

Você é minha mãe, Rosalina?

— Então, o que você acha? — perguntou ela, e percebi que estava viajando, perdido em pensamentos, e não prestava a menor atenção no que ela dizia.

— Hum?

— Sobre a Denise e a Catherine. Quem você acha que é a sua mãe?

Meu estômago embrulhou.

— Não quero falar sobre as outras.

— É claro. Desculpa. Não tive a intenção de deixar você desconfortável. Só quis dizer que você merece saber quem ela é. Acredito que a sua vida deve ter sido difícil.

— Também não quero falar sobre isso — resmunguei.

Ela franziu o cenho, e quase acreditei. Então me lembrei de que ela era atriz. O mundo inteiro devia ser um palco para ela.

— Aceitam sobremesa? — perguntou o garçom.

— Ah, não. Não como açúcar — disse Rosalina, acenando para que ele fosse embora. Ela se virou para mim. — Essa era a parte mais difícil de morar com o Kevin e a Stella. A Stella era louca por açúcar. Não é de surpreender que ela esteja daquele tamanho agora.

Vá se ferrar, Rosalina.

— Ela comia uma tigela de sorvete de menta com chocolate toda noite. Se empanturrava disso, dizendo que era o sabor favorito dela. Colocava um milhão de granulados coloridos por cima. Juro, ela comia por dois, e o corpo dela é prova disso.

— Não há nada de errado com o corpo dela — falei.

Ela riu e se inclinou na minha direção.

— Damian, por favor, não precisa bancar o bonzinho. Todo mundo sabe que ela é enorme. Aposto que, com mais uma colherada de sorvete, ela fica diabética.

Por favor, não seja minha mãe, Rosalina.

Eu me levantei e me afastei da mesa sem dizer mais nada. Mesmo que aquela mulher fosse minha mãe, jamais receberia um centavo meu e de Stella.

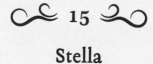

Stella
Oito anos

Vovó morava na casa de hóspedes e ajudava muito o Kevin, cozinhando e limpando a casa e me levando para a escola. Ela até arrumava o meu cabelo.

— O Kevin até tenta, mas não tem a menor ideia do que fazer com o cabelo de uma mulher negra. Não vou deixar você sair de casa parecendo uma boba. A sua mãe ia me matar — dizia vovó enquanto penteava meu cabelo crespo, dividindo-o em duas partes.

O cabelo da vovó era igual ao meu, mas havia muitos fios brancos em sua cabeça.

Ela estava certa sobre o meu cabelo. Kevin já tinha estragado uns cinco pentes tentando fazer penteados, e eu normalmente acabava chorando, porque ele puxava demais, então vovó tinha ficado responsável por me arrumar e me levar para a escola. A mão dela era mais leve.

Nos últimos tempos, Kevin parecia triste. Às vezes, eu passava na frente do escritório dele e o escutava chorando. Eu batia à porta e perguntava se ele precisava de alguma coisa, mas Kevin sempre fingia que estava bem.

Vovó dizia que ele fingia que estava bem porque não queria me deixar chateada com sua tristeza.

Ela dizia que ele também levava diferentes mulheres do seu passado para casa e marcava aqueles encontros porque estava tentando não ficar mais triste.

— Por que eu preciso fazer um penteado hoje? — resmunguei para vovó em uma manhã de domingo.

Ela geralmente só penteava meu cabelo cinco dias na semana, e nunca num domingo.

— Eu já disse. Você vai conhecer a namorada nova dele hoje e precisa estar arrumada.

— Você já conheceu ela?

— Já.

— Gostou dela?

Vovó franziu o cenho e ficou um instante calada, o que significava que não, mas ela não gostava da maioria das namoradas de Kevin. Dizia que ele era bom demais para elas.

— Acho que ela o faz feliz, então é isso que importa, porque ele está se sentindo sozinho — respondeu ela.

— Por que ele está se sentindo sozinho? Ele tem a gente!

Vovó riu.

— É, ele tem, sim. Mas às vezes as pessoas precisam de uma companhia. Além do mais, a sua mãe era a melhor amiga dele desde que eles eram jovens. Eles eram tão próximos que acho que suas almas estavam entrelaçadas. Depois que ela morreu, acredito que uma parte do coração do Kevin foi junto para o mar com a sua mamãe.

Roí as unhas e olhei para o chão.

— Por que ele não conversa com a mamãe no mar?

— Bom, querida... as pessoas precisam acreditar na magia do mar para conseguir falar com ele. Acho que o Kevin está tendo dificuldade em acreditar em alguma coisa desde que perdeu sua mãe para o oceano. Mas ele vai melhorar. Talvez ter outra pessoa por perto o faça ter mais fé.

— Será que ela vai gostar de mim?

Vovó me virou de frente para ela e me deu um beijo na testa.

— É impossível não gostar de você, Stella. — Ela terminou de prender meu cabelo e me deu um tapinha no ombro. — Agora vai lá. Coloca o vestido amarelo que deixei na sua cama. A Rosalina vai chegar a qualquer momento, e quero que você esteja pronta para dar as boas-vindas a ela.

Obedeci à vovó e fui correndo para o quarto. Amarelo era minha cor favorita depois de azul-petróleo. A maioria das peças no meu armário era dessas duas cores. Adorava azul-petróleo porque era a minha cor preferida. E adorava amarelo porque era a cor preferida da minha mãe.

Senti um frio na barriga enquanto me arrumava. Queria que Rosalina gostasse de mim, porque seria legal ter outra menina em casa. Às vezes, Kevin não entendia as coisas que aconteciam comigo, e eu nunca podia conversar com ele sobre os garotos dos quais eu gostava. Eu conversava com vovó de vez em quando, mas não era a mesma coisa.

Eu não queria uma nova mãe, porque a minha continuava cuidando de mim lá do mar, mas talvez Rosalina pudesse ser minha amiga. Eu não tinha muitas amigas na escola, então seria legal que ficássemos amigas.

Quando terminei de me vestir, saí correndo do quarto e fui esperar Rosalina na sala de estar. Quando virei no corredor, dei de cara com Kevin e parei de repente. Cambaleei ligeiramente, e ele me segurou para que eu não caísse.

— Calma aí, apressadinha — disse ele.

Levantei a cabeça e encontrei seus olhos. Eles costumavam ser mais sorridentes. Mamãe sempre dizia que o que ela mais gostava em Kevin eram os olhos — pois eram a parte mais feliz em seu rosto. Mas, agora, eles pareciam tristes. E isso me deixava triste também.

— Desculpa — murmurei, me endireitando.

Ele tocou meu nariz com o polegar, e nós demos um soquinho como sempre fazíamos.

— Não tem problema. Pronta para conhecer a Rosalina?

— Sim! A vovó disse que ela vai gostar de mim e que nós podemos virar amigas.

— É claro que ela vai gostar de você! Você é uma estrela.

Fiz uma pose.

— Eu sei, eu brilho muito.
O sorriso varreu a tristeza de seu olhar.
— Você é atrevida igual a sua mãe. Você sabe disso, né?
Franzi a testa.
— Você sente saudade dela, Kevin?
— Todos os dias.
— Então por que não conversa com ela no mar? É assim que eu falo com ela. A vovó também! Se você quiser, pode fazer a mesma coisa.
— Ah, querida. — Ele esfregou a nuca e agachou na minha frente. Então pousou as mãos em meus ombros e sussurrou: — Eu converso com o mar. É ele que não me responde.
Eu me inclinei para a frente e falei baixinho:
— É porque você precisa prestar mais atenção.
Ele abriu a boca para responder, mas a campainha tocou. Logo depois, ouvimos um grito:
— Querido, cheguei!
— É a Rosalina — disse ele.
Meu coração estava dando cambalhotas de tanta empolgação.
Kevin sorriu e se inclinou para a frente, me dando um beijo na testa. Minha mãe também costumava me dar beijos na testa. Eu queria que Kevin fizesse isso para sempre. Vovó os chamava de beijos do mar, porque eles espalhavam ondas de carinho pelo nosso corpo. Eram um lembrete de que alguém me amava.
— Sei que já saí com muitas mulheres, mas dessa vez vai ser diferente — disse ele para mim, mas parecia que estava tentando convencer a si mesmo disso. — Prometo, Stella.
Fiz que sim com a cabeça, e ele se levantou. Kevin me fitou com um sorriso, e vi seus olhos tristes.
— A cada dia que passa, você fica mais parecida com a sua mãe. BU, sabe?
Eu sorri.
— BU.
BU significava bênçãos universais. Ou seja, pequenas coisas que aconteciam no mundo e que pareciam presentinhos do universo. Mui-

tos dos nossos ditados estranhos e das nossas crendices vinham da vovó. Ela gostava de magia e tarô, de cristais e incensos, e esse tipo de coisa. Quando se tratava do universo, vovó tinha o dom de saber um monte de coisas. BU era apenas um dos milhões de ensinamentos que ela havia compartilhado comigo e com Kevin.

— Vem. — Ele segurou minha mão. — Vamos juntos falar com ela.

Então seguimos para a sala, e lá estava Rosalina, toda imponente em seus saltos altos e com suas roupas chiques. O motorista trazia suas malas, e ela digitava freneticamente no celular. Usava óculos escuros enormes que cobriam seu rosto inteiro.

Ao nos ver, ela parou de digitar e guardou o celular na bolsa.

— Kevin! — gritou ela, correndo até ele.

Kevin soltou a minha mão, e tentei me esconder atrás dele quando os dois se abraçaram.

Ela era tão linda. Nunca tinha visto uma pessoa tão bonita assim, tirando mamãe e vovó.

— Estava com saudade, gato — disse Rosalina, tirando os óculos escuros.

Ela os guardou na bolsa também, então levou as mãos às bochechas de Kevin e o beijou com vontade. Por um tempão.

Eca.

Franzi o cenho e olhei para o outro lado. Era esquisito ver adultos fazendo esse tipo de coisa.

Kevin se afastou de Rosalina e olhou para mim.

— Stella, vem dar oi.

Abracei a perna dele e continuei escondida. Ele me puxou para a frente, me colocando entre eles dois. As narinas de Rosalina se dilataram como as de uma morsa, mas ela abriu um sorriso enorme ao se agachar e olhar nos meus olhos.

— Stella, você cresceu tanto — exclamou ela, batendo com o dedo no meu nariz. — Vem dar um abraço na sua nova mãe.

Olhei para Kevin, depois para ela, depois para Kevin de novo.

Kevin fez uma careta.

— A gente ia te contar hoje à noite. Eu e a Rosalina nos casamos em Las Vegas.

— O quê?! — exclamei, me sentindo enjoada.

Mas isso não transformava aquela mulher na minha nova mamãe, certo? Eu só queria uma amiga.

— Pois é, meu bem. Incrível, né?! — comentou Rosalina, me puxando para o abraço mais apertado do mundo.

Ela me apertou tanto que achei que fosse explodir.

Quando ela me soltou, vovó entrou na sala para avisar que a refeição seria servida.

Durante o jantar, fiquei quieta. Não sabia o que dizer. Ela não era minha nova mamãe. Eu tinha uma mamãe, com quem conversava todo dia. Algumas pessoas não conseguem ver, ou não acreditam, mas isso não quer dizer que ela não está comigo nas ondas.

Depois do jantar, fui para o meu quarto com a barriga doendo.

— Stella! — Rosalina entrou sem nem bater à porta.

Eu estava sentada à mesinha do meu quarto, desenhando. Minha mãe era artista, e, quando eu crescesse, queria fazer obras de arte iguais às dela.

Rosalina entrou sem nem perguntar se podia. Kevin e vovó nunca entravam sem pedir.

— Oi, Stella. Acho que chegou a hora de nós duas termos uma conversinha. O Kevin está servindo a sobremesa para a gente comemorar, apesar de você estar bem rechonchudinha para isso. — Ela se aproximou da mesa e puxou uma cadeira para se sentar à minha frente. — Foi falta de educação passar o jantar inteiro sem falar nada.

Dei de ombros.

Ela fez cara feia. Uma mecha de cabelo caiu em seu rosto, e ela a prendeu atrás da orelha.

— Você sabe que o Kevin me ama, né? — Não respondi, então ela arqueou uma sobrancelha. — Fiquei surpresa quando ele contou que tinha adotado você. Por outro lado, ele adora fazer caridade, e você, Stella, é a prova disso. Mas eu sou o amor da vida dele, e ele deixou bem claro para mim que, se tivesse que escolher entre nós duas, desta vez ficaria comigo, a esposa dele. Você entendeu?

— O Kevin não ia me abandonar! — gritei, com raiva.

— Ah... ia, sim. A Maple também. Eles me falaram isso. E até disseram que, se você tocar nesse assunto com eles, vão fazer as suas malas e te mandar embora. Então que tal a gente fazer um acordo? Vamos dar um jeito de nós duas morarmos nessa casa.

Eu não estava me sentindo bem. Quanto mais ela falava, mais minha barriga doía.

Rosalina abriu um sorriso, mas não era um sorriso simpático, e sim maldoso. Eu tinha a impressão de que tudo o que ela fazia parecia maldoso.

— Stella, você precisa de disciplina. Agora que me casei com o Kevin, vou criar você. Então você precisa ser perfeita em todos os sentidos. Vai fazer suas tarefas sem que eu precise pedir. Vai se vestir como uma mocinha. Não vai ser levada nem vai falar gritando. O seu trabalho é ser o mais invisível possível para não incomodar os outros. Você vai falar só quando dirigirem a palavra a você. Caso contrário, ficará de castigo. Depois de três mancadas, você vai para a rua. Entendeu, Stella?

— Mas! — exclamei.

— Ah, ah, ah! — disse Rosalina, levantando um dedo. — Nada de aumentar a voz.

Baixei a cabeça e encarei minhas mãos.

Eu queria que ela fosse embora.

Rosalina colocou um dedo sob o meu queixo e levantou minha cabeça para que meus olhos encontrassem os dela.

— E nada de ficar curvada. Só bichos-preguiça ficam curvados, querida. Seja uma mocinha, e não o que você é hoje.

Eu nem sabia o que isso significava. Mas não discuti, porque não queria que Kevin me mandasse embora. Eu ficaria com muita saudade dele e da vovó.

— Agora, não esqueça, estou fazendo isso para o seu bem. Para o Kevin não se cansar de você e te mandar embora. Esse precisa ser o nosso segredinho, tá?

Concordei com a cabeça, sentindo meu corpo tremer enquanto ela falava.

Suas mãos pousaram em minhas bochechas. Seus olhos pareciam cheios de lágrimas enquanto ela aninhava meu rosto. Sua boca se abriu, e ela sussurrou:

— Já vi fotos dela, sabia? Você é a cara da sua mãe. — Então ela beliscou minha bochecha direita e balançou a cabeça. — Pena que você seja tão feia.

— Ô de casa — disse Kevin, batendo à porta.

Ao contrário de Rosalina, ele não entrou sem avisar.

— Pode entrar — disse Rosalina. — Sinceramente, acho tão esquisito você bater! Não vejo motivo para você não poder entrar num cômodo em sua própria casa.

— Bom, pois é, nós preservamos nossos refúgios. Este é o refúgio da Stella — explicou Kevin. — A sobremesa está servida.

Nós três seguimos para a sala de jantar e nos sentamos à mesa. À minha frente, estava uma fatia de crumble de maçã, minha torta favorita, com sorvete de baunilha. Kevin e Rosalina devoraram o que havia em seus pratos. Eu fiquei empurrando a torta de um lado para outro e não comi muita coisa. Não conseguia parar de pensar que, segundo Rosalina, eu estava rechonchuda e não devia comer sobremesa.

Rosalina pigarreou e olhou para mim. Então endireitou a postura, jogando os ombros para trás, mostrando como eu deveria me sentar. Eu me estiquei e tirei os cotovelos de cima da mesa. Ela sorriu, satisfeita.

— Stella, você não vai comer? — perguntou Kevin.

— Não estou com fome — murmurei.

— Hein? Fale para fora, querida — disse Rosalina. Seu tom era doce, mas ainda assim parecia maldoso.

— Não estou com fome — repeti, um pouco mais alto.

— É melhor assim. Você comeu muito no jantar — comentou ela, voltando para sua sobremesa.

— Posso ir para o meu quarto? — perguntei a Kevin.

— Pode, claro. Foi um longo dia. Já vou lá te dar boa noite, tá?

— Tá.

Empurrei a cadeira para longe da mesa e comecei a correr para o meu quarto.

— Nada de correr pela casa, Stellinha — disse Rosalina. — Ande feito uma mocinha.

Diminuí o ritmo e comecei a andar na ponta dos pés, com medo de irritar Rosalina.

Minutos depois, ouvi uma batida à minha porta.

— Stella, posso entrar? — perguntou Kevin.

— Pode.

Eu já estava debaixo das cobertas, com a luz noturna acesa, quando Kevin entrou. Ele sorriu para mim, puxando uma cadeira até a cama.

— Hoje foi um grande dia — comentou ele.

Dei de ombros, sem saber o que dizer.

Ele franziu a testa. Rosalina deveria animá-lo, mas ele ainda parecia triste.

— Sinto que não tenho sido muito bom para você, Stella. Parece que não sou o suficiente — confessou ele.

Eu queria chorar. Ele falava como se estivesse prestes a me mandar embora, exatamente como Rosalina havia dito.

— Você é o meu melhor amigo — falei.

Os olhos de Kevin ficaram marejados, e ele se inclinou para a frente, me dando mais beijos do mar.

— Você também é a minha melhor amiga, pequena.

— Por que você está triste, Kevin? — perguntei.

Ele inclinou a cabeça.

— Como assim?

— Você está chorando.

Ele tocou as bochechas como se nem tivesse se dado conta das próprias emoções.

— Ah... Não sei. Foi um dia estranho. Mas acho que as coisas vão melhorar. Você gostou da Rosalina, né, Stella? Ela disse que vocês duas tiveram um bom papo.

Puxei o cobertor pensando na conversa que tive com Rosalina. Eu queria contar para ele como realmente me sentia, mas não queria que ele me mandasse embora. Também não queria vê-lo triste. E quem sabe Rosalina não o deixasse feliz de novo? Então resolvi fazer o que ela mandou e falei:

— Gostei.

Kevin abriu um sorrisinho e deu tapinhas na minha mão.

— Tudo bem. Que bom. Eu também gosto dela. Mas você? — Mais beijos do mar. — Você é a minha bênção universal.

16

Stella
Presente

Quando Damian voltou para casa depois do encontro com Rosalina, parecia enojado. Dava para entender por quê. Ela não era a melhor companhia do mundo. Eu sabia muito bem como era conviver com Rosalina. Parecia que ela sugava a energia das pessoas.

— Oi — falei, abrindo um sorriso ao pausar minha comédia romântica daquela noite.

— Olá — respondeu ele, segurando um saco de papel.

— Está tudo bem?

Ele fez uma cara estranha e franziu o cenho, então olhou para o saco que segurava.

— Comprei sorvete de menta com chocolate, se você quiser.

Meus olhos se arregalaram, e levei as mãos ao peito.

— Menta com chocolate é meu sabor favorito!

— É?

— É. Quando eu era pequena, só tomava esse sabor.

— Quer um pouco?

— Hum... Não vou conseguir recusar. E você pode ver o filme comigo, se quiser. Já que na última vez não deu muito certo.

— Não, obrigado.

Fiquei um pouco decepcionada, como se tivesse estragado nossa chance de construir uma amizade.

— Tudo bem.

Ele foi até a cozinha e voltou com uma tigela de sorvete. Sorri ao ver que tinha colocado até granulados coloridos.

— Adoro granulados! — falei. Damian conteve um sorriso. Ele me encarava como se estivesse remoendo alguma coisa. — O que foi? — perguntei.

— Nada. Você só... — Ele murmurou alguma coisa, alternando o peso entre os pés, parecendo nervoso. — Você está bonita hoje.

Minhas bochechas coraram, e olhei para meu casaco e minha calça de moletom. Para piorar, eu estava com uma espinha no queixo e havia passado uma camada de creme nela.

— Estou?

— Sim, está. Você está linda.

Da onde veio isso?

— Obrigada, Damian.

— Quem sabe a gente não deixa para outro dia? A comédia romântica...

— Ah, sim, claro. Seria ótimo.

— Boa noite, Cinderstella.

— Boa noite, Fera.

Ele me deixou com um frio na barriga, que desapareceu com a chegada de uma mensagem de Jeff.

Jeff: A gente podia marcar um encontro duplo com o Dillon.

Stella: Damian.

Jeff: Tá. Qual é o nome daquela sua amiga do trabalho? A que veio para o jantar de Ação de Graças? Kelsey?

Pelo menos ele tinha acertado o nome dela. O que era compreensível, já que fazia três anos que Kelsey passava aniversários e feriados com a gente. Ela havia se mudado de Los Angeles para a Inglaterra para tentar ser atriz, e nós acabamos virando amigas logo de cara. Ela precisava de uma família, e, para mim, fora um prazer trazê-la para a minha.

Stella: Isso mesmo.

Jeff: Você disse que ela estava solteira. Que tal marcarmos um encontro às cegas?

Stella: Ah, nossa. Não. Nem sei se ele faz o tipo da Kelsey.

Jeff: Eu já vi o cara. Ele faz o tipo de qualquer mulher. Além do mais, você disse que ele não tem namorada. Qual seria o problema de convidar a Kelsey para jantar também? A menos que tenha algum motivo para você não querer que ele saia com alguém.

Mas que história era aquela? Senti um tom esquisito naquelas palavras, mas não falei nada porque detestava brigar por mensagem. As palavras podiam ser mal interpretadas. Então resolvi deixar aquilo para lá até podermos conversar pessoalmente.

Stella: É claro que não tem. Só preciso ver se ele aceitaria.

Jeff: Vou fazer uma reserva para quatro pessoas.

Disse para ele esperar até que eu tivesse a oportunidade de perguntar a Damian se ele toparia jantar com a gente, mas Jeff fez a reserva assim mesmo, dizendo que poderia mudar para três pessoas se precisasse.

Jeff: Vou buscar todo mundo na quarta à noite. Depois você vem para casa comigo.

Não respondi, porque percebi que ele estava estranho.

— Oi — falei, ao dar de cara com Damian, quando ele estava indo lavar roupa.

— Olá. — Ele olhou para a cesta de roupas em minhas mãos. — Posso tirar as minhas coisas se você quiser lavar as suas primeiro — ofereceu ele.

— Ah, não. Não precisa. — Fiz um aceno com a mão. — Posso esperar. Aliás, que bom que encontrei você. Queria te perguntar uma coisa.

— Pode falar.

— Quer jantar comigo e com o Jeff? Ele quer se reapresentar oficialmente. Sóbrio. Assim, você vai ver que ele não é tão ruim quanto pareceu à primeira vista.

— Primeiras impressões são marcantes.

— Sim, mas muita gente passa uma impressão errada num primeiro momento. É por isso que existem segundas chances.

— Tudo bem.

Arqueei uma sobrancelha.
— O quê?
— Falei que tudo bem. Eu vou.
— Sério? — perguntei, chocada. Havia sido muito mais fácil do que eu imaginava.
— Se você precisa disso para se sentir confortável nessa situação, então eu vou.
— É mais para o Jeff se sentir tranquilo, o que é importante para mim. Então, sim. Se ele se sentir confortável, eu também vou ficar confortável.
— O que te deixa confortável além de ver os outros bem?
Estreitei os olhos.
— Como assim?
— Esquece.
— Não...
— Esquece, Stella — disse ele, determinado.
Isso foi o bastante para que eu não insistisse, já que estava me preparando para contar uma coisa.
— Tá. Tudo bem. E tem outra coisa. — Entrelacei as mãos e rezei para que Damian não me desse um fora. — Vai ser meio que um encontro duplo, se você não se importar?
— Eu me importo, sim.
— Foi o que imaginei. Então tá. — Comecei a me afastar, mas então me virei de novo para ele. — É só que... o Jeff acha que tem algo entre a gente.
— Não tem nada acontecendo entre a gente.
— Eu sei disso, e você também, mas o Jeff não.
— Ele não confia em você?
— Não é isso. Ele não confia em você.
— Mas o que eu tenho a ver com o seu relacionamento?
— Nada. — Balancei a cabeça. — Ele está inseguro, só isso.
Damian não falou nada, mas dava para perceber que inúmeros pensamentos passavam pela sua cabeça. Eu nem sabia se gostaria de ouvi-los, porque era bem provável que não fossem coisa boa.

Mordi o lábio inferior.

— Eu te pago dez dólares se você for no encontro duplo — falei, num impulso.

Ele bufou.

— Você acha que eu sou tão fácil assim?

— Não. Eu é que estou desesperada. Estou achando o Jeff bem incomodado com o fato de nós dois estarmos morando juntos, e...

— Tudo bem.

— O quê?

— Falei que tudo bem. Eu vou.

— Sério? — perguntei, abismada.

— Se isso servir para botar um ponto final nessa conversa, eu vou.

— Tudo bem. Tá. Maravilha. Obrigada, Damian.

Ele esticou a mão para mim. Ergui a mão que não estava ocupada segurando o cesto de roupa e bati na mão dele, como se ele estivesse esperando um *high five*. Bom, mas um *high five* meio desanimado, porque a mão dele não estava para cima.

— Não. Você está me devendo.

— Devendo o quê?

— Dez pratas.

— Ah... Certo. Claro. — Olhei ao redor, me dando conta de que não estava com o dinheiro naquele momento. — A minha bolsa está no quarto, e...

— Stella.

— O quê?

— É brincadeira. Não quero o seu dinheiro.

— Ah! Tá, beleza. É brincadeira.

Brincadeira?

Brincadeira?!

Damian Blackstone havia feito uma brincadeira comigo?

Comigo?!

Tudo bem. Aquilo meio que deixou meu dia muito mais feliz.

17

Stella

Na noite do encontro duplo, eu estava muito nervosa. Jeff também não facilitou as coisas quando veio nos buscar.

— Onde você arrumou esse carro? — perguntei, assim que o vi saltar de uma BMW top de linha, muito fora da nossa realidade.

Meu queixo caiu quando vi aquele carro, que não era o seu Honda de catorze anos.

— Fiz um upgrade — respondeu ele, todo feliz. — Duvido que você não acha esse carro maneiro.

Eu o encarei, estreitando os olhos.

— Mas... como? Você não tem grana para esse tipo de coisa. E os seus equipamentos novos...

Minha cabeça estava girando. Enquanto isso, Damian e Kelsey continuavam lá dentro, terminando suas taças de vinho antes de sairmos para jantar. Os dois pareciam estar se dando muito bem.

Por que eu estava incomodada com isso?

Pigarreei e voltei a me concentrar em Jeff.

— Esse terno é de grife, Jeff?

— Acho que você quis dizer "você está lindíssimo, Jeff" — declarou ele, vindo até mim.

Ele olhou para a casa, se inclinou na minha direção e me deu um beijo. Intenso. Tão longo que chegou a ser bizarro.

— O que deu em você? — perguntei, me afastando dele.

Ele olhou para a casa, e, quando me virei, notei que Damian nos observava pela janela. Logo depois, ele desapareceu, e Jeff deu de ombros.

— Nada, só quero marcar território — respondeu ele com uma expressão presunçosa.

— Eu não sou uma árvore, e você não é um cachorro que precisa mijar em mim — rebati. — Além do mais, o Damian e a Kelsey parecem estar se dando bem.

— Tá de sacanagem? Sério? Ela gostou dele?

— Ué! Você está surpreso?

— Eu não imaginava que ela gostava desse tipo de cara.

Eu ri.

— Você disse que ele fazia o tipo de qualquer mulher.

— É. Claro... Bom, mas, pelo que você me contou, ele é meio frio.

— É... Mas ele também sabe ser simpático quando se sente à vontade com alguém. Além do mais, foi você que insistiu para que a gente saísse em um encontro duplo. Mas, voltando ao assunto... Onde você arrumou isso tudo?

Jeff colocou algumas balas de menta na boca.

— Fiz uns empréstimos.

— O quê?! Jeff, a gente não tem grana para pagar empréstimos agora.

— Por enquanto — acrescentou ele. — Quer dizer, na verdade, nós já somos praticamente multimilionários, amor. Podemos muito bem começar como manda o figurino.

— Acho que você está se precipitando. Além do mais, não quero que o dinheiro faça com que a gente vire pessoas materialistas.

— Não vem com essa, Stella — disse ele, baixando a voz.

— Não vem com essa o quê?

— Não começa a bancar a estraga-prazeres. Fala sério, a gente tem muito o que comemorar. Estou fazendo mais shows agora. Você está ganhando mais dinheiro. Nós estamos melhorando de vida! E nada nem ninguém vai estragar isso. Nem mesmo você.

Ele me deu outro beijo, daqueles intensos e demorados, e tive certeza de que Damian estava nos observando. Jeff não costumava me beijar muito. Ele era mais reservado do que eu neste quesito. Eu que era a grudenta da relação.

— Você está uma graça — comentou ele.

Uma graça feito um cachorrinho, não fascinante feito o mar.

Pare de comparar os dois, Stella.

Para minha surpresa, correu tudo bem durante o jantar. Damian estava muito mais falante do que eu esperava e interagiu bastante com Kelsey e Jeff. Ele até riu algumas vezes, o que me surpreendeu. Ele não costumava rir muito, mas, quando isso acontecia, o som reverberava pelo meu corpo. Eu gostava das risadas dele. Queria ouvi-las com mais frequência.

Enquanto jantávamos, meu celular emitiu um bipe e o peguei para silenciá-lo, mas arfei ao ver a mensagem na tela.

— Ai, meu Deus! — gritei, abrindo o e-mail na mesma hora. — Entrei! — exclamei, sem conseguir acreditar. — Entrei! — repeti.

— Entrou onde? — perguntou Kelsey.

— Na exposição de arte da Galeria do Mateo. Uma artista desistiu em cima da hora, e eu estava na lista de espera para participar da exposição. Ai, meu Deus!

Eu estava eufórica. Não dava para acreditar que um grande sonho meu estava se tornando realidade. A minha arte, a minha paixão, seria exposta em uma galeria, para centenas de pessoas.

Era muita sorte!

— Cacete, nunca imaginei que você ia conseguir participar de uma coisa dessas — comentou Jeff. — Parabéns, amor! Que conquista!

Vi que a expressão de Damian mudou quando ele olhou para Jeff, mas, ao se virar para mim, seu semblante gentil estava de volta.

— Você merece, Stella, parabéns.

O que foi aquele olhar?

— Obrigada. Quero todos vocês lá! Quer dizer, se quiserem ir. Vai ser numa quinta à noite, e... bom, se não puderem ir, não tem problema, mas...

— Eu vou — disseram Damian e Jeff ao mesmo tempo.

Os dois trocaram um olhar.

Com toda aquela tensão no ar, duvidava muito que fossem se tornar melhores amigos.

Logo depois, Kelsey disse que também estaria lá.

— Quem sabe a gente não pode ir junto, Damian? — sugeriu Kelsey.

Jeff franziu o cenho, mas não falou nada. Os lábios de Damian se apertaram, mas ele assentiu para Kelsey.

— Ótimo — disse ela, juntando as mãos. Em seguida, apoiou uma delas na coxa de Damian.

Aquilo parecia um pouco demais para um primeiro encontro. Ela precisava mesmo colocar as garras em cima dele?

Pare, Stella. Olhe para outra coisa.

— Vamos pedir mais uma rodada para comemorar! — exclamou Jeff, chamando o garçom. — Essa é por minha conta.

— Jeff, não, não precisa. É sério. — Fiz uma careta, porque sabia que ele já tinha bebido muito. Além do mais, ele estava gastando como se não houvesse amanhã, o que era bem preocupante. — A gente não precisa de mais bebida.

— Qual é o seu problema, hein? Só quero comemorar a sua conquista! — disse ele, irritado.

— Então por que você não para de tratá-la como se ela fosse uma pedra no seu sapato? — questionou Damian. Seus olhos estavam carregados. Ele parecia bem irritado com Jeff, e comecei a ficar apreensiva. — Além do mais, você está dirigindo. Talvez fosse melhor parar de beber.

— Como é que é? — perguntou Jeff, encarando Damian. — Que tal você cuidar da sua vida? Eu falo com a minha namorada do jeito que eu quiser.

— É. Só não entendo por que você prefere falar com ela desse jeito — rebateu Damian, se empertigando.

Por algum motivo, os dois estufaram o peito como se estivessem prontos para começar uma guerra, mas Kelsey os interrompeu antes que a situação saísse de controle.

— Um brinde à Stella e à primeira exposição dela! — disse ela, erguendo a taça de vinho. — Que seja a primeira de muitas! — exclamou.

Os homens acalmaram os ânimos e levantaram suas taças num brinde a mim.

A tensão já tinha evaporado quando terminamos de jantar. E não houve nenhum ferido. Voltamos para casa, e Kelsey foi embora depois de trocar telefone com Damian.

Sério? Ele deu mesmo o número para ela? Isso era bom, eu acho. Certo. Era, sim. Era isso que eu queria que acontecesse. Com certeza. Mas é claro.

Como era quarta-feira, minha mala já estava pronta para eu voltar com Jeff.

— Vou pegar minhas coisas e podemos ir — falei para Jeff.

— Tá, vou ficar esperando aqui.

Entrei correndo em casa para buscar a mala, mas então vi Damian parado na cozinha, enchendo um copo de água.

— Obrigada mais uma vez por ter ido hoje. Parece que você e a Kelsey se deram bem. E você e o Jeff até que se entenderam na maior parte do tempo, tirando os poucos momentos esquisitos, e...

— Por que você está com ele?

— O quê?

— Com o Jeff. Por que você está com ele? Ele é um idiota do caralho. Ele é incapaz de pensar em outra pessoa que não seja ele.

— Isso não é verdade...

— É, sim, e eu sei que você é esperta o suficiente para saber que estou falando a verdade. Ele sempre faz aquilo? — perguntou Damian.

— Aquilo o quê?

— Subestimar você e os seus sonhos?

— Ah... Não foi isso. Quer dizer, acho que você interpretou a reação dele em relação à exposição da forma errada. O Jeff é realista. Ele sabe que meus quadros não são bons o suficiente para que eu consiga viver da minha arte, e sou meio avoada, minha mente sonhadora voa alto.

Nas minhas fantasias, sou capaz de me sustentar com a minha arte, e, bom, essa ideia é meio ridícula.

— Por quê?

— Porque não sou boa o suficiente.

— Quem disse que você não é boa o suficiente?

Por onde eu começo?

Forcei um sorriso.

— Está tudo bem, Damian. Nem todo mundo realiza seus sonhos. Algumas pessoas precisam voltar à realidade.

Ele fechou a cara e voltou a encher seu copo de água.

— Então tá. Bom, tenha uma boa noite. Obrigada mais uma vez por hoje. Sei que não foi a situação mais confortável do mundo.

Já estava indo para o meu quarto, mas parei quando ouvi sua voz.

— E se fosse com a Maple? — perguntou ele.

— O quê?

— E se o Jeff falasse para a Maple que os sonhos dela são impossíveis e que ela não é talentosa o suficiente para conquistá-los? Como você se sentiria?

— Eu morreria de raiva.

Ele enfiou as mãos nos bolsos da calça.

— Então deixe isso vir à tona.

— O quê?

— Dê a si mesma o amor e a proteção que você oferece às pessoas que ama. Só para deixar claro, eu já vi os seus quadros. — Ele se aproximou de mim, parando a centímetros de distância do meu rosto, e baixou a voz. — Você tem talento de sobra.

Palavras...

Eram apenas palavras, palavras singelas, mas, sempre que Damian dizia aquelas coisas para mim, eu desejava secretamente que continuasse falando.

Fiquei ali parada, sozinha, chocada, sentindo calafrios pelo corpo enquanto tentava acalmar as batidas descontroladas do meu coração.

18

Stella

— Respire, Stella, respire — murmurei para mim mesma.

No dia da exposição, eu estava uma pilha de nervos. E não conseguia me acalmar porque tinha passado o dia inteiro sem conseguir falar com Jeff. Ele tinha ficado de trabalhar na noite anterior, e eu sabia que precisava de um tempo para se recuperar depois de uma noite tocando como DJ. Torcia para que ele tivesse segurado a onda, sabendo que o dia seguinte seria o mais importante da minha carreira.

Stella: Cadê você?

Eu já havia mandado quatro mensagens e ligado cinco vezes para Jeff, mas não tinha recebido nenhuma resposta.

— Ele vai aparecer. Ele não me daria um bolo justo hoje. O celular dele deve estar sem bateria. Com certeza existe um bom motivo para que ele não esteja aqui num dia tão importante para mim.

Eu precisava me acalmar. Fiquei parada na frente do espelho do banheiro da galeria, tentando ignorar o fato de que Jeff ainda não havia chegado. Eram nove e quinze, e a exposição tinha começado às oito. E nenhum sinal do meu namorado ainda. Eu não podia ficar escondida no banheiro. Caso contrário, as pessoas começariam a se perguntar por que a artista não estava ali promovendo sua obra.

— Stella? Chegou um cara agora procurando você. Acho que é o seu namorado — disse Marie, a organizadora do evento, do lado de fora do banheiro.

Destranquei a porta, sentindo o frio na barriga aumentar ao saber que Jeff finalmente havia chegado. Queria estar com raiva dele por ter se atrasado, mas tudo o que eu mais desejava era compartilhar meu trabalho com alguém que amava.

— Ele chegou? — perguntei, abrindo a porta do banheiro.

Alisei meu vestido branco com as mãos e senti minhas bochechas doendo de tanto que eu sorria só de pensar que Jeff estava ali. Para mim, era importante compartilhar a exposição com ele, porque, por muito tempo, aquilo havia sido apenas um sonho. Agora eu finalmente tinha algo para mostrar a ele. Algo do qual ele poderia se orgulhar. Algo que provasse que eu levava minha carreira a sério, da mesma forma que Jeff levava a dele.

— Sim, ele chegou. E você nem para avisar que ele era um gato?! Tipo, caramba, que homem lindo! — Marie jogou as mãos para o alto, como se dissesse que não tinha culpa por ele ser bonito. — Mas, só para deixar claro, eu jamais daria em cima dele. O meu dá conta do recado direitinho — brincou ela.

Agradeci a Marie por ter me avisado que Jeff havia chegado, mas, quando saí do banheiro, fiquei surpresa ao não encontrar meu namorado em lugar nenhum. O único conhecido que avistei foi meu marido, muito bem-vestido, na minha frente. Damian estava elegante como sempre, apreciando as obras expostas na galeria.

Quando aceitei o fato de que meu namorado não estava ali, fui até Damian para cumprimentá-lo.

— Fera — falei, parando atrás de Damian enquanto ele observava uma das minhas telas favoritas, intitulada *Azul*. — Você veio.

— Eu dei a minha palavra.

— Quem dera se a palavra de todo mundo significasse tanto quanto a sua — murmurei.

Ele fez uma cara de quem não tinha entendido nada.

Balancei a cabeça e forcei um sorriso.

— Deixa pra lá. A Kelsey veio com você?

— Nós fomos jantar, mas resolvemos não vir juntos.

— Ah, que pena. Aconteceu alguma coisa? Ela falou tão bem de você...

— Prefiro não falar sobre isso.

Olhei para ele franzindo a testa, sentindo que alguma coisa tinha dado errado, mas não quis insistir. Eu já conhecia Damian o suficiente para entender que ele se fechava quando se sentia pressionado.

— Posso mostrar a exposição para você.

— Então vamos lá.

Fomos dar uma volta pela galeria, e, sempre que ele elogiava meu trabalho, eu cogitava lhe dar um abraço. Mas, em vez disso, falei:

— Obrigada por ter vindo hoje.

— É importante para você.

— É.

— Então é uma honra ter sido convidado.

Ah, Damian.

Tentei ignorar as batidas aceleradas do meu coração.

Para uma fera insensível, ele tinha seus momentos de ternura.

— A exposição é sobre luto. Comecei há alguns anos, quando ainda era pequena, logo depois que minha mãe morreu. E terminei o último quadro depois que o Kevin se foi. Usei uma mistura de carvão e tinta acrílica. Comecei a fazer pintura fluida há pouco tempo, mas nada do que produzi nessa linha entrou na seleção de hoje porque ainda não me sinto confiante o bastante na técnica para mostrá-las às pessoas.

— Se elas tiverem metade da qualidade dessas aqui, você está escondendo obras-primas.

Levantei uma sobrancelha.

— Eu acabei de receber um elogio da Fera?

— Não deixe isso subir à cabeça.

— Meu ego já está inflado.

Um sorrisinho surgiu nos cantos da boca dele, mas desapareceu na mesma hora.

— Quantos quadros você já vendeu?

— Por enquanto, nenhum. Para ser sincera, talvez eu não venda nada. Algumas pessoas até pararam para dar uma olhada, mas ninguém quis comprar. E tudo bem. Já fico satisfeita por ver alguém apreciando meu trabalho. E acho que a culpa é minha. Eu devia ter baixado os preços. Acho que cobrei muito caro.

Damian franziu o cenho enquanto me encarava, depois chegou mais perto do quadro para olhar o preço.

Ele bufou.

— Você devia aumentar o preço. Você vale mais do que isso.

Meu coração deu aquela acelerada de novo.

— Você entregou QR codes para as pessoas que apareceram?

— Não. Mas falei que os quadros estão à venda no meu site.

Ele franziu a testa, decepcionado.

— As pessoas são preguiçosas. E pior do que a preguiça é o fato de que elas têm a capacidade de concentração de uma criança. A sociedade quer convencer a gente de que os humanos amadurecem, mas a verdade é que a gente só fica mais alto e continua se comportando como um bebê. As pessoas precisam de tudo na mão ou perdem o foco.

— Concordo. Mas eu fui chamada em cima da hora...

— Da próxima vez, é só falar comigo — disse ele. — Tenho um dos melhores assistentes do mundo. Ele pode resolver tudo para você.

— Eu... nossa. Damian, obrigada. É muita generosidade da sua parte.

— Cartão de visita.

— O quê?

— Você tem cartão de visita?

— Não... ainda não.

Damian suspirou e murmurou algo baixinho, então pigarreou e colocou as mãos nos bolsos de novo. Na mesma hora, algumas pessoas entraram na galeria. Damian as acompanhou com o olhar.

— Consigo me virar sozinho. Pode ir receber os convidados — disse ele.

— Certo, claro. Bom, se precisar de qualquer coisa, sabe onde me encontrar.

— Newsletter — falou ele.

Arqueei uma sobrancelha. Ele suspirou.

— Pede para as pessoas assinarem sua newsletter.
— Eu não tenho uma newsletter.
— Mas vai ter a partir de hoje. Anota o e-mail de todo mundo.

Sorri para Damian e fiz o que ele mandou. Peguei o e-mail de todas as pessoas que chegaram depois. Fiquei feliz com minha pequena coleção. Damian permaneceu o tempo todo na galeria, sozinho, passando um bom tempo analisando cada obra, como se elas lhe contassem uma história.

No final do evento, ele era a única pessoa além de mim e dos demais artistas na galeria.

Ele veio na minha direção e alisou o terno.

— Obrigado por ter me convidado, Stella.
— Obrigada por ter vindo. Foi muito importante para mim.

Ele abriu a boca para falar alguma coisa, mas desistiu. As palavras não ditas foram seguidas por:

— A gente se vê em casa.

Ele já estava na porta.

— Damian, espera. O que você ia dizer?
— Nada. Não é da minha conta.
— O que não é da sua conta?
— Não importa, Stella.
— Mas e se importar para mim?

Ele suspirou e esfregou a nuca.

— Cadê o Jeff?
— Eu... não sei. — Senti as emoções chegando aos meus olhos ao assimilar o fato de que ele não tinha comparecido à minha primeira exposição. — Deve ter acontecido alguma coisa.
— Não chora.
— Eu tenho sol em Peixes, lua em Câncer e ascendente em Gêmeos, Damian.
— Não entendi porcaria nenhuma do que você acabou de dizer — falou ele, sério. — Mas isso é a cara da Maple.
— É muito a cara dela. — Ri quando vi que ele estava confuso. — Isso significa que eu choro por qualquer coisa.

— Bom, melhor guardar suas lágrimas para algo importante.

Forcei um sorriso e sequei as lágrimas.

— Boa noite, Damian.

Ele se virou mais uma vez para ir embora, mas então olhou para mim e deixou a porta fechar.

— Sei que a gente começou com o pé esquerdo, e sei que não sou a pessoa mais simpática do planeta. Bom, eu não sou uma boa pessoa, mas... você é. Você merece pessoas que se importem, Stella. Não é todo mundo que merece as suas lágrimas.

Então ele saiu da galeria, me deixando com o coração acelerado e algumas lágrimas que insistiam em cair.

Marie se aproximou e sorriu.

— Sério, Stella. O seu namorado é muito gato.

— Ele não é meu namorado.

— Ah...

— Ele é meu marido.

Segundos depois, eu estava chamando o nome dele.

— Damian, espera! — gritei, saindo correndo do prédio e indo atrás dele.

Damian se virou e me encarou, então vi que seus olhos azuis como o mar pareciam desolados. A expressão em seu rosto me deixou ligeiramente surpresa conforme eu me aproximava.

— Espera, o que houve? — perguntei.

Ele pigarreou e balançou a cabeça.

— Nada.

— Você está mentindo. O que aconteceu? Está tudo bem? — perguntei.

Sem hesitar, minha mão pousou em seu antebraço. Ele baixou o olhar para o ponto em que nos tocávamos, depois levantou a cabeça e me encarou. Parecia que Damian estava prestes a revelar emoções que eu não imaginava que ele pudesse sentir.

Ele abriu a boca esfregou o nariz com o polegar.

— Você é uma boa pessoa, Stella.

Meu coração... passou a ser controlado por ele por um breve momento.

— Obrigada, Damian.

— Não. — Ele balançou a cabeça. — Você não entende. Você é uma boa pessoa de verdade. Você enxerga o lado bom de tudo e de todos, mas nem todo mundo merece isso.

— Damian...

— Você é uma boa pessoa, que se importa de verdade. Não é como a maioria, que age por falsidade. Você ama com intensidade, e é por isso que fico tão irritado, porque muitas coisas ruins acontecem com pessoas boas, só que nada disso deveria acontecer com alguém como você. A Maple já me falou que costumo ser direto, mas não sei como dizer isso de outra maneira, o que também me irrita.

Agora eu estava ficando nervosa.

— O que houve, Damian?

— A Kelsey não veio comigo hoje porque fomos jantar primeiro.

— Ah... Aconteceu alguma coisa?

— Aconteceu. Pelo que pude ver, tive uma ideia do que estava rolando, mas precisava de provas mais concretas antes de contar para você. Então eu a convidei para jantar.

— Desculpa, não estou entendendo aonde você quer chegar.

Ele esfregou a boca, e seu nervosismo começou a passar para mim. Quando Damian falou, parecia se expressar em outro idioma.

— Eles têm um caso.

Fiquei imóvel, confusa com aquelas palavras.

— Desculpa. Como é? Quem tem um caso?

— O Jeff e a Kelsey. Eles têm um caso, e acho que já faz um tempo que estão juntos.

Eu ri, porque não tinha opção.

— Isso é ridículo.

— É verdade.

— O quê? Não. Não é. — Minha cabeça girava, e eu estava perplexa com o que havia acabado de escutar. — Do que você está falando? Eles não têm um caso, não.

— Sim, Stella. Eles têm, sim.

— Qual é o seu problema? Por que você inventaria uma coisa dessas? Eu... isso nem faz sentido. A Kelsey está a fim de você.

— Não. Ela não está a fim de mim.

— Está, sim! Ela me contou! Ela só fala de você no trabalho, e...

— Eles têm um caso.

— Para de ficar falando isso — explodi, sentindo meu peito apertar com o choque. — Você se enganou.

— Bem que eu queria ter me enganado.

— Não, você se enganou! Escuta, eu não sei qual é o seu problema, Damian, mas agora você foi longe demais. Que absurdo! O Jeff e a Kelsey são pessoas muito importantes na minha vida, e...

— Você é uma boa pessoa — interrompeu-me ele.

— Para de falar isso — sussurrei.

— Não posso, porque é por isso que você não enxerga. Eu consigo ver porque não sou uma boa pessoa. Eu enxergo porque consigo ver o lado sombrio dos outros. Eu consigo ver o lado ruim das pessoas, enquanto você só vê o bom. É por isso que você não enxerga.

Bufei.

— Você está me chamando de ingênua?

— Não. — Ele estreitou os olhos como se estivesse confuso com a minha pergunta. — Estou dizendo que você é uma boa pessoa.

— Mas está falando isso de um jeito pedante.

— Não estou, não. Só estou dizendo a verdade.

— Você está praticamente dizendo que sou burra demais para perceber que a minha melhor amiga está pegando o meu namorado.

— Eu nunca chamei você de burra, Stella.

— Chamou, sim! Está chamando agora! Eu só não... Eu... — As palavras se embolavam enquanto eu tentava processar as acusações que Damian havia feito. Por que ele faria uma coisa dessas justamente quando estávamos começando a nos entender? Estávamos construindo uma amizade, ou pelo menos era o que eu pensava. Por que ele faria uma coisa dessas? — Vou voltar para a galeria.

Ele fechou a cara e abriu a boca para falar, mas não saiu nenhuma palavra.

O quê, Damian?
Fale.
Fale qualquer coisa. Peça desculpas. Retire tudo o que disse.

As palavras não ditas bastaram para me mostrar que a conversa havia terminado.

Eu me virei para entrar na galeria, mas então ele falou:

— Pergunta para a Kelsey. Na lata. Ela vai te contar. Talvez não com palavras, mas com os olhos. O Jeff sabe mentir. Ele é cara de pau e não se sente culpado por nada. Mas a Kelsey... ela vai revelar a verdade só com o olhar. — Os cantos da boca dele se retraíram, e havia mais emoção em seu olhar do que nunca. — Não acho que você seja burra, mas, se foi isso que dei a entender, me desculpa. Sei que às vezes sou direto demais e reconheço que tenho dificuldade em me expressar da melhor maneira, mas, quando falo com você, é sempre com o mais profundo respeito. Não quero te magoar. Peço desculpas se as minhas palavras te machucaram, porque você é minha amiga, Stella. Você é minha amiga, e não tem nada de burra.

Depois de dizer isso ele foi embora, me deixando sozinha e perdida.

Quando cheguei à nossa casa, Damian já tinha ido se deitar. Fui para o meu quarto, ainda sentindo o estômago embrulhado por causa da nossa conversa. Não conseguia esquecer tudo que Damian havia dito sobre Kelsey e Jeff.

Deitada na cama, cobri o rosto com as mãos, me sentindo enjoada depois de ter digitado e apagado mensagens para Kelsey e para Jeff. Eu não conseguia reunir a coragem necessária para enviá-las, acusando os dois de algo tão cruel. Por outro lado, sabia que não poderia abordar um assunto desses por mensagem.

Eu precisava olhar nos olhos deles.

Pelo menos nos de Kelsey.

Por volta de meia-noite, eu me levantei, calcei meus tênis e saí. Em vinte minutos, estava na varanda de Kelsey, batendo sem parar.

Ela pareceu surpresa ao abrir a porta e dar de cara comigo ali. Seus lábios se curvaram no sorriso caloroso com o qual eu estava acostumada fazia tanto tempo. Não conseguia acreditar que ela me trairia. Mas, por outro lado, por que Damian mentiria?

O que mais doía era saber que pelo menos uma daquelas três pessoas que eram importantes para mim estava me enganando.

— Oi, Stella. O que você está fazendo aqui? — perguntou ela, cruzando os braços.

Uma brisa gelada roçou minha pele, fazendo um calafrio percorrer meu corpo.

— Você tem um caso com o Jeff? — perguntei, sendo bem direta.

Ele tinha razão.

Foram os olhos dela.

Eles mudaram.

Eles contaram a história que sua boca não conseguia pronunciar.

— Meu Deus — falei, cambaleando para trás.

— Stella, espera, eu, quer dizer, eu... — Os olhos dela ficaram marejados. Ela cobriu a boca com a mão, a cabeça balançava de um lado para o outro. — Eu...

Respiração ofegante. Tremedeira. O corpo dela demonstrava culpa Amiga demonstrando culpa. Amiga. Kelsey. Não...

— Desculpa, Stella. Era para ter sido só uma vez. Fui assistir a um show dele. E aí, bom, a gente bebeu demais — confessou Kelsey, com lágrimas escorrendo pelas suas bochechas, como se ela tivesse sido a pessoa traída. Como se ela estivesse magoada. Como se ela quisesse que eu a consolasse. — Mas então os sentimentos foram aflorando, e, bom... O Jeff começou a se sentir culpado depois de um tempo e disse que a gente não devia mais... e aí nós paramos! Desde que o Kevin morreu. Eu juro, Stella! Foi por isso que achei que sair com o Damian colocaria um ponto final nessa história toda, e colocou mesmo. Eu e o Jeff não temos mais nada. Juro.

Juramentos.

Que diferença fazia Kelsey jurar alguma coisa?

— Por quanto tempo? — arfei.

— Stella, por fa...

— *Por quanto tempo?!* — repeti, com raiva, sentindo a fúria me dominar. Ou a tristeza. Talvez as duas coisas. Ou quem sabe confusão? Ou ansiedade? Mágoa, talvez? Todos os sentimentos opostos à alegria inundavam meu corpo.

— Eu... hum, três anos.

Três anos.

Três anos passando férias juntos. Três anos comemorando aniversários juntos. Três anos tendo um caso pelas minhas costas, enquanto olhavam nos meus olhos e diziam que me amavam.

Dei um passo para trás e acabei escorregando no degrau, torcendo o tornozelo. Tropecei no degrau da varanda e caí no concreto com um baque, ralando as mãos na queda.

— Stella! Você se machucou? — perguntou Kelsey, vindo correndo até mim. — Sua mão está sangrando.

Ela se abaixou para me ajudar a levantar, e eu a afastei.

— Não encosta em mim. Nunca mais fale comigo. Não quero mais saber de você — falei, me levantando com o tornozelo latejando.

Voltei para o carro e fui para casa, desejando ser apenas uma garota que não sentia as coisas com tanta intensidade assim.

19

Damian

Quando Stella saiu, fiquei me perguntando aonde ela poderia ter ido. Em vez de voltar a dormir, acabei indo para o escritório trabalhar. Bom, eu tinha muito trabalho acumulado, de qualquer forma.

Ouvi quando ela voltou. Não fui atrás de Stella porque tinha certeza de que ela não queria me ver depois de tudo o que eu tinha falado. Eu me sentia péssimo por ter contado a ela o que descobri. Os comentários bobos que Kelsey fazia de vez em quando sobre Jeff tinham deixado tudo muito claro. Eu era mestre em interpretar pessoas, em descobrir por que elas eram como eram. Em notar detalhes que nem elas percebiam sobre si mesmas. Em enxergar seus segredos mais sórdidos antes mesmo que eles viessem à tona.

A maioria das pessoas não falava sobre seu lado sombrio. Eu tinha o dom de revelá-los.

Connor me chamava de coveiro, pois eu tinha talento para desenterrar tudo a respeito de uma pessoa. Mas, no caso de Kelsey e Jeff, eu sabia que precisava de provas concretas da traição. Eu jamais partiria o coração de Stella se houvesse a possibilidade de estar enganado.

Então, no jantar, quando Kelsey se levantou e deixou o celular na mesa, aproveitei a oportunidade para pegá-lo e ver se havia alguma mensagem de Jeff. Infelizmente, achei centenas. Inúmeras conversas, confissões detalhadas do caso deles.

Fiquei enjoado só de ler aquilo.

Ao voltar para a mesa, Kelsey não fazia ideia de que eu a odiava. Ela não tinha a menor noção de que eu a considerava a escória do planeta. Para mim, qualquer pessoa que tivesse coragem de magoar uma mulher como Stella não valia nada.

Mesmo assim, mantive a pose. Não queria que ela soubesse que tinha sido desmascarada antes que eu conseguisse contar para Stella.

Obviamente, eu podia ter dado a notícia de um jeito mais delicado.

Por volta de duas da manhã, Stella entrou no escritório.

— Você acha mesmo que sou boa o suficiente? — perguntou ela, segurando uma taça de vinho.

Dava para ver que ela estava meio bêbada, porque a versão sóbria de Stella jamais entraria em um cômodo sem ser convidada. Além do mais, sua pergunta fora bem aleatória, como se tivesse acabado de pensar naquilo. Mas eu sabia como a cabeça de uma pessoa funcionava. Ela devia estar remoendo aquilo há horas.

— Acho — respondi.

— Por quê?

— Não importa por que eu acho que você é boa o suficiente. A questão aqui é que você acredita que não é.

Ela se sentou em frente à minha mesa e deslizou na poltrona, ficando bem à vontade enquanto bebia seu vinho.

— Por que eu acho que não sou boa o suficiente? — perguntou ela.

— Não sei. Na maioria das vezes, esses pensamentos vêm de escutar a opinião dos outros.

— Você já se sentiu assim? Como se não fosse bom o suficiente?

— Durante boa parte da minha vida.

— Como superou isso?

— Passei a conviver com outras pessoas. Conheci alguém que me disse que eu era bom o suficiente. E que não parou de insistir até que eu começasse a acreditar em mim.

— O Connor?

Concordei com a cabeça.

— Ele é seu melhor amigo, né?

— Ele é minha família.

Ela sorriu e passou o polegar pela borda da taça.

— Como ele conseguiu se aproximar de você o suficiente para ganhar sua confiança? Você parece uma pessoa que não se abre muito fácil.

— Ele foi um pé no saco no início. Ele se recusava a ouvir um não como resposta. Sempre que eu tentava me afastar dele, ele se aproximava mais de mim. Connor nunca desistiu de mim, nem quando eu mesmo desisti.

— Uma BU.

— O quê?

— Uma bênção universal. É uma expressão que a vovó inventou. Pode ser uma pessoa ou uma coisa que parece um presente do universo. Algo que é quase bom demais para ser verdade. E pode ser uma das melhores partes da vida de alguém. Uma bênção universal. O Connor é isso para você.

Era um conceito interessante vindo de uma mulher interessante.

— É tipo isso.

— Talvez um dia você deixe eu me aproximar de verdade.

Soltei uma risada baixa.

— A maioria das pessoas desiste rápido.

— É, mas eu não sou como a maioria das pessoas.

Ela terminou o vinho com uma golada e se levantou. Ao fazer isso, cambaleou ligeiramente para a frente, e eu me estiquei por cima da mesa para segurá-la.

— Cuidado — alertei.

Ela riu e repetiu o que eu disse, olhando para minha mão em sua pele.

— Cuidado — repetiu ela.

Meu coração bateu de um jeito estranho.

Foi esquisito.

Eu a soltei, e ela se empertigou.

Stella me fitou como se tentasse encontrar respostas para perguntas que ainda nem havia feito sobre mim.

Ela piscou e balançou a cabeça.
— Sou meio desastrada.
— Não tem problema.
— O Jeff sempre fala que isso é irritante.
— O Jeff é um escroto.
Ela me encarou, um pouco chocada com minhas palavras.
Eu me arrependi na mesma hora, apesar de ter dito apenas a verdade.
— Desculpa — murmurei.
— Não tem problema. — Ela olhou ao redor e depois se inclinou para a frente, sussurrando: — Cá entre nós, ele é meio escroto mesmo.
Usei o mesmo tom que ela.
— O tipo de cara que tem comportamentos escrotos?
— Não. — Ela balançou a cabeça. — Ele é um escroto bunda-mole mesmo.
Sorri.
— Bunda-mole. Vou acrescentar isso à minha lista de xingamentos.
— Se você quiser, tenho uma coleção de termos bregas para babacas. Tipo cara de cu com câimbra. Bucéfalo desgraçado. Sacolé de chorume.
Eu ri.
— São todos ridículos.
— Eu sou a definição de ridícula.
— Estou vendo — murmurei para ela, depois de uma longa conversa sussurrada.
— Por que você está falando baixo? — perguntou ela, falando num tom praticamente inaudível.
— Por causa de você. Por que você está falando baixo? — questionei.
— Porque estou bêbada, seu bobo. — Suas palavras me fizeram sorrir. Seus dedos tocaram meus lábios. — Quando eu estiver sóbria, você pode fazer isso com a boca mais vezes?
— Isso o quê?
Ela deu um passo para trás, e na mesma hora quis seus dedos nos meus lábios de novo. Eu me controlei para não os chupá-los bem devagar quando tocaram minha boca. Que bom que ela se afastou.
Stella apontou para a própria boca e abriu um sorriso enorme.

— Sorrir. Eu gosto do seu sorriso.

— Eu gosto mais do seu — confessei, e essa declaração pareceu me deixar mais vulnerável do que eu gostaria.

Você não tem a menor ideia do que está fazendo comigo, mulher, pensei.

Minha cabeça não conseguia encontrar palavras boas o suficiente para rebater os comentários dela, então fiquei quieto, sem saber como agir na frente dela. Por sorte, ela estava bêbada demais para perceber que eu havia ficado sem graça.

— Estava lá — disse ela, me encarando.

— O que estava?

O olhar dela se encheu de emoção.

— A verdade estava nos olhos dela.

— Da Kelsey?

Ela fez que sim com a cabeça.

— É.

— Sinto muito, Stella.

— Eu sei. Ei, Fera? — chamou ela.

— O quê?

— Quer tomar um vinho comigo na praia e contar as ondas? — Ela olhou para a minha mesa, que estava coberta de papéis. — Se você não estiver ocupado.

— Estou com muito trabalho atrasado.

Ela franziu a testa. Detestei aquilo.

— Bom, então tá. Você sabe onde me encontrar, se quiser fazer uma pausa.

Quando ela saiu do escritório, eu me sentei à mesa. O único problema era que eu não conseguia parar de pensar nela. O tempo todo, Stella vinha à minha mente.

Parecia que ela havia saído do escritório fazia uma eternidade, mas, quando fui procurá-la, encontrei-a ainda na cozinha, enchendo sua taça de vinho.

— Acho que posso fazer uma pausa agora — falei, dando um susto nela, que se virou com um sobressalto e me encarou.

Quando ela se deu conta do que eu havia dito, soltou um gritinho feliz e bateu palmas. Então pegou uma taça para mim e serviu o vinho até a borda, numa dose bem generosa. O que provavelmente explicava por que estava cambaleando.

— Prontinho — disse ela, derramando um pouco do vinho ao me entregar a taça. — Ah! A gente precisa fazer um brinde! Pode fazer.

— Nunca fiz um brinde na vida.

— Relaxa. Não tem certo nem errado. Sem contar que estou bêbada demais para ligar para isso.

— Tudo bem então. Um brinde... a você.

— A mim?

— A você.

— Ah. — Seus olhos se encheram de lágrimas quando ela bateu sua taça na minha. — Ninguém nunca fez um brinde exclusivo a mim.

— Sempre tem uma primeira vez.

— A gente pode fazer um brinde a você também?

— Só se você quiser.

Ela levantou a taça ainda mais alto.

— Um brinde a mim. Um brinde a você. Um brinde a nós.

Batemos nossas taças.

— Um brinde a nós — reforcei.

Nós.

Algo que eu nunca achei que teria.

Ela sorriu e me conduziu em direção ao mar. Stella passava quase todas as noites contemplando aquelas ondas, e aquela era a primeira vez que eu era convidado a ir junto.

Enquanto Stella observava as ondas quebrando, algo mudou nela. Ela ficou mais séria, e seus olhos se tornaram vítreos ao encarar a noite.

— Você acha que o Jeff chegou a me amar de verdade?

— Não.

Respondi rápido demais, porém aquele foi o não mais fácil que eu já tinha dito.

Stella não pareceu se incomodar com a minha resposta, mas as poucas lágrimas que escorreram por suas bochechas indicavam que ela já sabia que Jeff não a amava.

— Acho que ele amava a forma como você o amava. Você fazia de tudo para deixá-lo feliz enquanto ele não precisava fazer absolutamente nada em troca.

As lágrimas dela ganharam força.

Fiquei sério e segurei a taça com as duas mãos. Eu estava ficando desconfortável ao ver que ela não estava mais tão à vontade. A tristeza dela estava me deixando triste. Eu não costumava transferir para mim as emoções dos outros. Tinha para mim que, quando se tratava de sentimentos, na maioria das vezes, o ser humano era dramático e exagerado. Mas, sentado ali, ao lado de uma Stella que agora não parava de chorar, tudo que eu queria era retirar aquele sofrimento dela e tomá-lo para mim.

— Você acha que eu amo o Jeff? — perguntou ela.

— Acho — respondi, mais uma vez sem hesitar. — Mas isso não é novidade, porque acho que você ama o mundo inteiro.

— E quanto do mundo você ama?

— Nada.

Isso a fez chorar ainda mais.

— Isso é muito triste, Damian.

Dei de ombros, sem me importar muito com isso.

— É mais fácil assim.

— Por quê?

— Porque, se você não amar o mundo, ele não pode te machucar.

— É, mas, se você não amar o mundo, ele não pode te amar também.

— Exatamente. Amor sempre complica a porra toda.

Ela pegou uma pedra e a jogou no mar.

— Prefiro amar mesmo sendo complicado a simplesmente não amar.

— Cada um com suas preferências — comentei, virando meu vinho em uma golada só.

Coloquei a taça na areia e senti meu estômago embrulhar. Queria perguntar coisas que sabia que não deveria. Queria saber coisas que extrapolavam o limite. Normalmente, eu ficaria quieto, mas não consegui evitar. Meus pensamentos estavam me corroendo.

— Por que você ficou com ele? — perguntei.

Ela levantou uma sobrancelha.

— Com o Jeff?

— É. Sem querer ofender, mas parece que vocês não têm nada em comum. E, bom, ele trata você mal pra caralho.

— Vocês só se viram duas vezes.

— Não precisei nem de dez minutos para saber o tipo de cara que ele é.

— E que tipo seria esse?

— O tipo que não é bom o suficiente para você.

— Porque eu sou boa o suficiente? — perguntou ela.

— Você é mais do que boa.

— Então por que eu não acredito nisso? — sussurrou ela, com um leve toque de irritação na voz.

Não sabia o que dizer, porque era nítido que ela estava irritada, e também profundamente triste. Eu não sabia como consolar uma pessoa. Tudo o que queria fazer naquele momento era quebrar o nariz de Jeff, mas duvidava que isso fosse animar Stella.

— Quem foi a primeira pessoa que fez você se sentir inferior? — perguntei.

— Sei lá.

— Sabe, sim. Ninguém se esquece das primeiras decepções. Pode confiar em mim. Pense bem.

Ela olhou para mim franzindo a testa e se levantou. Então, foi até o mar, meio cambaleante, deixando claro que não precisava de mais vinho. "Sem querer", derrubei sua taça. Ela nem ia perceber.

— Stella, você precisa se comportar como uma mocinha, senão o Kevin não vai mais amar você — disse ela, como se estivesse imitando outra pessoa. Enquanto falava, seu quadril balançava de um lado para o outro, vacilante. — Senta aí, menina. Se comporte, menina. Não use isso, menina. Não fale tão alto, menina. Essa saia está curta demais, menina. Sorria para aquele homem, menina. Chega dessa cara emburrada. Converse com as pessoas. Não seja desagradável. Não seja malcriada. Sente-se. Ajoelhe. Reze. Fique quieta. Mocinhas se fazem ver, não ouvir. Cala a boca. Fale mais alto. Senta, menina. Se comporte, menina. Não use isso, menina. Você está muito gorda, Stella. Você é tão feia, Stella. Você nunca vai ser o suficiente.

Ela riu baixinho enquanto cambaleava, então tropeçou nos próprios pés e foi caindo lentamente. Eu me contorci vendo seu tornozelo torcer. Pareceu doloroso, para dizer o mínimo.

Antes que ela atingisse o chão, eu a segurei.

Ela me fitou com aqueles olhos que me obrigavam a me sentir vivo.

— Nossa, quem diria. A Fera salvou a Cinderstella.

— Sinto muito, Stella — falei, prestes a expressar um nível de emoção que eu não sentia havia décadas.

— Pelo quê?

— Por todas as pessoas que magoaram você.

Ela baixou um pouco a cabeça.

— É gente demais — sussurrou ela, sua voz era tão baixa que tive dificuldade para escutar.

Certamente não teria ouvido se não estivesse completamente focado nela. E eu estava. Eu não conseguiria me concentrar em nenhuma outra coisa, nem se quisesse.

— Quem disse essas coisas para você? — perguntei. — Sobre você nunca ser o suficiente?

— As três madrastas infernais — respondeu ela. — Elas me fizeram acreditar que os sentimentos de todo mundo eram mais importantes que os meus.

— Então deixou que tratassem você de qualquer jeito porque acreditava que não merecia nada melhor.

— Eu só queria agradar aquelas mulheres — explicou ela. — Só queria deixar todo mundo feliz.

— Em troca da sua própria felicidade?
— Sempre.
Ela se desvencilhou de mim, e eu a deixei se afastar.

Abri um sorriso triste, e, merda, eu não sorria para grande parte das pessoas. Então, em questão de segundos, fechei a cara. Ela tocou os lábios com o polegar enquanto me fitava por um instante.

— Foi por pouco agora — sussurrou ela, esfregando o lábio inferior com o dedo. — Estava bem ali nos seus lábios.
— O quê?
— A sua alma. Mas ela também está no seu olhar.

Ela se virou e começou a se afastar, mancando.
— O seu tornozelo — gritei.

Stela devia estar sentindo dor.

Ela nem se deu ao trabalho de se virar para mim ao murmurar:
— Estou bem.

Stella me deixou parado ali, querendo matar cada pessoa que já a tinha feito sofrer.

⁂

— Damian, Damian, acorda.

Alguém me acordou com um sacolejo, e me sentei empertigado, na defensiva. O quarto ainda estava escuro, e não havia luz entrando pelas janelas, o que significava que o sol ainda não tinha nascido.

— Que porra é essa? — rosnei, esfregando os olhos. Quando tirei as mãos do rosto, dei de cara com aqueles olhos castanhos que vinham me hipnotizando nas últimas semanas. — Stella, o que aconteceu? — perguntei.

Ela já estava sem a maquiagem da noite anterior e parecia preocupada. Minha postura defensiva desapareceu assim que vi sua aflição.

— O que aconteceu? Qual é o problema?
— Meu tornozelo — respondeu ela baixinho, enquanto uma lágrima caía de um de olhos.

Ela a secou rápido e fungou, indicando a perna.

Resmunguei um pouco ao esticar o braço para a luminária na mesa de cabeceira. Quando acendi a lâmpada, meu olhar foi direto para o tornozelo dela.

— Caralho! — exclamei, encarando o tornozelo dela, que estava do tamanho de um melão. Uma mancha roxa lhe subia pela perna. Eu só conseguia imaginar o quanto aquilo devia estar doendo. — A gente precisa ir para o hospital — falei, totalmente acordado agora, saindo da cama.

— Tudo bem. — As lágrimas continuavam escorrendo por suas bochechas, e ela nem tentava mais controlar o choro. Stella devia estar com muita dor, pois não costumava demonstrar fraqueza. — Você pode dirigir?

Hesitei.

— Vou chamar o motorista para levar a gente.

— Não. Não precisa. Pode pegar o meu carro — disse ela. — A chave está no hall de entrada.

Eu já estava com o celular na mão, ligando para o motorista.

— Oi, Chris? Preciso que você venha me buscar. Tenho que levar a Stella para o hospital. Tudo bem. — Desliguei o telefone. — Ele chega em quinze minutos.

Ela abriu a boca para argumentar, mas então a fechou. Pelo visto, a dor era tão forte que ela não conseguia nem pensar em uma resposta engraçadinha.

Olhei para o tornozelo dela.

— Precisamos colocar gelo nisso aí.

— Tá bom.

— E você também não devia forçar — falei. — Quer que eu leve você para a sala no colo?

Ela concordou com a cabeça, as lágrimas ainda escorrendo pelas suas bochechas.

Fui até o meu armário, peguei uma camisa cinza e vesti uma calça de moletom preta. Então estiquei os braços e parei na frente dela.

— Posso?

— Pode — sussurrou ela.

Eu a peguei nos braços, tomando cuidado para não encostar em seu tornozelo, e a levantei. Ela parecia relaxada e se inclinou na minha direção, deixando a cabeça repousar em meu ombro.

Eu a coloquei no sofá da sala e fui pegar gelo na cozinha. Quando voltei, Stella estava mais calma, com os olhos fechados.

— Vou colocar o gelo — avisei, para que ela não levasse susto ao sentir algo frio em sua pele.

Quando coloquei a compressa em seu tornozelo, ela se retraiu um pouco mas depois relaxou.

Chris chegou rápido, e carreguei Stella até o carro. Fizemos o caminho até o hospital em silêncio absoluto. Ficamos mais de uma hora e meia sentados na sala de espera. Eu tinha certeza de que os recepcionistas já estavam de saco cheio de me ouvir perguntando toda hora por que raios ela estava demorando tanto para ser atendida.

Stella me disse que estava tudo bem, só que aquilo não parecia verdade. O tornozelo dela estava uma bola, e eles agiam como se ela só tivesse um arranhãozinho no braço.

Quando chegou a hora de ela ser atendida, um funcionário veio buscá-la para levá-la até o consultório.

Stella ficou um pouco tensa e se virou para mim.

— Você pode vir comigo? — perguntou ela, nitidamente desconfortável, mas se mantendo firme.

— É claro.

Ofereci meu braço para ela se apoiar e não colocar peso na perna machucada.

O funcionário nos levou para os fundos, onde ofereceu uma cadeira de rodas para Stella se sentar, o que foi um alívio. Eu a empurrei até o consultório para o qual fomos encaminhados. O funcionário nos informou que uma enfermeira viria em breve.

Eu me sentei ao lado de Stella. Ela não parava de brincar com os dedos e ficava o tempo todo mordendo o lábio inferior. Quando a enfermeira chegou e examinou seu tornozelo, ficamos aliviados ao descobrir que tinha sido apenas uma torção feia. Ela receitou analgésicos, enfaixou a perna de Stella e lhe deu um par de muletas, que ela teria de usar por um tempo.

Quando a enfermeira foi embora, ficamos esperando um médico vir dar alta. Ficamos o tempo todo em silêncio. Eu não tinha o hábito de puxar conversa, e ela não parecia querer muito papo agora que estava sóbria. Mas, de repente, olhou para mim e disse:

— Você não sabe, né?

— Não sei o quê?

— Dirigir.

Eu me remexi na cadeira e dei de ombros.

— Cresci em Nova York. Não fazia muito sentido aprender a dirigir quando eu podia pegar o metrô para ir aonde quisesse. E, se eu não tivesse essa opção, um táxi resolvia o problema.

— Na Califórnia não funciona assim.

— Já percebi isso — bufei.

Você pode estar a menos de dez quilômetros de distância do seu destino que, mesmo assim, demora quinze anos para chegar até lá. Eu detestava várias coisas na Califórnia, mas o trânsito era o que eu menos suportava. Em Nova York, pelo menos, o metrô funcionava bem, e não precisávamos ficar parados em sinais de trânsito nem em engarrafamentos nas rodovias.

Ela estava com a cabeça apoiada no travesseiro, inclinada na minha direção. Ela respirou fundo, se virou para o outro lado e disse:

— Tudo bem.

— Tudo bem o quê?

— Vou te ensinar.

— Me ensinar a dirigir?

— É.

— Não, obrigado. Não estou interessado.

— Você sabe quanto dinheiro poderia economizar se não precisasse pagar uma pessoa para ficar te levando de um lugar para o outro? Sem contar que eu sei que você odeia pessoas. Não seria melhor você mesmo dirigir seu próprio carro, sem mais ninguém por perto?

— Meu motorista sabe que não gosto de bater papo.

— Tá, mas você continua sendo você, o que significa que provavelmente odeia ter que dividir o carro com outra pessoa.

Verdade.

— Além do mais — ela deu de ombros —, eu dirijo desde muito nova. O Kevin me ensinou quando eu tinha oito anos.

Sei que não foi a intenção dela, mas esse comentário foi como um soco no estômago. O homem que devia ter me ensinado essas coisas fez isso com outra criança.

No fundo, eu sabia que a culpa não era de Stella, mas mesmo assim aquilo me deixou incomodado.

— Sinto muito — disse ela, me distraindo dos meus pensamentos. — Por ele não ter participado da sua vida.

— Como você...? — comecei, perplexo por ela ter conseguido ler meus pensamentos.

Eu tinha orgulho do meu talento para esconder minhas emoções. Quando algo me incomodava, meu rosto não deixava transparecer. Meus demônios permaneciam trancafiados em mim.

— O canto da sua boca. Eles se retraem um pouquinho quando você fica triste. — Ela sorriu. — Você percebeu trejeitos meus porque é meu marido, mas eu também notei algumas coisas em você porque sou sua esposa.

— O que mais você notou?

— As rugas em volta dos seus olhos ficam mais ressaltadas quando você está irritado, e suas narinas se expandem. Quando você come algo e não gosta, cerra a mandíbula. Não para de resmungar quando está estressado com o trabalho. Quando fica nervoso, coça a palma da mão. Quando está preocupado comigo... você não desvia o olhar.

— O que eu faço quando estou feliz?

Ela franziu a testa e inclinou a cabeça.

— Ainda estou tentando descobrir isso.

— Muito bem, vocês estão liberados. Aqui está a papelada da alta — disse a enfermeira, ao voltar com um sorriso no rosto. — Cuidado com esse tornozelo, hein? — avisou ela para Stella.

— Pode deixar.

A enfermeira se virou para mim.

— E cuide bem dela, rapaz.

Eu me virei para Stella, que olhava para mim.

— Pode deixar.

Chegamos à nossa casa com o sol raiando no céu, e acompanhei Stella, que estava andando de muletas, até seu quarto para ajudá-la a se deitar.

— Você está bem? — perguntei, quando ela se deitou.

Eu tinha feito aquilo.

Eu a havia colocado na cama.

Desde quando eu era um cara que colocava pessoas na cama?

O que você está fazendo comigo, mulher?

— Estou. Obrigada por tudo, Damian.

— Descansa — falei e depois lhe dei boa-noite.

20

Damian

Acordei com o cheiro de comida. O aroma de chocolate preenchia o ambiente, e minha barriga roncou só de senti-lo.

Rolando para fora da cama, peguei o celular.

Uma e três da tarde.

Fazia muito tempo que eu não dormia até tão tarde assim, mas, justiça seja feita, eu e Stella só voltamos do hospital por volta das seis da manhã.

Eu me levantei e parei quando ouvi alguém cantando do lado de fora do meu quarto.

Senti o peito apertar conforme os sons foram se aproximando.

— Acorda, seu rabugento, hora da sua dose matinal de felicidade.

Acontece que o aperto no peito não era um aperto. Era o meu coração mesmo. Meu coração estava acelerado. Meu coração estava acelerado por causa dela. Stella cantava a poucos passos de mim, com uma voz que parecia o paraíso e fazia meu coração acelerar.

Tum-tum, tum-tum-tum-tum.

Tudo por causa dela.

Fui até a porta e a abri. Lá estava ela, com um sorriso torto estampado no rosto enquanto sustentava o peso do corpo nas muletas com os antebraços. Não sei como, mas ela estava segurando uma bandeja cheia de comida e uma rosa preta em um vasinho.

— Meu Deus, Stella, o que você está fazendo? — Peguei a bandeja cheia das mãos dela. — Você não devia fazer tanto esforço. Como está o tornozelo? — perguntei, preocupado com a possibilidade de ela estar forçando demais a perna machucada.

Ela levantou a calça de moletom e mostrou o tornozelo, que, felizmente, havia diminuído. Continuava inchado, porém estava bem melhor.

— Ainda dói, mas estou bem — disse ela, depressa.

Levantei uma sobrancelha.

— Você ainda está bêbada?

Ela balançou a cabeça.

— Não.

E aquele músculo no meu peito?

Tum-tum, tum-tum-tum-tum.

— Não precisava cozinhar para mim.

— Eu devo muito mais do que um prato de comida a você. Isso aí nem é só por causa de ontem. É por todos os dias que nos trouxeram até hoje. Por cada momento em que você escolheu ser sincero comigo. Mesmo nos momentos mais difíceis.

O canto esquerdo da minha boca se curvou ligeiramente.

— Posso contar uma coisa brega pra caralho?

— Adoro coisas bregas pra caralho.

Eu não acreditava que estava prestes a dizer aquilo, mas não conseguia evitar. Pigarreei, me sentindo ridículo.

— Você faz uma coisa comigo que eu achava que nunca mais ninguém ia fazer.

— O quê?

— Você faz eu me importar de novo.

Ela sorriu, e, cara... Aquele sorriso...

Senti um aperto forte no peito, então mudei de assunto para que aquilo não ficasse tão estranho para mim.

— Você tomou os seus remédios?

— Tomei. — Ela corou ligeiramente e deu de ombros. — Obrigada por se importar.

— Obrigado por fazer com que eu me importe.

Ela se balançou nas muletas e olhou para o piso de madeira, parecendo meio nervosa.

— Enfim, queria preparar um café da manhã para você. Fiz panquecas de maçã com gotas de chocolate.

— É meu sabor...

— Favorito — completou ela, assentindo. — Percebi que você faz todo fim de semana. Duvido que estejam tão boas quanto as suas, mas eu tentei. — Ela corou ao erguer a cabeça, e nossos olhares se encontraram. — Preciso te pedir desculpas pela maneira como me comportei ontem. Não costumo beber — confessou ela baixinho, meio constrangida e envergonhada.

— Não tem problema. Estou mais preocupado em saber se você está bem mesmo.

Stella abriu o sorriso mais triste que eu já tinha visto na vida.

— Eu estou bem — mentiu ela, e se virou para ir embora, mas a chamei de volta.

Apontei para a bandeja de comida enquanto ela acompanhava o meu olhar.

— Tem comida o suficiente para duas pessoas aqui.

Sua boca abriu, e ela estreitou os olhos.

— Você quer que eu fique?

— Por favor. Quer dizer, se você quiser.

Por favor, fique.

Apontei de novo para a bandeja.

— Como eu disse, tem comida para duas pessoas aqui.

Seus olhos tristes se iluminaram ligeiramente enquanto ela respirava fundo.

Então Stella passou mancando por mim e entrou no quarto. Ela se sentou no lado esquerdo da cama, e eu, no direito, colocando a bandeja entre nós.

Comemos em silêncio por um tempo, então ela pigarreou e disse:

— Preciso conversar com o Jeff hoje. Ele não para de me ligar, mas não atendi nenhuma vez. Tenho certeza de que a Kelsey contou para ele que eu já sei de tudo.

— Sinto muito por você ter que lidar com isso.

— Não precisa. Eu fui uma idiota. Ele me deu todos os sinais, mas eu preferi ignorar.

— Não. Você cresceu achando que sinais não eram sinais. A culpa não é sua por não ter enxergado. Por falar nisso... por que as suas madrastas eram tão más com você?

— Sei lá. Quando era pequena, eu as admirava. Depois que perdi a minha mãe, acho que quis me aproximar delas. Não para colocar alguém no lugar da minha mãe nem nada, mas porque queria ter outra mulher na minha vida com quem pudesse conversar. Só que nunca deu muito certo. Elas só me toleravam por causa do Kevin.

— Elas parecem ser pessoas horríveis. Da Rosalina posso dizer isso sem sombra de dúvida, mas imagino que as outras duas sejam bem parecidas.

— São. Mas, mesmo assim, me sinto mal por elas.

Eu ri.

— Você não pode se sentir mal pelas vilãs da história.

— É claro que posso. É isso que me torna diferente delas.

— Isso não muda quem elas são.

— Talvez você tenha razão. — Ela estreitou os olhos e mexeu nas panquecas com o garfo. — Tenho medo de nunca conseguir diferenciar o que é uma reação decorrente dos meus traumas e o que não é.

— Você consegue.

— Como você sabe disso?

— Porque você é você, e você consegue fazer qualquer coisa. — Isso parecia uma fala de alguma comédia romântica melosa, mas era verdade. — Você só tem que encontrar as pessoas certas que possam te ajudar. Se precisar, posso ser essa pessoa. Pode me procurar sempre que estiver se sentindo sobrecarregada ou confusa com alguma coisa.

O rosto dela ficou vermelho, como se minha oferta a deixasse constrangida.

— Não, Damian. Não posso te pedir uma coisa dessas.

— Eu quero fazer isso.

— Por quê?

— Porque eu gosto de você. — Ela riu, embasbacada com o meu comentário, então arqueei uma sobrancelha. — Qual é a graça?

— Isso não faz sentido. Você não gosta de mim.

— Gosto, sim, Stella.

— Do que você gosta em mim? — questionou ela.

— Mesmo que eu respondesse à sua pergunta, o que seria muito fácil de fazer, você não acreditaria em mim.

— Por que você acha isso?

— Porque como você ia acreditar em mim se eu dissesse o que gosto em você se você nem sabe como gostar de si mesma?

— Eu gosto de mim — alegou ela. — De algumas partes de mim, pelo menos.

— Ok, ótimo. — Enfiei as mãos nos bolsos da calça e encostei na parede. — Então me conta.

— Contar o quê?

— O que você gosta em si mesma.

Seus lábios se abriram, mas então ela ficou paralisada. Quase dava para ver sua mente entrando em parafuso, em busca de uma resposta — de qualquer resposta — para me dar. Mas nada surgiu. Ela fechou a boca, e seus olhos se encheram de lágrimas. Tudo o que eu queria fazer — a única coisa que eu queria fazer ultimamente — era reconfortá-la. Isso corroía a minha alma. Eu só queria envolver Stella em meus braços e dizer que ela ficaria bem.

— Quando eu parei de me amar? — sussurrou ela. Sua voz falhou, o que, por sua vez, fez meu coração frio falhar também.

— Não sei. Talvez quando o mundo mentiu para você dizendo que você não merecia ser amada.

— Você vai mesmo me ajudar a me encontrar?

— Se você quiser a minha ajuda... Não quero forçar a barra se você preferir fazer isso sozinha.

— Não, eu, então, seria bom... — Ela engoliu em seco e sorriu. Eu queria mais disso. Queria ver mais aqueles sorrisos. — Seria bom poder contar com a sua ajuda.

— Então pode contar comigo.

O sorriso dela ficou ainda maior.

Eu queria beijá-la.

Não fiz isso, é claro, mas pensei em fazer.

O celular dela tocou, e vi o nome de Jeff aparecer na tela. Senti uma pontada de ciúme, mas não sabia por quê.

— Argh. Preciso ir me arrumar para conversar com o Jeff. — Ela se levantou da cama e limpou as mãos em um guardanapo. — Obrigada, Damian.

— Estarei aqui sempre que precisar, Stella.

Eu disse sempre, e o problema era que estava falando sério.

Sua mão quase tocou a minha quando ela devolveu o guardanapo à bandeja.

Foi por pouco, mas eu queria que tivesse tocado.

Quando ela estava saindo do quarto, se apoiando nas muletas, falei, fazendo-a parar.

— Gosto da forma como você percebe as coisas. Do fato de você ser observadora quando ninguém está prestando atenção. De como você sorri para as nuvens e para cada flor amarela que surge no seu caminho. Do jeito que você assobia no banho, de como você fala sozinha. De você amar as pessoas. Da sua arte. Do seu talento. Dos seus olhos. Isso pode parecer fútil, e foda-se a futilidade, mas adoro os seus olhos. Gosto do fato de você cantarolar com o rádio e prestar atenção quando as pessoas estão falando. Gosto de como você se mexe. Gosto das curvas do seu corpo. E gosto do seu coração. Do fato de ele continuar batendo mesmo depois de tudo o que a vida fez com ele — falei. Ela continuava de costas para mim, e observei seu corpo estremecer ligeiramente. Ela havia ficado emocionada com as minhas palavras. Eu não queria deixá-la abalada, mas precisava que ela soubesse que muitas partes dela mereciam ser amadas. Pigarreei. — Só para o caso de você precisar de uma lista de coisas para gostar em si mesma.

Ela se virou para mim com os olhos marejados.

— Damian?

— Estou feliz por você ser meu marido.

Não falei nada, mas eu tinha muita sorte por ter uma mulher tão bonita como esposa.

~∞~

Stella foi se encontrar com Jeff, e eu tinha marcado um jantar com Denise naquela noite. Não estava ansioso pelo programa que ela havia planejado para nós, principalmente depois de ouvir as histórias horripilantes sobre aquelas mulheres e saber exatamente como elas trataram Stella.

Eu já sentia ódio dela antes mesmo de nos encontrarmos.

Ela havia escolhido um restaurante caro e chegou usando um vestido digno de cerimônia de Oscar. Tudo em sua postura deixava claro que ela se achava melhor que todos à sua volta.

A forma como uma pessoa trata desconhecidos diz muito sobre ela. Principalmente no que diz respeito aos funcionários de um estabelecimento — as pessoas que estão ali para ajudar.

Denise era uma ameaça à sociedade.

— Pedi que a manteiga estivesse macia, e esta aqui parece uma pedra — reclamou Denise com a pobre garçonete, que não devia ter mais do que dezenove anos.

A garota, Josie, começou a tremer ao ouvir o tom de Denise.

— Sinto muito, senhora, vou buscar outra...

— As pessoas são muito incompetentes. É impressionante. Fiz um pedido muito simples, e mesmo assim você conseguiu errar — ralhou Denise.

Josie se desculpou mais uma vez. Eu disse que aquilo não era um problema, e ela saiu correndo.

— Impressionante, né? — comentou Denise, cerrando os lábios em sinal de reprovação. — Gente medíocre parece ter talento para cometer os erros mais simples.

— Você é um maldito demônio — murmurei baixinho.

— Como é?

— Nada.

Por favor, não seja minha mãe.

— Sabe quem aquela garota me lembra? — perguntou Denise, depois que a garçonete trouxe uma travessa com a manteiga macia, se desculpando o tempo todo e depois saindo correndo.

— Quem?

— A Stella — arfou ela. — Aquela garota também é uma mosca-morta. Ela era incapaz de fazer as tarefas mais simples do jeito certo, e... Ei! Aonde você vai?! — perguntou Denise quando me levantei da mesa.

Para bem, bem longe daqui.

21

Stella

DOZE ANOS

— Eu não pedi para você tirar o lixo, Stella? — questionou Denise, parada na cozinha.

A lata de lixo estava escancarada, e Denise me encarava como se eu fosse a pior coisa que havia acontecido em sua vida.

Eu jurava que tinha tirado o lixo mais cedo.

Quer dizer, acho que tirei. Não tirei?

Às vezes, Denise me pedia que limpasse as coisas, e, antes que eu me desse conta, num passe de mágica, mais tarefas surgiam.

Balancei a cabeça, confusa.

— Eu já fiz isso?

— Isso foi uma pergunta ou uma afirmação? — rebateu ela, estalando os dedos para mim.

— Uma a-afirmação — resmunguei com a voz trêmula.

Kevin estava trabalhando, e eu odiava quando ele saía para trabalhar, porque significava que eu ia ficar sozinha com Denise. Ela era mestre em bancar a boazinha quando Kevin estava por perto, mas, no instante em que ficávamos sozinhas, sua máscara caía, e ela passava a me tratar muito mal. Apesar de eu nunca ter feito nada para ela.

— Então fala direito, Stella, e para de resmungar. Francamente, não sei como o Kevin permite que você se comporte desse jeito. Tira o lixo daqui. Agora! — disse ela.

Peguei o saco de lixo e saí andando depressa. Corri lá para fora e joguei o conteúdo no latão. Eu me virei para voltar para casa, mas meu coração havia disparado. Então me agachei ao lado dos latões de lixo e abracei minhas pernas, me balançando para a frente e para trás.

— Seja melhor, Stella, apenas seja melhor — falei para mim mesma, sentindo minha barriga doer ao entender que Denise estava irritada por minha causa.

Eu tinha feito alguma besteira, e ela estava zangada comigo. Eu não queria deixá-la irritada, porque ela poderia contar tudo para o Kevin, e eu não queria que ele se zangasse comigo também.

Seja melhor.

Não só minha barriga doía como meu peito também. Comecei a ficar ofegante, balançando mais e mais rápido enquanto esfregava os braços com as mãos. Finquei as unhas na pele, e as coisas começaram a ficar embaçadas.

Lágrimas escorriam pelas minhas bochechas, e parecia que meu coração ia explodir. Qual era o meu problema? Por que eu estava me sentindo assim?

Faça melhor. Seja normal. Seja o que a Denise quer.

Minhas mãos começaram a suar, e as esfreguei na calça. Elas também estavam trêmulas, mas me levantei depressa quando ouvi meu nome.

— Stella! — berrou Denise lá de dentro.

Meu peito ainda doía, meu estômago ainda estava embrulhado, mas corri o mais depressa que pude para casa. Eu precisava ser rápida. Senão Denise gritaria comigo por ser lerda. Assim que entrei na cozinha, ela me fitou com um olhar severo. Seu copo de vitamina estava derramado no chão à sua frente.

— Olha só o que você me fez fazer, Stella! — exclamou Denise.

— Eu... eu... eu... — gaguejei, trêmula.

— Você o quê?

— Eu nem e-estava a-aqui — consegui dizer por fim.

Aquilo não podia ser culpa minha. Eu não estava ali. Era minha culpa? Como eu tinha feito aquilo? O que eu havia feito de errado?

Faça melhor.
Seja melhor...

— Foi culpa sua. Quando você está por perto, tudo vira uma grande bagunça. É tudo culpa sua. Agora limpe o chão — ordenou ela, jogando um pano em mim.

Eu lhe obedeci, e ela ficou me observando com um sorrisinho no rosto.

— É por isso que você precisa ir para o colégio interno, como eu sugeri para o Kevin. Você é uma dor de cabeça para todo mundo que surge na sua vida. Quer dizer, sinceramente, como você consegue ser tão problemática? — brigou Denise.

— Com quem você acha que está falando? — perguntou uma voz, interrompendo Denise.

Levantei o olhar e vi Kevin nos encarando. Minhas mãos estavam sujas da vitamina vermelha de Denise. Kevin veio correndo até mim e me levantou do chão.

— O que você está fazendo, Stella? Você não tem que limpar isso.

Na mesma hora, Denise se transformou na moça boazinha que fingia ser.

— Querido, o que você está fazendo em casa a essa hora? Achei que fosse ficar trabalhando até tarde.

— Achei que seria uma boa ideia vir jantar com a família hoje — respondeu ele.

Denise continuou sorrindo.

— É claro. Posso fazer uma reserva para a gente, e...

— Denise — interrompeu-a Kevin.

— Sim?

— Faça as suas malas e vá embora agora.

— Como é que é? — perguntou ela, parecendo chocada.

— Você escutou o que eu disse. Escutei você gritando com a Stella. Eu jamais deixaria que uma coisa dessas acontecesse, e você só pode estar louca se acha que vou aceitar que fale com a minha filha assim — disse Kevin.

— Sua filha? Ah, por favor. Kevin, ela não é nem sua parente.

Eu me escondi atrás da perna de Kevin, ainda tremendo.

— A Stella é mais minha família do que você jamais poderia ser — observou ele. — Agora, arrume as suas coisas e vá embora.

Os dois ficaram discutindo por um tempo, mas, por fim, Denise fez mesmo as malas e foi embora. Kevin sugeriu que eu tomasse um banho para me limpar, e eu lhe obedeci. Quando saí do banheiro, ele estava no meu quarto me esperando para conversarmos.

— Você está bem, Stella?

Concordei com a cabeça, apesar de o meu estômago continuar embrulhado.

— A Denise já tinha falado com você daquele jeito antes? — perguntou ele.

Concordei com a cabeça.

Ele murmurou uma palavra feia que eu não tinha autorização para repetir, depois esfregou o nariz com o polegar e me encarou. Seus olhos se encheram de lágrimas, e ele fungou.

— Desculpa por te deixar triste, Kevin — falei.

— Não. Você não fez nada disso, querida. — Ele me puxou para um abraço e me deu um beijo na testa. — A culpa é minha, sabia? Eu que peço desculpas por ter trazido aquela mulher para dentro da nossa casa. Acho que venho procurando algo nas pessoas erradas.

— O que você está procurando? — perguntei.

Ele abriu a boca como se fosse me responder, mas a fechou na mesma hora. Kevin queria dizer alguma coisa, mas acabou desistindo. Então, instantes depois, falou:

— Que tal a gente ir jantar? Só nós dois?

— E a vovó também?

Ele sorriu.

— Sim, é claro. A vovó também.

22

Stella
Presente

— Você só pode estar brincando — disse Jeff, me encarando, abismado depois de eu dar um fim no nosso relacionamento. — Você tem mesmo coragem de terminar comigo depois de tudo o que eu fiz por você?

— Tudo o que você fez por mim? Jeff, você me traiu durante três anos com a minha colega de trabalho. Você mentiu na minha cara. E eu sei lá com quem mais você transou.

— Então você vai me largar só porque cometi um erro?

Um erro? Ele estava falando sério? Um erro era deixar uma pizza queimar, e não trepar várias vezes com a minha amiga. Isso não era um erro — era uma escolha. Uma escolha que ele tinha feito de forma bem consciente.

Eu me sentia uma idiota ao me lembrar de todas as vezes que nós três estivemos juntos. Não conseguia acreditar que não tinha visto os sinais de que os dois estavam me enganando. Provavelmente eram sinais evidentes, já que Damian havia descoberto o caso deles em instantes.

Eu queria ser capaz de ler as pessoas da mesma forma que ele. Isso provavelmente me pouparia de muito sofrimento.

— A gente não está falando de um erro. Você me traiu — expliquei.

Ele revirou os olhos.

— Dá um tempo, Stella. Essa sua postura de boazinha dá no saco. Eu sempre te tratei bem. Porra, eu aturei o seu dramalhão por dez anos.

Não reclamei quando você foi virando uma baleia e eu continuei te comendo. Aceitei essa mania esquisita que você tem de conversar com o mar feito uma maluca e escutei os seus sonhos idiotas. Eu te apoiei! E agora você tem a cara de pau de me jogar fora como se eu fosse um pedaço de papel e você, uma vítima inocente?

Mas eu era...

Eu era inocente.

Pisquei algumas vezes, abalada com aquelas palavras e ofensas. Então pigarreei.

— A casa está alugada no meu nome, e sou eu quem paga as contas. Você tem que se mudar.

— Como é? Não. Tudo bem, calma. Vamos resolver as coisas. Quer dizer, tá, nós dois traímos, e...

— Nós dois?! — arfei. — Jeff, eu sempre fui fiel a você.

— Ah, fala sério, Stella. Para de bancar a santa. Você acha que eu sou idiota? Acha que eu não vi como você olha para o Damian? Ou, porra... O jeito como ele olha para você? Ele fica te admirando como se você fosse o sol, caralho. Você quer mesmo que eu acredite que vocês não estão trepando?

— Bom, devia, porque não estamos. Eu nunca faria uma coisa dessas!

Além do mais, Damian não olhava para mim desse jeito. Ele era só meu amigo.

Jeff apertou o nariz.

— Você é uma mentirosa do cacete! Tenho certeza de que está dando para ele desde o começo. Porque você é fraca e não consegue resistir à tentação. Quer dizer, porra, Stella. Você se casou com um cara e tinha um namorado.

— Por sua causa! Foi você quem me incentivou a fazer isso. Foi você quem sugeriu que eu aceitasse a proposta.

— Eu estava brincando! — rebateu ele. — Por que eu iria pedir para a minha namorada se casar com outro cara? É só pensar um pouco, Stella. Sei que pensar é difícil para você.

Ele estava me manipulando. Eu sentia isso no fundo da minha alma quando ele começava a distorcer a situação toda diante dos meus olhos. Ele queria me transformar na vilã da história, quando eu tinha sido fiel a um homem que obviamente nunca havia me amado.

Abri a boca para falar, para me defender, mas não vi motivo para me dar ao trabalho. Algumas pessoas preferem interpretar as palavras alheias do jeito errado para tentar aliviar a própria culpa pela mágoa que causavam.

— Deixa as chaves na bancada da cozinha. Volto no meu dia de folga para separar as coisas — falei.

— Nossa... — Ele bufou. — É assim? Acabou tudo? Depois de todos esses anos juntos? Você vai mesmo deixar um cara que conhece há seis semanas estragar uma relação tão sólida quanto a nossa?

— Acho que nossa relação nunca foi sólida de verdade, Jeff.

Se fosse mesmo, não teria desmoronado com tanta facilidade. No fim das contas, a duração de um relacionamento não significa nada se o amor e a confiança não fazem parte do conjunto. Milhões de casais ficam juntos por mais tempo do que devem simplesmente porque os dias vão passando, e isso parece significar que é tarde demais para voltar atrás.

Minha mãe e Kevin não iam querer isso para mim. Eles jamais desejariam que eu sustentasse uma relação sem amor.

— E os empréstimos que eu fiz? — perguntou ele.

— O quê?

— O dinheiro que eu peguei emprestado e já gastei. Estou atolado em dívidas, Stella.

— Eu falei para você não pegar o dinheiro. Isso nunca fez parte dos nossos planos.

— Tá, mas você não pode me deixar de mãos abanando! Você não é escrota assim.

Estreitei os olhos.

— Você tem razão. Não sou escrota. Mas também não sou responsável pelas suas péssimas escolhas.

— Você não é assim. A culpa é daquele babaca, né? Você não é segura nem firme desse jeito. Aquele bundão está te influenciando e mexendo com a sua cabeça.

Levantei uma sobrancelha.

— Você está dizendo que eu só estou me defendendo por causa do Damian?

— Com certeza.

Eu o encarei, chocada com as palavras de Jeff. Ele realmente me subestimava tanto assim? Como um homem podia ter opiniões tão ruins a meu respeito? Como eu pude ser tão burra a ponto de pensar que ele sentia um pingo sequer de amor por mim? Se aquilo era amor, eu preferia o ódio.

Por outro lado, de certa forma, ele tinha razão. Damian havia me ajudado a encontrar a confiança que eu nem sabia que poderia ter.

— Deixa as chaves na bancada, Jeff. Volto daqui a alguns dias.

Eu me virei para ir embora, meu estômago se revirando de tanto nervosismo.

Ele foi correndo atrás de mim, berrando na rua:

— Você vai se arrepender! Ele está cagando para você. Ele só quer saber do dinheiro, Stella. Depois você vai ficar sozinha! Amar você era um favor que eu te fazia.

Eu o encarei com os olhos cheios de lágrimas, surpresa com a frieza dele. Quem era aquele monstro que eu tinha amado pelos últimos anos?

— Adeus, Jeff — sussurrei, com a voz trêmula.

Ele riu, em choque por eu ainda preferir ir embora.

— Pode avisar para ele que é melhor te comer com a luz apagada. Assim é mais fácil encarar essa sua pança enorme.

Chorei por todo o caminho de volta para casa. Quando cheguei, fiquei sentada no carro e chorei por mais algumas horas. Fui para a cama e chorei pelo restante da noite.

Na manhã seguinte, dei de cara com Damian na sala de jantar. Ele se levantou no instante em que entrei no cômodo. Eu devia estar exatamente como me sentia: péssima, porque os olhos dele se encheram de tristeza na mesma hora. Dava para ver a pena emanando de suas íris.

— Oi — falei baixinho.

— Olá — respondeu ele.

— Como foi o jantar com a Denise?

Ele fez uma careta.

Não dava para criticar.

— Sinto muito por você ter crescido com essas pessoas. Já deu para perceber que elas são o tipo de gente capaz de traumatizar a vida de uma pessoa. Ela infernizou a garçonete.

— A Denise é mestre em fazer as pessoas acharem que elas estão malucas — brinquei. — É bem provável que isso explique alguns problemas que eu tenho.

— Odeio ela.

— Não odeie. Além do mais... ela pode ser sua mãe.

— Não estou nem aí. Continuo odiando aquela mulher. — Damian olhou ao redor, sem saber muito bem o que dizer em seguida. Ele pigarreou e coçou o pescoço. — Você está bem? Depois da conversa de ontem?

— Não.

— Conseguiu dormir?

Balancei a cabeça. As lágrimas ardiam no fundo dos meus olhos.

— Não.

— Não chora.

— Tá.

Eu chorei.

Ele chegou mais perto.

— Você está chorando.

— Desculpa.

— Não precisa se desculpar.

— Tá.

Ele enfiou a mão no bolso e pegou um lenço.

— Imaginei que você fosse chorar, então coloquei isso no bolso.

— Obrigada.

Peguei o lenço e sequei meus olhos.

— Você só vai me dar respostas de uma palavra hoje?

Concordei com a cabeça.

— É.

Se eu tentasse falar mais alguma coisa, corria o risco de desmoronar. Não queria falar sobre o que tinha acontecido porque era doloroso demais. Não queria encarar o fato de que minha amiga e meu namorado estavam tendo um caso por sabe-se lá quanto tempo. Verbalizar aquilo iria acabar comigo.

— Eu... Quer dizer... Eles...

As palavras não vinham. Meu cérebro estava exausto e sobrecarregado demais para formar frases completas.

— Não precisa pôr nada disso em palavras — disse ele, olhando para o chão. Quando Damian ergueu o olhar, vi que seus lábios estavam retorcidos. — Mas isso me incomoda.

— Isso o quê?

— Com babacas que te fazem chorar. Então, fiz uma coisa para você.

Levantei uma sobrancelha, curiosa.

Ele enfiou as mãos nos bolsos da calça de moletom cinza.

— Sempre que estou com muita raiva ou muito triste, procuro uma sala da raiva. É um lugar aonde você vai para quebrar a porra toda e extravasar a energia no seu corpo. Achei que você não fosse curtir tanto assim essa ideia, então fiz uma coisa diferente.

— O que você fez?

—· Venha comigo.

Eu obedeci. Ele me conduziu para o quintal, em direção à casa da área da piscina, e, quando abriu as portas, fiquei chocada ao ver o chão coberto de plástico. Todos os móveis haviam sido tirados de lá, e as paredes brancas pareciam recém-pintadas. A área da cozinha estava coberta com panos, e havia latas de tinta no espaço aberto. Vinte e quatro latas, para ser exata, de uma variedade de cores. Ao lado, havia um par de óculos de proteção.

Olhei para Damian.

— O que é isso?

— Uma sala da raiva versão Stella. Use o espaço todo. As paredes, o teto, tudo isso é uma tela em branco. Ao contrário das minhas salas da raiva, que só servem para eu quebrar coisas... Achei que você poderia usar a sua raiva para criar algo bonito.

Uma risada escapou dos meus lábios.

— Acho difícil criar algo bonito com o que estou sentindo agora.

— Eu vi as suas obras. Pode confiar em mim. Você vai fazer algo bonito.

— Por que você fez isso por mim?

— Você está sofrendo, então eu quis ajudar, porque é isso que os amigos fazem.

Meu coração perdeu o compasso.

— Amigos?

— Amigos — repetiu ele.

Levei as mãos ao peito.

— Você quer ser meu amigo?

Ele soltou um suspiro pesado.

— Não precisa fazer disso um circo, Cinderstella — disse ele, usando meu apelido com um tom gentil. — Não chora, por favor.

— Você acabou de dizer que quer ser meu amigo, Fera. É um bom motivo para chorar.

— Não é, não. Esse não é nem de longe um motivo para você se emocionar.

— Você só está dizendo isso porque não tem sentimentos.

— Talvez.

Eu sorri.

Talvez.

Então ele pegou um par de óculos e os colocou no meu rosto.

— Pode fazer bagunça. Faz a maior bagunça que conseguir. Grite. Berre. Chore. Bote tudo para fora que depois eu venho limpar.

Ele saiu da sala, e fiquei ali sozinha com as latas de tinta. Então segui seu conselho. Entrei em guerra com as minhas emoções, enfiando as mãos nas tintas e jogando-as nas paredes brancas. Gritei enquanto mergulhava as mãos nas latas, sujando-as de tinta. Chorei ao sentir toda a raiva que estava acumulada dentro de mim. Cobri as paredes e a mim mesma com tons de vermelho, azul, roxo, verde. A tinta escorria pelos meus dedos, pelos meus cotovelos, manchavam minhas roupas. Meus pés estavam cobertos de tinta, e meu coração gritava enquanto eu arremessava as cores nas paredes.

A energia gerada pelo uso da arte para superar a dor da traição de Jeff era poderosa. Como se algo bonito pudesse ser criado a partir da destruição, apesar de todo o meu sofrimento.

Quando terminei, horas depois, as paredes estavam cobertas de vida. Eu nunca havia criado algo tão cheio de sentimentos usando apenas as mãos. Fiquei admirando minha criação, então caí de joelhos e chorei. Chorei pela menina que eu tinha sido. A garotinha que acreditava que precisava se comportar de determinada maneira para manter a família unida. Chorei por Jeff ter me traído. Chorei porque uma grande parte de mim se sentia grata por ter descoberto sobre Jeff e Kelsey.

Eu precisava daquilo para finalmente me sentir livre.

Quando achei que havia deixado todas as emoções me atravessarem, me permitindo sentir cada uma delas, voltei para casa. Fui até o escritório de Damian, onde sabia que ele estaria, e dei uma espiada lá dentro, porque a porta estava escancarada.

Ele não costumava deixar a porta aberta, mas, nos últimos tempos, nossos olhares se encontravam sempre que eu passava por ali.

Aqueles olhos azuis que eu pensava serem frios eram, na realidade, apenas solitários.

Ele olhou para mim, e um sorrisinho se abriu em seus lábios.
— Está melhor?
Concordei com a cabeça.
— Estou melhor.
— Eu disse que seria bonito — comentou ele.
Eu ri.
— Você ainda nem viu.
— Vi. — Ele me olhou de cima a baixo antes de voltar para o trabalho. — Vi, sim.

Meu coração deu mais algumas cambalhotas e, por fim, encerrou a noite.
— Boa noite, Fera — sussurrei.
Ele não levantou o olhar, apenas respondeu:
— Boa noite, Cinderstella.

23

Damian

— Não — falei, sério. Stella estava parada na minha frente.

Alguns dias se passaram depois daquele fim de semana intenso, e nós, aos poucos, fomos estabelecendo uma nova rotina. Nossos caminhos não se cruzavam tanto durante a semana, porque eu saía para trabalhar antes de o sol nascer e voltava bem depois de anoitecer.

Stella também estava concentrada em sua arte. Quando entrava no modo criação, ficava totalmente focada, e eu não tinha por que interromper a produção de suas obras-primas. E era isso que eram — obras-primas. Eu nunca tinha visto nada parecido com as pinturas dela na vida. Talvez estivesse sendo um pouco parcial, porque ela era minha esposa, mas, caramba, Stella era a melhor artista desse mundo.

Ela não sabia, mas eu a indicava para os meus clientes. Sempre que vendia um imóvel, entregava o cartão dela para eles, para que pudessem encomendar quadros. Talvez ela não fosse gostar se soubesse que eu estava fazendo isso, mas eu não estava nem aí.

O mundo merecia conhecer as criações dela.

Enfim.

Isso não tinha nada a ver com o que estava acontecendo naquele momento.

Stella estava parada na minha frente, agora usando apenas uma muleta para andar, sorrindo feito uma boba.

— Vamos, Damian! A gente precisa fazer isso.

— De novo, não — falei. — Não existe a menor possibilidade da gente fazer isso de novo.

— Por favor! — implorou ela. — Hoje é sexta, e finalmente essa noite nós dois estamos em casa. Eu não tenho nada para fazer, você também não, então faz sentido a gente fazer alguma coisa junto.

— A gente pode até fazer alguma coisa junto, desde que não seja isso.

Ela projetou o lábio inferior para a frente, fazendo o maior biquinho do mundo, e choramingou enquanto balançava as chaves na minha cara.

— Por favoooor!

Eu a detestava por ser tão fofa. Assim ficava difícil sustentar minha personalidade indiferente. Porque eu era capaz de dar qualquer coisa que Stella pedisse sempre que ela vinha com aquele biquinho para cima de mim.

— Não faça isso — avisei.

— O quê?

Não seja tão perfeita.

Revirei os olhos.

— Você por acaso teve treinamento para ensinar alguém a dirigir?

Ela suspirou.

— Ninguém precisa de treinamento para ensinar os outros a dirigir, Damian. Isso não existe.

— Hum, tenho certeza de que existe, sim.

— Para de fazer drama. Vai ser legal. Vamos. Por favor. Quero muito passar um tempo com você.

Isso foi o suficiente para me convencer. Ela confessou que queria passar um tempo comigo, e meu coração de gelo começou a derreter feito um peito de frango descongelando no micro-ondas. Eu já estava comendo na mão daquela mulher.

— Não vamos sair da propriedade — falei.

No momento em que Stella se deu conta de que tinha me convencido a participar de seu plano, começou a fazer uma dancinha.

Acrescente esse momento fofo à lista de coisas que eu amava nela.

Eu gostava do fato de que, nos últimos dias, sempre sorríamos quando olhávamos um para o outro.

— Gosto disso — confessou ela. — Gosto de ver você sendo meigo.

Eu queria falar mais. Queria dizer que ela fazia com que eu me derretesse todo, que mexia com as minhas emoções e despertava sentimentos em mim que eu não queria nutrir, sensações que eu nem sabia que era capaz de experimentar, mas, em vez disso, dei de ombros e peguei as chaves da mão dela.

— Vamos cair na estrada. Também conhecida como o caminho do portão até a garagem — falei.

Nós saímos, e, bom... eu era um péssimo motorista.

— Está tudo bem, Damian. — Stella riu porque eu deixava o carro morrer o tempo todo feito um idiota. Quem decidiu que um carro manual era legal? — Não dá para você ser lindo e um ótimo motorista. Precisa haver equilíbrio na vida.

Eu sorri e fiz o carro dar uma engasgada, escapulindo para a frente.

— Você me acha lindo?

Ela revirou os olhos.

— Não se empolgue.

Ah, eu me empolguei, mas provavelmente de um jeito menos inocente do que ela pensava.

Eu me ajeitei no banco e arrumei a calça jeans para que ela não notasse a fera crescente que ultimamente parecia querer dar oi para ela sempre que nos víamos.

— Não, não. Pode ficar à vontade para falar que sou bonito — brinquei.

Ela gemeu.

— Eu só estava tentando ser legal, já que a maioria das pessoas te acha feio por causa da sua testa enorme. Você é lindo de um jeito diferente. Tipo, os lóbulos das suas orelhas são meio grandes e o seu torso também é comprido demais. E, claro, seus lábios parecem duas panquecas murchas, mas, olha, pelo menos o seu nariz é bonitinho. — Ela inclinou a cabeça e me fitou. — Ah, não, espera. Ele é torto.

Eu ri.

— Você está tirando onda com a minha cara, Sra. Blackstone?

— Talvez um pouquinho, Sr. Blackstone.

Eu estava me apaixonando por aquele lado dela.

Eu estava me apaixonando pela forma como ela zombava de mim.

Eu estava me apaixonando pelas caras engraçadas que ela fazia.

Eu estava me apaixonando por... ela.

O carro morreu de novo, e a risada de Stella preencheu o ar.

E foi assim que eu me rendi, e ela nem desconfiava.

~~∞~~

— Podemos passar o Natal juntos? — perguntou Stella após mais uma aula de direção.

O Natal seria dali a duas semanas, e nada na Califórnia tinha um clima natalino. Eu estava acostumado com a neve imunda e com desconhecidos nos xingando pelas ruas de Nova York nesta época do ano.

— Você gosta do Natal? — perguntei, mas já sabia a resposta.

Os olhos de Stella se iluminaram, e ela assentiu com entusiasmo.

— Eu amo o Natal. Amo mesmo. Contratei um pessoal para vir enfeitar a casa amanhã, mas pensei que a gente podia fazer algumas coisas de Natal legais juntos. Tipo andar de trenó no norte do estado. Ou sair para ver as luzes de Natal, ou...

— Assistir a *O amor não tira férias*, *Simplesmente amor* ou *Surpresas do amor*, tomando chocolate quente? — perguntei.

Ela ficou boquiaberta e apontou um dedo para mim.

— Como você conhece esses filmes?

— Talvez eu tenha pesquisado comédias românticas natalinas para assistir com você, sabendo que você adora o Natal. Também comprei ingressos para a gente assistir a *O Quebra-Nozes*.

— Como você sabia que eu adoro o Natal?

— Eu presto atenção em você, só isso. Vejo como você reage às coisas em público e faço anotações mentais do que acho que você pode gostar.

Ela levou as mãos ao peito enquanto sua cabeça balançava, incrédula.

— Meu homus endurecido.

Arqueei uma sobrancelha.

— Como é?

— Nada. Nada, não. Eu só...

Ela começou a chorar, mas não tinha problema. Eu já tinha entendido que ela demonstrava emoções através de lágrimas. Era um privilégio fazê-la chorar de alegria. E era de partir o coração vê-la chorando de tristeza. Mas eu sabia que aquele era um choro feliz, o que me deixou contente.

Eu agora sabia que precisava estar sempre com lenços no bolso para minha menina sensível.

Minha menina sensível?

Não. Ela não era minha, mas, às vezes, meu coração maltratado gostava de fingir que era.

Ela fungou e sorriu para mim.

— Você é o homem mais gentil que eu conheço.

— Você é a melhor mulher do planeta — falei sem pensar.

Eu quis beijá-la.

Não fiz isso, porém... é. Eu cogitei.

— Não faça isso, Damian — sussurrou ela.

— O quê?

— Não faz meu coração perder o compasso por sua causa.

Passamos os dias que antecederam o Natal fazendo todos os programas natalinos possíveis. Vi o olhar de Stella se iluminar de alegria com os menores detalhes. Andamos pelas ruas, admirando as luzes de Natal. Fomos para o norte do estado a fim de cortar nossa própria árvore e a decoramos com guirlandas cheias de pipoca, como ela fazia com a mãe, e guirlandas cheias de Froot Loops, como eu tinha feito uma vez com uma família adotiva.

Na semana antes do feriado, estávamos sentados no sofá, tomando chocolate quente e assistindo a mais um filme de Natal. Dessa vez, era *A felicidade não se compra*. Eu nunca tinha visto aquele filme, mas Stella me disse que o assistia com Kevin todo ano.

Ultimamente, quando ela falava dele, eu não sentia mais ódio, e sim fascínio. Eu tinha um desejo secreto em saber mais sobre o homem que a criara, sobre o homem que não teve a oportunidade de me criar também. Será que aquelas também teriam sido as nossas tradições? Será que ele também comeria bolinhos comigo?

Nós estávamos sentados no sofá, e eu estaria mentindo se dissesse que não fiquei meio emocionado no final do filme, quando a cidade se uniu por George.

— Você está chorando? — perguntou Stella, olhando para mim.

Ela estava, obviamente, se debulhando em lágrimas.

Eu, por outro lado... funguei.

— Não. É só alergia.

Ela riu e cutucou meu braço.

— Você está mentindo para mim?

— Estou.

Estou mentindo.

Sempre que ela me tocava, meu corpo ficava arrepiado.

Pode me cutucar de novo, Stella.

— Gosto desse seu lado, sabia? — revelou ela. — Desse seu lado meigo.

— Por algum motivo, ele só aparece perto de você.

— Você se sente seguro comigo, Fera?

Eu queria responder com um comentário sarcástico, fazer piada com a pergunta dela, porque sentia que estava expondo demais as minhas emoções. Emoções das quais nem sabia que era capaz. Mas, em vez disso, respondi:

— Sinto.

Ela sorriu, e, nossa, eu queria beijar aquele sorriso e derreter nos lábios dela.

— Que bom — disse Stella, tomando um gole do chocolate quente. — Porque eu me sinto segura com você.

Tum-tum, tum-tum-tum-tum.

— Ah! Eu estava pensando... Acho que a gente devia fazer um amigo oculto! — exclamou ela, esticando a mão para pegar uma tigela na mesa do canto. — Até coloquei nossos nomes aqui para a gente sortear.

Eu ri.

— Somos só nós dois.

— É, mas o sorteio faz parte da diversão do amigo oculto.

— Tá bom. — Sorri, enfiei a mão na tigela e peguei um papel. Quando o desdobrei, li meu próprio nome. — Damian.

Stella franziu o nariz e pegou o papel da minha mão.

— Não, não. Escolhe outro.

Eu ri e fiz o que ela mandou. Quando estava prestes a ler seu nome em voz alta, ela levantou as mãos.

— Não! Você não pode me dizer quem tirou! É segredo! — lembrou ela.

— Sou louco por você — falei, rindo.

Ela arregalou os olhos castanhos ao ouvir minhas palavras. Ultimamente, eu vivia fazendo aquilo. Falava sem pensar.

— Desculpa — murmurei, um pouco envergonhado com minha confissão.

— Não, não. Não precisa se desculpar. Você só... você diz coisas que ninguém nunca me falou antes.

— Tipo o quê?

— Tipo isso. Ou dizer que eu sou fascinante. Ou incrível. Ou impressionante. Ninguém nunca usou essas palavras para me descrever.

Fiz uma cara séria. Aquilo me deixou incomodado.

— Sinto muito por ninguém nunca ter falado a verdade para você, Stella. Você é tudo isso e muito mais.

As bochechas dela se curvaram em um sorriso e coraram.
— Obrigada, marido.
— De nada, esposa.

~~oo~~

Quanto mais tempo passávamos juntos, mais aprendíamos um sobre o outro. Compartilhamos nossas lembranças de fim de ano favoritas. Stella contou sobre uma vez em que foi esquiar no Colorado com Maple, e uma das que escolhi para compartilhar foi quando passei o Natal com uma família adotiva e eles levaram um cachorrinho para casa. Mas não revelamos apenas lembranças boas. Conversamos sobre as tristes também. Certa noite, depois de outra comédia romântica, ela compartilhou sua luta contra um distúrbio alimentar que a fizera parar no hospital.

— Depois disso, o Kevin fazia questão de comer três refeições por dia comigo, mesmo depois que eu me mudei. Ele tirava intervalos no almoço só para se certificar de que eu estava bem — explicou Stella. — Demorou um tempo, mas eu melhorei.

— Que bom que você está bem. E que bom que você se sente confortável com o seu corpo agora.

Ela deu de ombros.

— É uma batalha diária. Por exemplo, quando terminei com o Jeff, ele me disse algumas coisas ofensivas, fez comentários sobre o meu peso, e aquelas vozes acabaram voltando. As vozes que sussurram na minha cabeça "pula o café da manhã" ou "não é melhor cortar o carboidrato essa semana?". É uma luta diária.

— Odeio esse cara — falei.

— Eu também. E odeio as partes de mim que ainda acreditam nele.

— Não estou dizendo isso para te elogiar nem para fazer você sentir melhor, Stella, e sim porque é verdade. — Eu me ajeitei no sofá e me virei para ela. — Você é a mulher mais maravilhosa que já conheci. Do topo da sua cabeça até a sola dos pés, você é deslumbrante. Se juntar a sua personalidade então... não existe pessoa mais linda no mundo.

Ela ficou tímida e esfregou os braços para cima e para baixo.

— Não estou acostumada a ouvir alguém dizendo que sou linda.

— Tudo bem — concordei —, vou fazer isso mais vezes então.

Ela sorriu e balançou a cabeça.

— Engraçado... O Jeff ficava incomodado com o jeito que você olhava para mim. Ele disse que era como se você estivesse admirando o...

— O sol — concluí.

Os olhos dela se arregalaram ligeiramente, surpresos.

— Sim, o sol.

— Bom — falei dando de ombros —, parece que ele sabia me interpretar tão bem quanto eu soube interpretá-lo.

24

Stella

As conversas com Damian progrediram de uma forma inacreditável. Era incrível lembrar onde começamos e ver como evoluímos em apenas dois meses. Nossas confissões na sala de estar enquanto assistíamos a filmes natalinos estavam se tornando minha parte favorita das nossas noites.

— Suas fotos são fantásticas — elogiei, quando ele finalmente me mostrou alguns de seus trabalhos.

Ele fez uma careta e deu de ombros.

— É só um hobby.

— Elas são boas demais para ser um hobby. — Eu me empertiguei ligeiramente no sofá. — Você devia fazer uma exposição, como eu fiz.

Ele riu.

— Elas não são tão boas assim, Cinderstella.

— É claro que são — discordei. Conforme ia passando as fotos, ficava mais impressionada ao ver como eram poderosas. Parecia que ele conseguia intensificar ainda mais o que capturava em suas imagens. — Você é fantástico, Damian. Nunca vi nada parecido com isso antes.

— Já vi as fotos do Kevin. As dele são melhores.

— Não. — Balancei a cabeça. — As dele são diferentes. Não sei explicar por que, mas as suas são tão impressionantes que me dão vontade de chorar.

Um sorrisinho tímido surgiu nos lábios dele.
— Bom... Obrigado.
— Me promete uma coisa?
— Depende.
— Promete que, quando você se sentir seguro, vai fazer uma exposição do seu trabalho. Promete que vai dividir isso com o mundo?
Ele riu.
— Sério?
— Sério.
— Tá bom. Quando eu me sentir seguro, vou fazer uma exposição.
Estreitei os olhos.
— Você tem que me dar a sua palavra.
— Eu dou.
Mordi o lábio.
— Quanto vale a sua palavra? — perguntei, repetindo uma das primeiras perguntas que ele me fez.
— Tudo — sussurrou ele, seus olhos fitando a minha boca. Então seu olhar subiu de novo, encontrando o meu, e ele falou mais alto: — A minha palavra vale tudo. — Ele se levantou e saiu da sala, depois voltou com câmera e a apontou para mim. — Posso? — perguntou ele.
Eu me sentei um pouco mais ereta e me ajeitei no sofá.
— Que pose você quer que eu faça? — brinquei, jogando os braços para cima e fazendo poses ridículas.
— Só seja você mesma — orientou ele, quando começou a bater as fotos. Eu ri, me sentindo boba e um pouco tímida. Ele sorriu e mordeu o lábio. — Isso — sussurrou. — Assim mesmo.
Senti uma onda de calor tomar conta de mim enquanto sorria para ele, observando-o se perder em sua paixão, a mesma paixão à qual eu tinha visto Kevin se dedicar durante a vida toda. Apesar de nunca ter conhecido o pai, era nítido que partes de Kevin ainda existiam na alma de Damian.
E, naquele momento, com a câmera em mãos, Damian parecia feliz. Livre, até. Ele parecia mais consigo mesmo do que nunca.

Assim mesmo, Damian.
Assim mesmo.

─⁂─

Às vezes, nossas conversas noturnas seguiam rumos que eu jamais poderia ter imaginado.

— Como assim ele nunca chupou você? — perguntou Damian, parecendo muito preocupado. — Isso é o mínimo que um homem deveria fazer para satisfazer sua mulher.

Dei de ombros.

— Nós começamos a namorar muito cedo. Ele dizia que não tinha vontade, que era nojento. E sempre pensou assim.

— Só um idiota diria uma babaquice dessas. Chupar uma mulher é tipo ir ao seu restaurante favorito e descobrir que estão servindo comida de graça.

Eu ri.

— Você fala como se parecesse a Disney, o lugar mais feliz do mundo.

— Acredite em mim, Stella, chupar uma mulher com certeza é melhor do que qualquer brinquedo da Disney. — Ele fez uma pausa e se sentou apoiado nos cotovelos para me analisar. — Espera um pouco. Com quantos caras você ficou antes do Jeff?

— Nenhum. Ele foi o primeiro e único.

Ele pareceu ainda mais preocupado ao se sentar direito no sofá.

— Então não só o Jeff não te chupava, como você nunca, na sua vida inteira, foi chupada por um cara?

Balancei a cabeça.

Ele suspirou e começou a desabotoar as mangas de sua camisa social, arregaçando-as.

— Tudo bem. Vamos lá.

Eu me apoiei nos cotovelos.

— O quê?

— Nunca escutei nada tão deprimente na vida; então, como seu marido, vou dar um jeito nisso. Vou mostrar o que você está perdendo.

— Você está brincando, né?

Dei uma risadinha, embora o frio na minha barriga só aumentasse. Era óbvio que ele estava brincando.

Ele arqueou uma sobrancelha para mim e inclinou a cabeça, confuso.

— É óbvio que não estou brincando.

Meu coração batia acelerado no peito enquanto eu o encarava, sem acreditar.

Ele amarrou a cara.

— A não ser que você não queira...

— Não! — exclamei, balançando a cabeça. — Tudo bem. Vamos lá.

Ele se levantou do sofá e esticou a mão para mim.

— No seu quarto ou no meu?

⁓⁓⁓

— Tem certeza de que você não prefere apagar a luz? — perguntei, sentindo o nervosismo aumentar enquanto eu me sentava na cama de calcinha e sutiã, cobrindo meu corpo.

— Ah, mas eu não prefiro apagar a luz mesmo — respondeu ele em um tom confiante, se sentando na cama. — Agora, senta no meu peito.

Fiz o que ele mandou, sentindo calafrios percorrerem meu corpo.

— Stella — sussurrou ele, sério, se sentando enquanto eu montava em seu colo. Eu estava apoiando o corpo sobre ele, sem querer colocar todo o meu peso por medo de esmagá-lo. As mãos dele pousaram em minha cintura. — Quando eu disse para você sentar no meu peito — falou ele, me puxando baixando meu corpo até eu estar sentada nele de verdade —, quis dizer para você sentar no meu peito.

Mordi o lábio.

— E se eu te machucar?

— Não tem como você me machucar.

— Mas...

— Não tem como você me machucar — repetiu ele com uma confiança que, de alguma forma, me deixou ainda mais excitada do que eu já estava.

Relaxei o corpo completamente. Quanto mais eu relaxava, mais ele sorria. Quanto mais ele sorria, mais eu relaxava. Era muito louco para mim ver que estávamos em perfeita sintonia. Ver que fazíamos o outro se sentir mais seguro apenas sendo nós mesmos.

— Boa menina — disse ele enquanto se inclinava para a frente e passava a língua sobre a curva dos meus seios, que estavam empinados pelo sutiã.

Uma onda de calor cresceu entre as minhas pernas quando ele me chamou de boa menina, fazendo com que meu único desejo fosse ser uma aluna exemplar em sua sala de aula.

O medo de esmagá-lo foi desaparecendo aos poucos a cada beijo dele em minha pele. Ele acariciava minhas inseguranças, beijando-as e massageando-as com fascínio. Fechei os olhos enquanto suas mãos percorriam meu corpo, sem evitar minhas dobras, sem ter medo de me tocar nos lugares que Jeff nunca havia explorado, sem ter medo de me beijar com a luz acesa. Mas o que me deixava ainda mais excitada era perceber que ele estava tão excitado quanto eu. Sua rigidez pressionava a parte interna da minha coxa, me dando vontade de puxar sua samba-canção e cair de boca no seu pau.

E o jeito como ele me olhava.

Ele olhava para mim como se eu fosse o sol.

O frio na barriga aumentou. Era bem provável que aquela sensação nunca fosse embora.

— Agora — disse ele, se deitando e me deixando ali, montada em cima dele. Damian me fitou com aqueles olhos que mandavam no meu coração e com um sorriso travesso nos lábios. — Senta na minha cara.

Arfei e ri ao mesmo tempo.

— O quê? De jeito nenhum. Isso é só para garotas menores.

— Isso é para todas as mulheres, inclusive você. Agora, faz o que eu mandei. Senta na minha cara.

Estreitei os olhos.

— Você quer dizer apoiar em você?

Ele balançou a cabeça.

— Se eu quisesse que você apoiasse em mim, teria pedido isso.

Mordi o lábio.

— E se você ficar sufocado? — Ele deu uma gargalhada, e bati em seu braço. — Estou falando sério, Damian! E se eu for pesada demais?

Ele se levantou um pouco e me ajeitou de forma que minha calcinha roçasse em sua rigidez. Ele começou a se esfregar em mim, deixando o clima dez vezes mais intenso. Então seus dedos se enroscaram na minha calcinha fio dental, e ele a puxou pelas minhas coxas.

— Stella... pode acreditar quando eu digo... — Sua língua tocou minha orelha e a lambeu devagar, depois ele a chupou e sussurrou: — Nada em você é demais para mim. — Ele me garantiu isso e imediatamente tirou minha calcinha e a jogou num canto do quarto. — Agora — avisou ele, voltando a se deitar. — Senta. — Ele ergueu meu quadril sem parecer fazer o menor esforço. — Na. — Ele arqueou uma sobrancelha. — Minha. — Ele apertou minha bunda. — Cara.

— Só se você me fizer sentar.

Sem nem pensar duas vezes, ele me levantou e me posicionou sobre seu rosto.

— Nada de só ficar apoiada — avisou ele, notando que eu ainda resistia um pouco. — Relaxa, Sra. Blackstone — disse ele, acabando com minhas preocupações. — Pode deixar comigo — prometeu ele.

Eu abaixei completamente, segurando a cabeceira com força, e...

— Ai, nossa — gemi, zonza com o que estava acontecendo comigo.

Os braços de Damian envolviam minhas coxas enquanto sua boca, sua língua... Caramba, sua língua.

Ele deslizava a língua para dentro e para fora de mim, e comecei a rebolar na cara dele. Eu era incapaz de controlar meus gemidos enquanto ele me chupava devagar, acelerando o ritmo de repente, algo que não me incomodou nem um pouco. Ele saboreava meu gosto lentamente, depois me devorava, suspirando de prazer com a refeição que lhe era servida.

Ele estava adorando aquilo, o que me fez relaxar ainda mais. Eu fui me libertando de todas as minhas preocupações à medida que sua língua parecia ir ainda mais fundo. Quando ela não estava lá dentro, seus lábios sugavam meu clitóris, fazendo com que eu me contorcesse de prazer. Então a cabeceira começou a balançar junto comigo, batendo na parede enquanto eu gritava em êxtase com as técnicas que ele executava em mim.

— Eu vou... Damian, eu... — arfei, incapaz de completar qualquer frase enquanto meus olhos se reviravam de euforia. Eu não sabia que podia me sentir assim. Eu não sabia que aquilo existia. Eu não sabia... — *Isso!* — gritei, quando ele apertou minhas pernas com força.

Comecei a ter um orgasmo no rosto dele, minhas coxas tremendo de total e completo choque com o melhor — e talvez único — orgasmo que já tinha sentido de verdade. Sua língua lambia meus lábios de cima a baixo, como se ele tentasse sugar meu prazer até a última gota, só que, quanto mais ele chupava, mais molhada eu ficava, e meu corpo estremecia em uma explosão de desejos e necessidades.

Eu queria aquele homem.

Eu precisava dele.

— Damian — implorei, me afastando um pouco.

Seus olhos encontraram os meus, e seu rosto brilhava, molhado com o meu prazer.

— Você pode...? — perguntei.

Não precisei dizer mais nada.

Ele me agarrou pela cintura e me virou. Suas pupilas dilatadas me fitaram, e um rosnado baixo escapou do fundo de sua alma enquanto ele já arremessava a samba-canção do outro lado do quarto. Ele esticou uma das mãos até a mesa de cabeceira e rasgou com força a embalagem da camisinha. Eu a peguei e a desenrolei em seu pau duro, latejante. Ao sentir meu toque, ele fechou os olhos. Envolvi sua rigidez com as mãos, maravilhada com a grossura que eu segurava.

— Nossa, Stella... quando você faz isso... Eu quero você — disse ele, abrindo os olhos e encontrando os meus. Ele desceu um pouco o corpo até o meu e sussurrou quando nossos lábios se tocaram. — Eu te quero tanto que isso está me matando.

— Eu sou sua — prometi, beijando sua boca, sentindo seus desejos enquanto ele retribuía meu beijo. — Toda sua — jurei.

Quando ele deslizou para dentro de mim, gemi, sem saber que podia me sentir daquele jeito. E não estou nem falando do sexo. Era a conexão. A intensidade com que se deseja alguém, a mesma intensidade com que a outra pessoa deseja você. O fato de não precisar usar palavras para expressar esse desejo, e sim permitir que seus corpos se entrelacem e falem por si.

Damian cuidou do meu corpo como se ele fosse seu bem mais precioso. Aproveitou cada segundo enquanto eu o explorava. Nós nos movíamos em sincronia. Fazíamos amor no mesmo ritmo, no mesmo compasso.

Fazíamos amor.

Então era essa a sensação de ser desejada por uma pessoa pela qual você também anseia

Estou me apaixonando por você... Estou me apaixonando... Estou me apaixonando...

Essas palavras não saíam da minha cabeça enquanto ele entrava e saía de mim, cada investida libertava uma parte de mim que havia ficado enjaulada por muito tempo.

Paixão.

Paixão.

Paixão.

— Eu sei — sussurrou ele em meu ouvido enquanto eu gemia seu nome em um tom carregado de emoção. — Eu também — disse ele, como se conseguisse ler minha mente.

Como se seus pensamentos fossem compatíveis com os meus. Como se nós fôssemos uma alma dividida em dois corpos.

Eu não sabia se acreditava em almas gêmeas, mas, naquela noite, eu acreditava em nós.

E isso bastava.

25

Stella

Durante o restante da semana, acordei no quarto de Damian. Ele me ensinou tudo o que era possível na cama. Ele fazia coisas com o meu corpo que eu nem sabia que era capaz de fazer. Ele me satisfazia — várias vezes — antes de buscar o próprio prazer. Eu não sabia o que estávamos fazendo, mas adorava a forma como a gente se completava. A gente estava namorando? Tínhamos uma amizade colorida? Éramos marido e mulher sem a menor ideia do que sentíamos um pelo outro?

Tentei não pensar demais naquilo, porque, pela primeira vez em muito tempo, eu estava alegre. Era uma alegria genuína, que não vinha acompanhada de sorrisos falsos nem de ansiedade.

O que eu fiz foi começar a usar a aliança que ele tinha me dado no dia do nosso casamento.

Na manhã de Natal, eu estava tão empolgada com a data que tinha quase certeza de que acordaria antes de Damian; porém, para minha surpresa, rolei para o lado e descobri que ele não estava mais na cama. Eu me sentei e me espreguicei, depois calcei meus chinelos e saí apressada do quarto. Sorri ao sentir o aroma do café da manhã.

O cheiro era de doces assando no forno e felicidade.

Ao entrar na cozinha, encontrei Damian parado em frente ao forno, usando um avental sujo de farinha. Ele estava de costas para mim e não percebeu minha presença.

— Feliz Natal! — exclamei, fazendo Damian dar um pulo e se virar para mim.

— Que susto.

Ele sorriu para mim e veio na minha direção, então me envolveu em seus braços, me puxando para o seu peito, e me deu um beijo na testa.

Senti um frio na barriga.

Beijos do mar.

— Feliz Natal — sussurrou ele, me apertando num abraço cheio de segundas intenções. — Achei que você fosse dormir até tarde — comentou ele, indo até o forno para dar uma olhada em sua obra.

— Ah, não. Nunca durmo até tarde no Natal. Quando era pequena, eu acordava o Kevin às quatro da manhã para abrirmos os presentes. O Natal sempre foi um dia muito especial para mim. Mas, hoje, acabei dormindo mais que o normal — falei.

Ele arqueou uma sobrancelha.

— São quatro e meia da manhã.

— Pois é! — exclamei. — Nem acredito que dormi tanto. Por falar nisso, por que você está acordado?

— Bom, eu precisava terminar uma parte do seu presente de Natal. — Ele franziu a testa. — Mas, agora, não tem nada pronto. Eu ia preparar o café da manhã para você.

— Não tem problema! Aliás, o cheiro está ótimo. O que é?

Ele abriu o forno usando uma luva e puxou uma travessa com bolinhos.

Bolinhos caseiros de mirtilo.

— Não me liguei que o Natal cairia num sábado, e faz algumas semanas que a padaria parou de aceitar encomendas. Como não consegui comprar seus bolinhos de sábado, resolvi tentar preparar uma receita caseira.

Meu coração...

— Você fez bolinhos de mirtilo para mim? — perguntei, surpresa.

— Fiz. Mas eu nunca tinha feito essa receita, então fiz uns testes enquanto você estava no trabalho na semana passada, e acho que acertei o ponto. Eles não são tão gostosos quanto os do Jerry, mas...

— Você testou uma receita de bolinhos por mim? — eu o interrompi.

— Testei. Não queria te dar comida ruim de presente. — Ele fez uma cara meio desanimada. — Mas meu plano era colocar tudo numa caixa azul bonita, para ter cara de presente. Eu devia ter imaginado que você podia acordar cedo, e...

Antes que Damian conseguisse terminar a frase, eu já estava parada diante dele, levando meus lábios aos seus, beijando-o com vontade, tentando lutar contra as emoções que se acumulavam no fundo dos meus olhos.

— Esse é o presente mais fofo que eu já ganhei.

Ele riu.

— São só bolinhos.

— Não. É muito mais do que isso.

Eu o beijei de novo, tentando descobrir se havia algo mais. Mais do que amizade. Mais do que um casamento arranjado. Mais do que...

Ele retribuiu meu beijo, me abraçando pela cintura. Seus dedos massagearam minha pele, e minhas mãos pousaram em seu peito enquanto permanecíamos entrelaçados.

— Seria muito ruim se eu te levasse de novo para a cama por um tempinho? — perguntou ele.

Eu sorri.

— Acho que preciso mesmo descansar mais um pouco — respondi, me fazendo de boba.

— Ah, Cinderstella, a última coisa que vamos fazer na cama é descansar.

Ele pegou minha mão e me guiou na direção do nosso quarto.

Nosso quarto? Era nosso?

Nós tínhamos algo "nosso"?

Aproveite o momento, Stella. Não pense demais.

Ele estava certo: não descansamos nada. Nós nos jogamos na cama, fazendo amor intensamente enquanto as luzes brancas de Natal piscavam na janela e iluminavam o quarto escuro. Sempre que Damian me tocava, era romântico, era relaxante, parecia certo.

Depois, ficamos deitados, os dois sem fôlego, pingando de suor, ofegantes. Eu saí de cima dele — porque agora não tinha mais medo de ficar por cima — e arfei de cansaço.

— Isso foi... — Soltei o ar com força.

— Aham — concordou ele, também com um suspiro de prazer.

Ficamos deitados ali na escuridão, sentindo apenas a alegria que irradiava de dentro de nós, em silêncio absoluto, por alguns segundos. Então ele olhou para mim com um sorriso travesso nos lábios.

— Sabe o que seria ótimo agora? — perguntei.

Abri um sorriso maior ainda, como se conseguisse ler seus pensamentos.

— Bolinhos de mirtilo.

Fomos pelados para a cozinha para comer os bolinhos recém-saídos do forno. Damian preparou um café fresquinho, e nós fomos para a sala de jantar. Eu me sentei em seu colo, e ele me deu pedacinhos de bolinho na boca. Ficamos juntinhos ali, aconchegados um no outro, admirando a linda árvore de Natal que brilhava no corredor.

— Acho que esses bolinhos estão mais gostosos que os do Jerry — falei, comendo mais um pouco.

Ele riu.

— Não precisa mentir para mim.

— Não, é sério. Agora vou comer esses bolinhos toda manhã de Natal.

— Podemos providenciar isso — disse ele, dando de ombros. — Por mim está ótimo.

Minha mente hiperativa entrou em campo, e não consegui ficar quieta ao apoiar a cabeça em seu ombro.

— Posso me abrir com você por um instante e fazer uma pergunta? — murmurei.

— Sempre.

— O que nós somos? — Passei os dentes de leve pelo lábio inferior. — Quer dizer, sei que somos marido e mulher no papel. E sei que somos amigos. Mas nós temos uma amizade colorida, ou somos... mais do que isso?

Baixei a cabeça, um pouco envergonhada com a pergunta.

— Stella... — Ele colocou um dedo sob meu queixo e levantou minha cabeça. — Você nem imagina há quanto tempo quero ser mais do que isso para você.

— Sério?

— Aham. Só achei que não seria legal tocar no assunto, pois você tinha acabado de terminar com o Jeff. Mas... isso é tudo o que eu quero. Eu só quero você. Você todinha. De corpo e alma.

Minhas bochechas doíam de tanto que eu sorria.

— Eu também. — *Queria muito, muito, muito aquilo.*

— Que bom saber que é recíproco — brincou ele.

— Facilita bastante as coisas — concordei.

Ele ficou um pouco tímido e nos ajeitou na cadeira.

— Eu nunca namorei.

— Bom, a sua sorte é que você já foi casado, e, pelo que fiquei sabendo, você é o melhor marido do mundo.

Ele riu, e adorei aquele som.

— É mesmo?

— É. A sua esposa me contou.

— Ela é maravilhosa.

Dei de ombros.

— Espere só até ver o que ela vai te dar de Natal. Aí é que você vai ficar louco por ela mesmo.

Ele me beijou.

Eu adorei.

— Este é o melhor Natal que eu já tive — confessou ele, me puxando para si.

Eu me virei para encará-lo, posicionando uma perna em cada lado do seu corpo. Meus braços envolveram seu pescoço, e o abracei.

— É mesmo?

— É. Não consigo nem imaginar que outro presente seria melhor do que você.

Eu ri.

— O senhor está falando como um personagem de comédia romântica.

— É o efeito Stella. — Ele riu, me dando mais beijos do mar. — Estou convivendo muito com você.

— Quer o seu presente agora? Preciso pedir para vovó trazê-lo da casa de hóspedes, e, conhecendo ela, tenho certeza de que já está acordada.

— Ótimo. Assim posso dar o presente dela também.

Meu coração perdeu o compasso. Ele comprou um presente para a vovó também?

Será que ele sabia? Será que ele sabia que era uma pessoa muito boa?

Depois que nos vestimos, ligamos para chamar a vovó, e ela chegou com presentes para mim e para Damian.

— Feliz Natal! — exclamou ela, com um sorriso de orelha a orelha.

Nós três nos cumprimentamos e nos abraçamos, depois fomos para a sala de estar abrir os presentes que ganhamos.

— Cartas de tarô novas? — comentou ela quando abriu o de Damian. Também havia cristais, livros de feitiços, incensos e chá. — Que fantástico!

— Não sei para que serve nada disso, mas, quando vi, lembrei de você.

— Você me conhece mesmo — comentou ela.

Não consegui conter o sorriso quando os dois se abraçaram. Então entreguei meu presente para a vovó.

— Por que você está rindo? — perguntou ela.

— Você vai ver. Abra — respondi.

Ela me obedeceu, e comecei a rir quando vovó tirou da embalagem o mesmo tarô que Damian havia lhe dado.

— Vocês não sabiam que tinham comprado o mesmo baralho?

— Eu não fazia ideia — respondi.

— Espíritos em sintonia — disse ela, sorrindo para nós dois. — As almas de vocês devem estar entrelaçadas.

Sorri para Damian, e ele sorriu para mim.

Vovó sorriu também e uniu as palmas das mãos.
— Eu sabia.
— Sabia o quê? — perguntei.
Ela apontou para nós dois.
— Disso.

Corei e não disse uma palavra. Vovó não entrou em detalhes sobre sua descoberta. Ela apenas nos entregou os presentes que tinha para nós. Um para mim, outro para Damian. Ganhei um conjunto de pincéis e material de pintura, que era exatamente o que eu precisava. O presente de Damian foi mais especial. Ele pegou o pacote e abriu.

Era um dos pertences mais amados de Kevin — sua câmera favorita.

— Ele me pediu que desse isso a você — explicou vovó. — Disse que você cuidaria bem dela. Ele também falou que queria ter tido a oportunidade de ver seu trabalho brilhar.

Os olhos de Damian foram tomados pela emoção quando ele se deu conta de que tinha em mãos algo que havia pertencido ao pai que nunca conhecera. Ele pigarreou e tentou se recompor.

— Obrigado, Maple.
— Essa era a câmera favorita dele — falei.

Kevin havia feito seus melhores registros com aquela câmera.

— Vou cuidar bem dela — afirmou ele, tentando conter a emoção.
— Bom, eu adoraria ficar aqui com vocês dois curtindo esse momento, mas o presente que a Stella escolheu para você, Damian, está esperando na varanda, e acho que é melhor você ir até lá logo. Vou voltar para a minha casa e deixar vocês trocarem seus presentes. — Vovó se levantou da mesa, me abraçou e me deu beijos do mar. Depois deu um abraço em Damian. Quando os dois se separaram, ela levou as mãos às bochechas dele. — Você é bom.

Isso fez meus olhos se encherem de lágrimas.

Quando ela foi embora, respirei fundo e bati palmas.

— Pronto?
— Acho que sim.
— Então tá, vamos lá para a varanda.

Antes de sairmos, parei na frente da porta.

— Quero começar dizendo que acho que você merece o mundo, Damian. Você é um ser humano incrível, e parte meu coração saber que o mundo te machucou. Então quis te dar algo que você perdeu. Sei que não é a mesma coisa, mas espero que você sinta o amor.

Suspirei, me sentindo uma pilha de nervos, me perguntando se aquele presente tinha sido uma boa ideia.

— Seja lá o que for, vai ser mais do que suficiente.

Eu esperava que sim.

Dei um passo para o lado e o deixei seguir para a varanda. Fui logo atrás dele, sentindo meu estômago embrulhar de nervosismo.

Quando os olhos dele avistaram o presente, tudo ficou claro. Havia uma caixa de transporte na varanda, com um laçarote enorme em cima. Lá dentro, havia um filhote de golden retriever, a mesma raça que Damian tivera por um breve período na infância.

Eu estava com dificuldade em interpretar a reação dele. Damian estava de costas para mim e foi andando até a varanda, sem dizer uma palavra, mas não estava indo na direção do cachorrinho. Senti um aperto no peito quando vi suas mãos apertarem a balaustrada. O silêncio dele durante todo aquele tempo só fez meu nervosismo aumentar.

— Desculpa — falei, achando que havia cometido o pior erro do mundo. — Eu me lembrei da história que você me contou sobre o cachorrinho que ganhou de Natal quando era pequeno, mas que perdeu quando teve que se mudar para outra casa. E achei que... ai, nossa. Foi uma péssima ideia, sinto muito se...

— Stella — sussurrou ele, ainda de costas para mim.

Meu coração entalou na garganta quando ele parou de falar. Ele se virou para mim devagar, e vi lágrimas escorrendo pelas suas bochechas. Eu tinha visto Damian emocionado poucos minutos antes, quando vovó lhe deu a câmera de Kevin, mas nunca o vira assim.

Ele pigarreou e cruzou os braços, fungando à medida que a emoção o dominava.

— Ele é meu? — perguntou, com a voz baixa e trêmula.

— Para sempre — respondi. — Se você quiser.

Ele olhou para a caixa de transporte, depois para mim de novo.

— Posso? — perguntou ele.

Eu ri.

— Ele não para de balançar o rabo, acho que é isso que ele quer.

Damian foi até caixa e abriu a portinha.

— O nome dele é Milo — expliquei. — Ele tem dois anos e cresceu num ambiente meio hostil. Os donos dele eram abusivos, e ele foi passando de casa em casa, porque diziam que não aceitava ser adestrado, mas não acredito nisso. Na verdade, estavam cogitando sacrificá-lo, mas, quando eu o vi, senti no fundo da minha alma que ele era seu.

— E eu sou dele — declarou Damian, baixinho.

As lágrimas continuavam rolando pelo seu rosto enquanto o cachorro agitado saía da caixa de transporte e ia em sua direção. Milo se esfregou na perna de Damian e deixou que ele o pegasse no colo. Então, apoiou a cabeça no ombro do novo dono e se aconchegou nele como se os dois tivessem nascido um para o outro.

— Obrigado, Stella — disse Damian, olhando para mim. — Por acreditar que ele merecia outra chance. E por acreditar que eu também merecia.

Fui até ele e sequei suas lágrimas.

— Feliz Natal, Damian.

— Estou me apaixonando por você — revelou ele, as palavras escapuliram de sua boca. — Desculpa. — Ele fez uma cara séria e balançou a cabeça. — Espera, não. Não quero me desculpar. Estou feliz por ter te conhecido, e tenho sorte de estar ao seu lado. Você é bondosa, inacreditável, e estou me apaixonando por você. Você é linda e engraçada, e estou me apaixonando por você. Você é meu primeiro pensamento pela manhã e o último à noite, e estou me apaixonando por você. Stella... — Ele segurou Milo com um braço e acariciou minha bochecha com a outra mão. — Estou me apaixonando por você.

— Eu...

— Espera. — Ele pigarreou. — Mas não se sinta na obrigação de dizer alguma coisa só porque eu falei isso. Leve seu tempo. Sei que você acabou de terminar um namoro, e não quero te pressionar nem nada, e...

— Eu não estou me apaixonando por você. — Segurei a mão livre dele. — Já estou perdidamente apaixonada por você.

Ele pressionou a testa na minha e fechou os olhos.

— Eu não sabia que podia ter algo assim.

— Ter o quê?

— Você.

Meu coração disparou de um jeito que eu não sabia ser possível.

— E o Milo é nosso? — murmurou ele, como se ainda duvidasse de que seu novo companheiro era real.

Nosso.

A gente.

Nós.

Cinderstella e a Fera.

— É — respondi.

Ele me beijou, e seus lábios tinham gosto de sonhos realizados.

— Posso te mostrar o meu presente agora? — perguntou ele.

— Pode.

— Tá, mas você precisa calçar os sapatos, e eu vou dirigindo até lá.

Eu me empertiguei, levemente chocada.

— Você vai dirigir?

Ele abriu um sorrisinho e pigarreou.

— Talvez eu tenha tirado minha carteira de motorista há alguns dias.

— Damian! Você não fez isso! — Dei um tapinha de brincadeira em seu braço.

Ele riu.

— Não chora.

— Não vou chorar.

— Você está chorando.

— Eu sei. — Ri, secando as lágrimas. — Estou muito orgulhosa de você!

Ele continuou rindo, balançando a cabeça.

— Vamos. O Milo pode ir no seu colo.

Quinze minutos depois, ele parou o carro na frente de um edifício.

Damian estacionou — com muita habilidade, a propósito — e olhou para a construção.

— Encontrei esse espaço quando estava mostrando uns imóveis para alguns clientes. Quando pesquisei mais a fundo, percebi que seria perfeito para você.

— Como assim perfeito para mim?

Ele enfiou a mão no bolso, pegou uma chave e a colocou na minha mão.

— Comprei um estúdio para você pintar.

Meu coração.

Deu saltos.

Deu cambalhotas.

Disparou.

— Você fez o quê?

— Quer dizer, se você detestar...

— Você fez o quê?! — exclamei mais uma vez, abismada com aquela informação. — Você comprou um estúdio para mim?!

— Comprei. Sei que você não tem muito espaço para trabalhar e achei que, como vai receber mais encomendas depois da exposição, seria bom ter um lugar para isso.

— Damian.

— Sim?

— Sou louca por você.

Ele riu e levantou Milo.

— Você ainda nem entrou. Talvez odeie tudo.

— Seria impossível eu odiar qualquer coisa lá dentro. — Comecei a ficar empolgada e esfregar as mãos. — Podemos entrar?

— Claro.

Seguimos para o estúdio e, no instante em que girei a maçaneta, meu coração entalou na garganta. O lugar era lindo, repleto de luz natural. As paredes estavam pintadas de branco, as janelas iam do chão ao teto, e havia várias bancadas para eu colocar meu material.

— São quase duzentos e oitenta metros quadrados. Seria legal se você pudesse fazer suas próprias exposições para exibir suas obras. Você pode fazer alguns eventos chiques aqui para expor seus quadros também, que seriam devidamente precificadas. Ah, fiz uns cartões de visita para. Estão ali. Se você não tiver gostado, podemos fazer outro, é claro, mas...

Eu o interrompi com um beijo. Ele colocou Milo no chão e me puxou para um abraço.

— Gostou?

— Amei. Não mereço isso tudo.

— Você merece tudo de bom no mundo, Stella.

E isso bastou para que meu amor por aquele homem preenchesse minha alma.

Ficamos um tempo ali no estúdio — no meu estúdio — e depois voltamos para casa. Milo passou a maior parte do dia aconchegado entre mim e Damian. Quando anoiteceu, colocamos Milo em sua caminha e fomos até o mar.

Damian segurou minha mão e fomos para a beira do mar, deixando a água molhar nossos pés. Mentalmente, agradeci a Kevin por ter trazido Damian para a minha vida. Em silêncio, contei para minha mãe que estava feliz pela primeira vez depois de muito tempo, e que aquilo era bom.

Nem precisava mais me perguntar se Damian sentia a mesma coisa por mim, porque eu sentia a resposta toda vez que ele me tocava.

Nós fizemos amor na manhã de Natal. E fizemos amor na areia na noite de Natal.

26

Stella

Alguns dias depois do Natal, eu ainda me sentia nas nuvens. Milo e Damian eram inseparáveis, e, sempre que eu via os dois juntos, meu coração disparava. Passei a manhã organizando as coisas para o meu estúdio. Estava sentada na frente do computador, elaborando listas de tudo que eu ia precisar e decidindo como organizar o espaço. Havia muitas formas de organizar o estúdio, e eu estava empolgadíssima para explorar todas elas.

Enquanto estava ali trabalhando, vi um e-mail chegar. Arfei quando descobri o que era. De repente, chegou outro. E outro.

Uma enxurrada de encomendas começou a inundar minha caixa de entrada, e fui arrebatada por uma onda de entusiasmo.

— Ai, meu Deus — murmurei. Saí correndo da sala e gritei: — Cinco!

Damian estava trabalhando e olhou para mim como se não tivesse entendido nada.

— Cinco?

— Desculpa. Estou empolgada. Quer dizer, primeiro, antes que eu exploda de felicidade, tudo bem com você? Como foi o seu dia? — perguntei, tentando controlar minha animação.

Ele deu uma risadinha.

— A resposta para as duas perguntas é "ótimo". Agora, me conta o que aconteceu antes de você explodir de felicidade.

— Recebi cinco encomendas de quadros!

Fiz uma dancinha e dei um salto, batendo os calcanhares no ar.

Os olhos de Damian se arregalaram de surpresa, e ele se levantou da mesa.

— Puta merda! Que notícia incrível!

— Pois é. Quer dizer, acabei de montar meu site, e quase não posto nada nas redes sociais. Ainda estou chocada com esses pedidos.

— Você é maravilhosa. Não é surpresa nenhuma que seu talento esteja sendo reconhecido.

Senti minhas bochechas esquentarem um pouco, como sempre acontecia quando eu recebia elogios de Damian.

— Sei que não é muita coisa. Quero dizer, tem artista que deve receber muito mais encomenda do que isso, e...

— Não.

Levantei uma sobrancelha.

— Como assim, não?

— Não, não vamos fazer isso.

— Fazer o quê?

— Minar sua empolgação sobre o tamanho dessa conquista. — Ele deu a volta na mesa, sentou-se na beirada, cruzou os braços e me encarou. — A gente devia comemorar hoje. Vamos sair para jantar?

— Não — respondi, balançando a cabeça. — Não é nada de mais. Sem contar que ouvi você falando no telefone que está atolado de trabalho. Desculpa, eu não devia nem ter aparecido aqui agora, sabendo que seu dia está uma loucura.

— Está mesmo. E, sim, estou ocupado, mas nunca ocupado demais para você. E é claro que vou levar você para jantar hoje.

Eu sorri.

— Não precisa mesmo, Damian. Desculpa. Acabei me empolgando demais.

Ele me olhou de cima a baixo, e um sorrisinho surgiu em seus lábios. Então ele fitou o piso de madeira e veio na minha direção, esfregando os braços.

— Esteja pronta às oito. Vou fazer a reserva.
— Damian...
— Estou orgulhoso pra cacete de você.
Seis palavras.
Seis batidas aceleradas do coração.
Seis segundos antes que meus olhos se enchessem de lágrimas.
Eu nem me lembrava da última vez que um homem havia dito que sentia orgulho de mim, tirando Kevin.
— Obrigada — falei, com a voz embargada.
— De nada — respondeu ele. Eu me virei para sair do escritório e deixar que Damian voltasse ao trabalho, mas ele me chamou. — Stella, espera.
— O que foi?
Ele esfregou o nariz com o polegar, e seus lábios formaram o sorriso pelo qual eu já estava apaixonada. Então ele disse:
— Oi.
Frio. Um frio gigante na barriga quando respondi, toda tímida:
— Olá.

27

Damian

Em dezembro, descobri a felicidade. Em janeiro, fiz amor.
E só.
Esse foi o resumo dos últimos meses.
Na sala, na bancada da cozinha, na praia, no banho. O corpo de Stella esteve colado ao meu em cada canto daquela casa. Sempre que fazíamos amor, eu jurava que ela me prometia uma eternidade juntos.
Esperava que ela também sentisse as promessas silenciosas que eu fazia.
Eu nunca tive uma eternidade, mas, agora, era só isso que eu queria com ela.
Stella começou a trabalhar no estúdio na parte da noite, e eu não poderia estar mais feliz por ela. De vez em quando, eu levava meu laptop, para ficar trabalhando de lá, porque adorava vê-la tão à vontade. Nós quase não conversávamos nessas noites, mas estar perto de Stella já fazia as visitas valerem a pena.
Milo era a companhia mais do que perfeita para mim. Todos os dias, ao olhar para ele, eu me perguntava como alguém havia tido coragem de maltratar um filhotinho tão bonzinho e de pensar em acabar com a vida dele só porque ele era difícil de adestrar.
Nós tínhamos muito em comum. Nós dois havíamos passado por maus bocados, mas conseguimos voltar a amar. Stella tinha essa capaci-

dade — encontrar as almas mais tristes e fazer com que elas se lembrassem de como era o amor, de como era amar.

Minhas conversas com Stella também continuaram evoluindo. Em uma manhã de sábado, estávamos deitados na cama depois de mais uma rodada de sexo, e ela relaxava em meus braços. Às vezes, eu percebia que, apesar de se sentir à vontade comigo e de toda intimidade física que tínhamos, ela ainda parecia insegura.

— Você pode conversar comigo sobre isso, sabia? — falei. — Sobre o que te incomoda. Sobre as coisas que você vem enfrentando.

Ela inclinou a cabeça, e seus olhos encontraram o meu.

— Você sabe me interpretar melhor do que qualquer pessoa, né?

— Tenho esse dom.

Stella deu de ombros.

— Sou só muito sensível. Então, sempre que um sentimento triste vem à tona, eu tento sufocá-lo. É uma coisa supersaudável — brincou ela.

Eu não ri.

— Você nunca se permite ficar triste? Quero dizer, por um período mais longo? Você estava fazendo piada assim que o Kevin se foi. Quando aconteceu aquilo tudo com o Jeff, você preferiu se concentrar no Natal a lidar com seus sentimentos. Você não consegue processar sua tristeza?

— Caramba, não. Isso parece horrível. É que eu sei que ficar triste não me ajuda em nada, então prefiro a felicidade.

— Isso não é saudável.

Ela riu.

— Depressão também não é. Sempre vou preferir ficar feliz a me sentir triste.

— Mas é uma falsa sensação de felicidade. Além do mais, acho que pode existir beleza na tristeza. Você precisa se permitir senti-la por um tempo. Precisa se permitir sentir todas as emoções sempre que elas surgirem. Senão, elas acabam se complicando.

— Você está falando por experiência própria?

— Estou. — Concordei com a cabeça. — Eu costumava fugir não só da tristeza, mas da felicidade também. Estava imune a todos os meus sentimentos, até que cheguei ao meu limite. Foi como uma represa. Você constrói a represa para conter suas emoções. E, pode acreditar, essa represa ganha uma rachadura sempre que os seus sentimentos são reprimidos. Com o tempo, ela arrebenta.

Ela mordeu o lábio inferior parecendo nervosa.

— Não sei se estou pronta para sentir todas essas emoções.

— Tudo bem. Mas saiba que a represa pode arrebentar, e aí você corre o risco de perder o controle da situação.

— A sua já arrebentou? — perguntou ela.

— Já.

— Quando?

— Quando eu tinha dezesseis anos. Tentei acabar com a minha vida.

Ela arregalou os olhos e se sentou na cama, em choque.

— Meu Deus, Damian...

— Está tudo bem! — Eu a tranquilizei, vendo as lágrimas surgirem em seus olhos. — Eu estou aqui. Essa fase já passou. Mas houve uma época em que eu tive dificuldade em lidar com as minhas emoções e fiquei tão arrasado que quase acabei com a minha vida. Não quero que isso aconteça com você. Se entregue aos seus sentimentos, Stella... até aos mais difíceis.

Ela se deitou de novo, e eu a puxei para perto de mim. Stella se aconchegou ao meu corpo e apoiou a cabeça no meu peito.

— Damian?

— O que foi?

— Estou muito feliz por você ainda estar aqui.

⁕

Certa noite, fiquei até tarde na empresa para finalizar alguns contratos de negócios que eu havia fechado e me surpreendi ao ver uma pessoa parada à porta.

— Damian, né? — perguntou Catherine, parada na porta.

Ela usava óculos de sol e sapatos de grife. Seus lábios se projetaram em um biquinho enquanto ela tirava os óculos.

— O que você está fazendo aqui? — perguntei, perplexo. Ela era a última pessoa que eu imaginaria encontrar ali, no escritório. — Como você descobriu onde eu trabalho?

— Quando se está determinado a encontrar alguém, a tarefa acaba sendo bem fácil. — Ela entrou na sala sem ser convidada e se sentou na minha frente à mesa. — Acho que já chegou a hora de termos uma conversa. Segundo o testamento, temos que passar uma noite na companhia um do outro.

— Estou ciente disso, e vou entrar em contato quando estiver pronto.

Era difícil encarar Catherine, porque eu só conseguia pensar nas histórias que Stella havia me contado a seu respeito. Ela era um dos motivos pelos quais Stella era tão ansiosa, tinha problemas de autoestima e também por estar sempre questionando seu valor.

Catherine Michaels era a personificação do ódio. Assim como Rosalina. E Denise. Se Kevin tinha talento para uma coisa, era para escolher péssimas esposas.

— Bom, tenho um evento daqui a alguns dias que acho que poderia ser interessante se você também fosse. Organizei uma grande festa beneficente para o fim do mês. Todo ano, doamos uma fortuna. E só a nata da sociedade é convidada.

— E?

— Você deveria comparecer. É por uma boa causa. As doações são destinadas a um programa de caridade que ajuda crianças órfãs em ambientes familiares hostis. Tenho certeza de que você se compadece dessa causa.

Que escrota — eu me compadecia mesmo.

Eu conhecia as dificuldades de crescer no sistema de acolhimento público. Era por isso que eu fazia questão de contribuir com algumas instituições de Nova York.

— Eu também cresci no sistema de acolhimento público, sabe? — contou ela.

Fiquei um pouco tocado com aquela declaração, mas não deixei transparecer.

— Era só isso? Preciso voltar ao trabalho.

Ela enfiou a mão no bolso e tirou um cartão.

— O evento é esse aqui. Tenta pelo menos dar uma olhada no nosso trabalho antes de descartar a ideia.

Peguei o cartão, mas não falei nada.

Ela se levantou, parecendo satisfeita.

— Você pode me fazer um favor? — perguntou Catherine, embora seu tom indicasse mais uma ordem que um pedido.

— O que seria?

— Não leva a Stella. Os convidados da festa têm certo prestígio, e a Stella não se enquadra nesse perfil.

— Entendi.

Ela saiu da minha sala com o mesmo ar presunçoso com que havia entrado, achando que tinha conseguido alguma coisa. Quando saí do trabalho, fui para o estúdio de Stella. Sabia que ela estava lá, pintando, porque ouvi as músicas antigas de R&B tocando lá dentro.

As janelas estavam abertas, fazendo a brisa circular pelo espaço, então bati à porta algumas vezes, mas ninguém atendeu.

Quando espiei pela janela, entendi por que Stella não estava escutando as batidas. Ela estava ocupada, dançando uma música de Toni Braxton na frente da tela. O macacão branco que ela usava estava coberto de tinta. Ela estava descalça, com os pés cobertos apenas por respingos coloridos da obra-prima que criava. A alça esquerda do macacão estava caída no ombro, e ela cantava alto, encenando cada verso da música de forma dramática. Seu quadril balançava de um lado para o outro, e, nossa... eu só pude ficar ali, observando aquela mulher se mover. Eu a observava da mesma forma que ela observava as ondas à noite — completamente enfeitiçado.

Quando Stella se virou, deu um gritinho ao ver que eu assistia à cena. Eu me empertiguei, me sentindo um tarado, mas, antes que conseguisse falar qualquer coisa, vi que ela estava rindo. Então ela foi correndo até o aparelho de som e desligou a música. Em poucos segundos, estava parada na porta, sorrindo para mim.

— Que susto que você me deu! — exclamou ela, esfregando o nariz com o polegar, sem se dar conta de que espalhava tinta amarela pelo rosto.

— Desculpa, eu bati, mas a música...

— Eu acabei me distraindo um pouco.

— Não tem problema nenhum.

Ela esfregou a bochecha com o polegar. Mais tinta se espalhou pela sua pele.

— O que aconteceu?

Por um instante, esqueci o que eu ia dizer. Estava absorto em suas feições. Era impressionante como Stella fazia com que eu me esquecesse de tudo.

Se concentre, Damian.

— Ahn, hum... queria perguntar uma coisa.

— Manda ver.

— Fiquei sabendo que a Catherine promove um evento chique de caridade todo ano.

— Ah, sim. O extravagante baile de inverno. Já é uma tradição. — Ela levantou uma sobrancelha. — Esse vai ser o seu programa com ela?

— Estou cogitando a ideia.

— É uma festa bem chique. Tem até um leilão e não sei mais o quê.

— Odeio ela — falei.

— Por quê?

— Por causa das histórias que você me contou. Pela forma como ela te tratava.

— Ah... você não precisa odiar a Catherine por minha causa, Damian.

— Preciso, sim. Mas, de qualquer forma, ela me convidou para a festa, e seria uma boa oportunidade de eu me livrar do encontro do testamento.

Stella sorriu.

— É um festão.

— Fiquei sabendo. — Alternei o peso entre os pés. — Ela me pediu que não convidasse você.

— Ah?

— Pois é. Então... você quer ir comigo?

A boca de Stella se retorceu ligeiramente. Eu odiava saber que havia causado aquela reação.

— É por isso que você está me convidando? Porque ela não quer que eu vá?

— Em parte, sim. — Eu não podia mentir. Parte do motivo era que eu queria me vingar de Catherine por tentar ditar o que eu faço ou não. — Mas também porque eu odeio a maioria das pessoas, principalmente pessoas como a Catherine. E imagino que grande parte dos convidados dessa festa seja igual a ela.

Ela riu.

— Isso é verdade.

— Odeio esse tipo de gente, e não me dou bem em ambientes assim. Seria bom ter alguém de quem eu gosto de verdade ao meu lado.

— Então pode contar comigo.

Sem pensar, lambi o polegar e limpei a tinta do nariz dela.

— Tinta — murmurei, exibindo meu dedo sujo de amarelo.

— Ah. Obrigada. Devo estar toda suja de tinta. Até nas partes que não dão para ver.

Ah, Stella. Não me faça pensar nisso. Porque eu adoraria limpar a tinta do seu corpo inteiro. Principalmente das partes que não dão para ver.

Agora, não.

Ela está trabalhando, Damian.

— Não vou mais te atrapalhar, mas eu quis vir aqui para... — *Ver você. Estar perto de você. Olhar nos seus olhos.* — Chamar você para a festa. Mas, aproveitando, quando chegar em casa, pode me chamar para te ajudar a limpar a tinta no banho.

Ela me beijou, e eu adorei.

— Qual é o traje para a festa desse ano? — perguntou ela.

— É só você escolher um vestido, e vou combinando.

Ela mordeu o lábio parecendo nervosa.

— Fico meio apreensiva, porque a Catherine é toda diva e sempre reclamou das minhas roupas, do meu estilo.

— E daí? Você não é mais criança. Dane-se a opinião dela. Você é perfeita do jeito que é.

— Falar isso é fácil, difícil é colocar em prática, principalmente com todas as lembranças que eu tenho que me dizem o contrário.

28

Stella

Quinze anos

— Você vai mesmo sair usando isso aí? — perguntou Catherine, ao entrar no meu quarto e ver o vestido que eu tinha escolhido para ir ao baile da escola.

Ele era amarelo, a cor favorita da minha mãe, é claro, e ia exatamente até a altura dos meus joelhos.

Olhei para meu reflexo no espelho, depois para Catherine. Kevin havia viajado para uma reunião de trabalho, então a casa era toda de Catherine e de suas opiniões negativas a meu respeito.

Apesar de Rosalina e Denise terem saído de nossas vidas havia um bom tempo, as opiniões negativas delas ainda martelavam em minha mente.

— Qual é o problema dele? — perguntei, sabendo que não devia cair na pilha, mas sentindo uma insegurança que me deixava sem saber o que fazer.

Eu achava que estava arrumada. Bonita, até. Mas Catherine fez questão de me dizer o contrário.

— Você fica gorda nele. E os seus joelhos são esquisitos. Além disso, é curto demais. Garotas como você não deviam usar vestidos tão curtos. Fica meio vulgar. Além do mais, nem se você praticasse por meses conseguiria andar nesses saltos sem parecer uma pata.

Meu estômago começou a se revirar enquanto aquelas palavras iam ganhando espaço em minha mente. Elas significavam apenas uma coisa para mim: *você não é boa o suficiente*.

Ela se aproximou até mim, segurou meu queixo e levantou meu rosto. Então franziu a testa, decepcionada.

— E o seu rosto está cheio de espinhas. Você está seguindo a rotina de cuidados com a pele que preparei para você?

— São mais de vinte etapas toda noite — respondi, irritada. — E alguns cremes ardem quando eu passo.

— Ser bonita dói, Stella. — Ela me olhou de cima a baixo. — Mas está na cara que você ainda não sentiu tanta dor assim.

Fiquei com vontade de chorar com o olhar que ela me lançou. Será que ela não percebia quanto aquelas palavras me magoavam?

— Por que você não gosta de mim, Catherine? — disparei, sentindo as emoções me dominarem. Meu corpo tremia quando eu estava ali, parada na frente dela, encarando aqueles olhos que eram tão diferentes dos meus. Lágrimas escorriam pelas minhas bochechas quando abri a boca. Minhas palavras saíram trêmulas e fracas. — Eu fiz alguma coisa para você? Por que nunca sou boa o suficiente para o seu gosto?

Os olhos de Catherine foram dominados pela emoção. Eu nem tinha ideia de que ela era capaz de sentir alguma coisa. Ela piscou para afastar a emoção.

— Ah, querida. — Ela segurou meu rosto com as duas mãos e levou os lábios à minha testa. — Eu gosto tanto de você que tenho coragem suficiente para apontar os seus defeitos. Isso é amor, sabia? Ter alguém que está disposto a te dizer a verdade.

Ela me deu beijos do mar, mas eles pareciam estar me afogando.

— Levanta essa cabeça — disse ela, secando minhas lágrimas. — E deixa eu te maquiar. Vamos escolher um vestido mais bonito.

Ela me arrumou, mudando cada detalhe que eu tinha escolhido e aplicando milhões de camadas de maquiagem no meu rosto. Ela me fez usar um vestido preto, argumentando que eu não devia chamar muita atenção. Um vestido preto que me deixava parecendo um saco de batatas e que não mostrava nada do meu corpo. Então me posicionou na frente do espelho e sorriu para sua criação.

— Viu? Não está melhor assim? — perguntou ela.

Franzi a testa.

— Pareço outra pessoa.

— Pois é. — Ela deu um tapinha de leve no meu nariz e sorriu de orelha a orelha. — Exatamente.

29

Stella
Presente

— Uau! — arfei ao ver Damian sair de seu quarto parecendo que tinha acabado de ganhar o título de o Homem Mais Sexy do Mundo segundo a revista *People*.

Ele estava com uma camisa social branca e um blazer de veludo azul. A combinação caía como uma luva em seu corpo malhado. Para complementar o visual, ele colocou um relógio dourado, uma pulseira de couro e dois anéis também dourados. Sua barba estava bem-feita, e seu cabelo castanho-escuro parecia penteado de um jeito casual.

Ele estava maravilhoso.

— Uau! — disse ele, olhando para mim.

Eu também tinha escolhido um vestido de veludo azul, mas o tecido não me favorecia tanto quanto a ele. Os olhos de Damian se destacavam tanto que era quase difícil olhar para ele, de tanta beleza.

— Stella, você está linda — elogiou ele.

Fui tomada por uma onda de insegurança enquanto puxava o vestido.

— Será que não está apertado demais?

— Pode confiar em mim. — Ele soltou um suspirou de admiração e chegou pertinho de mim, colocando as mãos no meu quadril. — Não está, não.

— É meio chamativo. Não quero chamar muita atenção. Acho melhor trocar de roupa.

Eu me virei para ir até meu quarto, mas Damian me segurou.

— Stella — sussurrou ele, me puxando para mais perto. Seus lábios pousaram em minha nuca, e seu hálito quente se espalhou pela minha pele enquanto ele me enchia de beijinhos. — Ignora essas vozes.

— Que vozes?

— As que estão mentindo para você na sua cabeça. Elas não são suas. Não permita que vençam.

Fechei os olhos e respirei fundo. Quanto mais tempo eu passava com Damian, mais eu percebia que havia passado a maior parte da vida reproduzindo pensamentos que não eram meus, que eram simplesmente uma coleção de opiniões de pessoas que haviam feito parte da minha vida em algum momento.

Quem me dera se eu tivesse crescido cercada por pessoas melhores. Talvez isso tivesse me ajudado a pensar diferente.

Soltei um suspiro pesado enquanto sentia os beijos de Damian em meu pescoço.

— Sou mais que suficiente.

Mais que suficiente.

Fomos para a festa, e, apesar de eu me sentir deslocada no meio de todas aquelas pessoas, estava segura com o braço de Damian ao meu redor. Estava começando a acreditar que a presença dele tornava minha vida muito melhor. Era difícil acreditar que, até poucos meses antes, éramos completos desconhecidos. Agora, era impossível imaginar um mundo onde Damian Blackstone não existia.

Ele fez questão de permanecer ao meu lado durante a noite toda e soube abrandar minha ansiedade por meu corpo não se encaixar no padrão que nos cercava. Quando alguma mulher vinha dar em cima dele bem na minha cara, Damian abraçava minha cintura e me puxava para mais perto dele.

Em certo momento, ele se inclinou e sussurrou no meu ouvido:

— Minha.

Eu me inclinei na direção dele, mordi de leve o lóbulo de sua orelha e sussurrei:

— Meu.

Nós éramos dois deslocados em um mundo ao qual não pertencíamos. Mesmo assim, nos sentíamos à vontade por termos um ao outro. Aquilo me reconfortava de um jeito diferente, e parecia natural.

— Você pode buscar um copo de água para mim? — pedi a Damian. — Estou me sentindo meio estranha.

— Claro — respondeu ele, me dando um beijo na testa. — Já volto.

Assenti com a cabeça, sentada à mesa. Ele se levantou para buscar o copo de água sem pestanejar, e foi impossível não pensar que Jeff teria me chamado de preguiçosa por pedir isso a alguém. Damian não fez nenhum comentário. Eu pensava que homens assim só existiam em comédias românticas. Ele era gentil com o meu coração às vezes desvairado e insistia em me dizer que eu era mais que suficiente.

Fiquei séria ao notar que Catherine estava vindo na minha direção. Ela estava deslumbrante, o que não me surpreendia de forma alguma. Sua cara amarrada, por outro lado, fez com que eu me sentisse a garotinha que só desejava sua aprovação.

— Stella — disse ela em um tom frio. — Achei que tivesse pedido ao Damian que não trouxesse você.

— Ele não gosta muito de seguir ordens — falei, forçando um sorriso. Eu me levantei da cadeira, me sentindo um pouco tonta, mas tentei disfarçar o máximo que pude. — Você está linda, Catherine.

— Pois é — ela concordou com a cabeça —, estou mesmo. E você está... — Ela me olhou de cima a baixo e apertou os lábios. — Você está desse jeito, né?

Senti a ansiedade aumentar ao ouvir aquele comentário depreciativo. Fiquei tão nervosa que parecia que ia vomitar.

Espere.

Não.

Eu estava vomitando.

Ai, caramba.

Vomitei nos sapatos de grife de Catherine.

Todos no salão olharam para mim, incrédulos.

Antes que eu pudesse pensar em pedir desculpas, outra onda de náusea me dominou, me obrigando a sair correndo para o banheiro e entrar direto em uma das cabines. Quando dei por mim, não conseguia parar de vomitar. Senti duas mãos segurarem meu cabelo e o puxarem para fora do vaso enquanto eu colocava para fora tudo o que havia em meu estômago.

Quando me recuperei, sentei sobre os calcanhares

— Você está bem? — perguntou Damian.

Tentei responder, mas então vomitei de novo.

— Será que foi alguma coisa que você comeu? — perguntou ele, mas meus pensamentos já estavam indo em outra direção, enquanto eu tentava fazer as contas na minha cabeça.

Quando foi minha última menstruação? Não fazia tanto tempo assim, né? Por outro lado, meu ciclo sempre foi irregular.

Minha mente estava a mil por hora.

— Você pode me levar embora? — perguntei.

~୨୧~

Paramos no corredor de absorventes da farmácia, nós dois bastante elegantes em nossas roupas chiques. Mas, infelizmente, não estávamos ali para comprar absorventes.

Eu encarava os diferentes testes de gravidez à minha frente. Senti outra onda de enjoo, mas não tinha certeza se era por eu estar passando mal ou pela possibilidade de estar grávida.

— Não sei qual levar — sussurrei para Damian.

— Então leva todos — disse ele, jogando vários na cesta que segurava para mim.

Apesar de estar abalada com a ideia de uma possível gravidez, a possibilidade de ter um filho com Damian não me deixava tão nervosa assim. Eu devia estar mais apavorada, porém a calma dele parecia tranquilizar um pouco a minha alma. Nós nos prevenimos todas as vezes que fizemos sexo, mas, mesmo assim, sempre havia a possibilidade de ter acontecido algum acidente.

Fomos até o caixa. A jovem atendente olhou para a cesta cheia de testes ao soprar uma bola de chiclete e balançou a cabeça.

— Parabéns — disse ela. — Ou meus pêsames, se der negativo — continuou ela. — Ou meus pêsames se der positivo também. Sei lá. Vocês que sabem.

Não falamos nada. Damian apenas pagou pelos testes, e fomos embora. Ele não falou muito no caminho para casa. Correção: ele não falou nada. Apenas dirigiu, abriu a porta para mim quando chegamos e ficou do meu lado até entrarmos em casa.

— Acha melhor eu fazer um agora? — perguntei.

— Você quer?

— Não sei. Acho que sim. Talvez. Meu Deus. Não sei por que estou tão nervosa.

— Vai dar tudo certo. Faz dois agora, e depois você pode fazer outro, se achar que deve. — Ele me deu dois testes aleatórios, e respirei fundo antes de pegá-los. Quando me virei para ir ao banheiro, ele tocou meu antebraço. — Stella.

— Sim?

— Não importa o que aconteça, não importa o resultado, estou do seu lado.

Abri a boca para responder, mas não saiu nada. Por algum motivo, suas palavras foram mais do que suficientes para me dar a coragem que eu procurava. Abri os dois testes, fiz xixi nos palitinhos, os coloquei sobre a pia e chamei Damian.

Programei o cronômetro. Ficamos sentados no chão do banheiro com as pernas cruzadas. O braço dele entrelaçado ao meu. Durante dez minutos, mal nos mexemos e mal conseguíamos falar. De vez em quando, a mão dele acariciava de leve meu antebraço, me reconfortando.

O cronômetro apitou. Damian olhou para mim.

— Você pode olhar? Estou muito nervosa — murmurei, me sentindo enjoada.

Ele se levantou, olhou os dois testes e os ergueu. Abriu a boca e falou:

— Tem bebê.

— Tem bebê? — Eu me levantei, desajeitada. Peguei os testes da mão dele como se meu coração estivesse prestes a sair pela boca. — Tem bebê.

— Sim.

Olhei para Damian, me perguntando o que ele estava pensando daquilo tudo, me perguntando se ele estava bem.

— Feliz ou assustado? — perguntei baixinho.

Ele colocou os testes em cima da pia, entrelaçou os dedos nos meus e chegou bem pertinho de mim. Então colou a testa na minha, e eu fechei os olhos.

— Feliz. — Senti lágrimas escorrendo pelas minhas bochechas, mas elas não eram minhas. As emoções de Damian vazavam de seus olhos enquanto ele me abraçava. — Muito feliz.

Nossos olhares se encontraram, e vi um lampejo de medo passar pelos seus olhos antes de ele levar minha mão até os lábios e beijar a palma dela.

— Feliz ou assustada? — perguntou ele.

Minhas lágrimas caíram logo em seguida. Meu coração estava disparado, mas não era de medo — era de esperança. Eu devia estar apavorada. Devia ir correndo até vovó para contar a novidade, chorando por ter engravidado de um homem que conhecia há poucos meses.

Mas nada disso aconteceu.

Eu só me sentia:

— Feliz.

Ele me puxou para perto e me deu um abraço apertado. Apoiei a cabeça em seu peito, ouvindo seu coração bater num ritmo acelerado. E senti também. Senti a felicidade dele.

30

Damian

Um bebê.

Nosso bebê.

Stella estava grávida. Minha cabeça ainda estava tentando processar aquilo. Eu devia estar apavorado, mas só conseguia pensar que minha vida estava finalmente mudando para melhor. Eu teria a única coisa que sempre quis — uma família. Algo que era meu, que eu poderia tocar, ao qual poderia me apegar. Se fosse com qualquer outra pessoa, teria recuado, mas com Stella?

Ela era tudo que eu queria antes mesmo de saber o que desejava da vida.

Naquela noite, eu a abracei, tentando acalmá-la, fazendo carinho em suas costas.

Sempre que ela me fitava com aqueles olhos castanhos, eu ficava enfeitiçado. Eu não acreditava na baboseira dos tarôs e dos incensos de Maple, mas acreditava que havia algum tipo de magia em Stella. Pois, sempre que eu olhava para ela, ficava hipnotizado.

— Eu sempre quis ser pai — sussurrei, meus lábios a centímetros dos dela.

— É mesmo? — Ela me apertava como se tivesse medo de que eu desaparecesse caso me soltasse.

Não vou a lugar nenhum, Stella.

Concordei com a cabeça.

— É. Desde que eu era pequeno. Ficava observando como os homens tratavam seus filhos e a mim em alguns lares temporários. Lembro de pensar que, se um dia tivesse essa oportunidade, faria melhor. Seria mais paciente, mais amoroso. Seria mais. No geral, parecia que os maridos só aceitavam adotar crianças para agradar às esposas. Porém alguns faziam pelo dinheiro.

— Você chegou a ficar na casa de alguma família que tinha uma boa figura paterna?

— Cheguei. — Assenti, me recordando. — O nome dele era Peter. Ele e a esposa, Sandy, eram mais velhos. Passei seis meses com eles. Eu tinha uns doze anos e era mais calejado do que qualquer garoto de doze anos deveria ser. O Peter me ensinou a jogar basquete. Ele passou todas as noites daqueles seis meses na quadra de basquete comigo, me ensinando a enterrar bolas na cesta. Toda semana, ele me levava para tomar sorvete e para conversar sobre a vida e tudo o mais.

— E o que ele te disse de mais legal?

Minhas sobrancelhas franziram.

— Que eu era bom o suficiente.

— E na época você acreditou?

— Não.

— E acredita agora?

Sorri, mas não respondi, e acho que ela entendeu.

As mãos de Stella foram até o meu rosto, e ela me puxou para perto, levando os lábios aos meus. Ela encostou a testa na minha.

— Mais que suficiente, Damian.

Suspirei baixinho, sentindo uma onda de emoção atravessar meu corpo.

— Mais que suficiente?

— Mais que suficiente — repetiu ela.

Fechei os olhos ao abraçá-la.

— Estou com medo de fazer mal ao bebê. Estou com medo de não ser bom o suficiente para ele, para você. Estou com medo de que o meu passado estrague tudo entre nós.

— Acho que você não é o único. Também estou apavorada. Acho que todos os pais ficam assustados no começo.

— Você vai ser a melhor mãe do mundo.

Ela sorriu.

— Espero que sim. Eu vim da melhor do mundo.

Stella não falava muito sobre a mãe, mas eu desejava saber mais sobre ela. Queria saber tudo que pudesse ter transformado Stella na mulher que ela era.

— Me conta mais sobre ela? — pedi.

Então ela o fez.

Seu nome era Sophie, e ela morreu em um acidente de carro. Ela havia criado Stella sozinha, com a ajuda do melhor amigo. Os dois se conheciam desde a juventude. Maple trabalhava para a família de Kevin, e Stella e a mãe viviam na casa em que morávamos agora. A relação entre Sophie e Kevin sempre foi platônica, mas Stella acreditava que eles eram almas gêmeas.

Ela parou de falar e me encarou.

— Desculpa. Deve ser difícil para você me escutar falando do Kevin...

Dei de ombros.

— Passei muito tempo com raiva dele, mas é difícil continuar me sentindo assim agora que descobri que ele não sabia da minha existência. Além disso, se não fosse por ele, eu nunca teria conhecido você. Então, sabe como é...

Ela sorriu, e eu adorei.

— Ele era um homem bom. Ser seu pai seria uma honra para ele.

— Você acha que ele poderia me amar?

A mão dela subiu até meu rosto.

— E como ele poderia não amar?

— Você pode me contar mais sobre ele também?

— O que você quer saber?

Engoli em seco, sentindo meu coração acelerar.

— Tudo.

Ele gostava de fazer trilhas e detestava amoras. De manhã, colocava uísque no café e, à noite, misturava uma dose de café expresso no uísque. Ele fumou charutos até ficar doente, depois passou a só mastigar a ponta deles por força do hábito, sem acendê-los. Ele amava Stella — ela não me disse isso, mas dava para perceber. Ela falava sobre ele com um brilho no olhar, e uma parte de mim ficava triste por saber que eu nunca poderia conhecê-lo. Prestei bastante atenção em todas as histórias que Stella compartilhou comigo, e folheamos o álbum de fotos que Maple havia me dado quando fomos morar juntos. Eu não tinha tido coragem de fazer isso antes, mas tê-la ao meu lado facilitava tudo.

— Você foi uma criança fofa — falei para Stella, vendo suas fotos antigas. — E parecia irmã gêmea da sua mãe.

A mãe dela tinha o mesmo sorriso vibrante de Stella. Dava para enxergar a luz de sua alma através das fotos.

— Ah, vou te mostrar a coleção que Kevin fez com fotos minhas e da minha mãe — disse ela, se levantando.

Ela foi correndo na ponta dos pés até seu quarto — porque Stella era uma mulher que se movia na ponta dos pés, como uma fada. Quando voltou, segurava um álbum imenso. Na capa, estava escrito BU.

— Bênçãos universais — falei, lembrando que Stella já havia mencionado isso.

— Isso mesmo. Ele sempre dizia que eu e minha mãe éramos suas maiores bênçãos.

— Você acha que ele era apaixonado por ela? Talvez tenha sido por isso que as ex-mulheres te tratavam tão mal, porque elas sabiam do amor dele pela sua mãe.

— Sempre me perguntei isso. Talvez eu fizesse com que elas se lembrassem muito da minha mãe.

— Faz sentido.

Folheei o álbum, impressionado com o talento de Kevin para a fotografia. Ele capturava a luz de um jeito fantástico. Sem falar como a mãe de Stella olhava para a filha.

Eu nunca soube que o amor podia permanecer vivo para sempre em fotografias.

— Gostaria muito de ter tido algo assim — confessei. — Fotos da minha mãe. Sei que é besteira, mas um dos meus maiores desejos sempre foi descobrir quem ela era. Agora que sei que é uma daquelas três mulheres... bom... esse final feliz eu não terei.

— Sinto muito, Damian. Quem sabe as coisas não melhorem quando você finalmente descobrir a verdade no fim dessa história toda?

— Está tudo bem, Stella. De verdade. Além do mais, talvez eu tenha que superar o passado para conseguir me concentrar no nosso novo futuro.

Às vezes, era preciso abrir mão do ontem para conquistar um amanhã melhor.

⁓↭⁓

Stella me pediu que a acompanhasse na consulta médica, então eu fui, obviamente. Eu queria estar presente em todos os momentos. Em cada detalhe, em cada instante da jornada.

— Será que já dá para saber se é menino ou menina? — perguntei, enquanto esperávamos a médica chegar para fazer a ultrassonografia.

Stella riu.

— Acho que ainda é muito cedo para isso.

— Ah, é claro. — Fiquei sério. — Só estou curioso.

— Você quer um menino ou uma menina? — perguntou ela.

Eu segurava a mão dela e não pretendia soltá-la tão cedo.

— Vou ficar feliz com o que vier.

A médica entrou para começar o exame, e eu não conseguia esconder o nervosismo. Minhas mãos suavam e minhas pernas tremiam. Ela espalhou o gel pela barriga de Stella e começou a mover o aparelho de um lado para o outro, então perguntei:

— É o coração?

— Não, é só o barulho da máquina — explicou a médica.

— Ah...

Olhei para Stella, que estava rindo de mim.

— Mas isso — disse a médica, sorrindo para mim — é o coração.

Stella começou a chorar, com a mão cobrindo a boca, enquanto encarávamos a tela. Quando ela olhou para mim, senti as emoções que estava tentando segurar.

— É nosso — sussurrou Stella.

Eu me inclinei para a frente e beijei suas lágrimas.

— Estou surpresa com o quanto já dá para ver — comentou Stella.

— Bom, sim. Fantástico, né? Daqui a duas ou três semanas já dá para saber o sexo — explicou a médica.

Arqueei uma sobrancelha.

— Dá para saber o sexo assim tão cedo?

— Ah, sim, como já passamos do primeiro trimestre de gestação, vai dar para ver. Isso se vocês quiserem saber o sexo.

Stella se sentou.

— Desculpa, como é?

A médica parou de mexer o aparelho.

— Desculpa, aconteceu alguma coisa?

— Humm... Aconteceu. Você acabou de dizer que estou grávida de três meses.

— É. Bom, achei que vocês soubessem.

A médica nos encarou e viu o pânico em nossos olhares.

Não.

Nós não sabíamos.

Eu e Stella não estávamos dormindo juntos três meses atrás.

Eu e Stella mal éramos amigos.

O que significava que a criança... o bebê... o nosso bebê...

O bebê dela...

Não era meu.

Parecia que eu havia sido atropelado por um caminhão e que o sonho que eu nem tive tempo de assimilar tivesse sido arrancado de mim. A realidade que eu desejava havia deixado de ser minha.

O filho era de Jeff — não meu. Meu coração já tão castigado e machucado se partiu em um milhão de pedaços.

31

Stella

Voltamos para casa em silêncio. Nenhum de nós dois sabia o que dizer. Eu sentia que devia um pedido de desculpas a Damian, mas não sabia como colocar aquilo em palavras.

Ei, desculpe por eu ser uma pessoa horrível e ter deixado você empolgado com a ideia de ter um filho, sabendo que passou a vida toda em busca de uma família, só para arrancar das suas mãos esse sonho que te deixou tão feliz, rá-rá. Foi mal. Vamos tomar um sorvete?

Pois é, não. Eu me sentia a pior pessoa do mundo.

Quando estacionamos na frente da casa, Damian saltou do carro depressa, veio até o meu lado e me ajudou a sair. Ele ainda não tinha falado nada. Eu via a tristeza que seus olhos emanavam, mas ele conseguiu forçar um sorriso. Até então, eu não tinha ideia de que sorrisos podiam ser confundidos com caretas.

— Obrigada — falei baixinho.

Ele assentiu, pois não conseguia encontrar palavras.

Nós entramos em casa, e ele disse alguma coisa sobre precisar trabalhar. Não tentei impedi-lo de ir, porque eu sabia que sua cabeça devia estar a mil por hora. Fui para o meu quarto e fiquei encarando o celular, sem saber o que deveria dizer para Jeff. Bom, eu precisava contar para ele, não? É óbvio que precisava.

Eu me sentia enjoada só de pensar em falar com ele.

Mas eu não ia conseguia lidar com isso sem antes tentar consertar as coisas com Damian.

Fui até a cozinha para preparar um chá de menta a fim de tentar aliviar o estômago. Quando cheguei à bancada, olhei o mar pela janela e me deparei com Damian de pé lá fora, sem camisa, com as pernas da calça dobradas e as ondas do mar batendo em suas canelas.

Seu corpo musculoso parecia relaxado, e fiquei me perguntando o que ele estava fazendo ali. Deixei a caneca na cozinha e fui até a praia, chamando o nome dele.

— Damian? Você está bem?

Ele se virou para mim, e as emoções transbordavam de sua alma. Ele não disse uma palavra.

Cruzei os braços para aliviar o frio. Fiquei preocupada ao ver aquela cena.

— O que aconteceu? Está frio aqui fora. O que você está fazendo?

Ele franziu a testa e tirou algo dos bolsos. Flores brancas.

— Vim conversar com o mar. Eu ia fazer uma oferenda para pedir proteção para você.

Arqueei uma sobrancelha.

— Você fala com o mar?

— Por você eu falo. — Ele se aproximou de mim e segurou minhas mãos, fitando nossos dedos entrelaçados. — Sei que hoje está sendo um dia difícil, mas eu não estava brincando quando falei aquilo. Não importa o que aconteça, não importa o resultado, estou do seu lado — repetiu ele, fazendo com que eu ficasse ainda mais apaixonada.

— Mesmo sendo um filho do Jeff? — perguntei, com a voz trêmula. Dizer aquelas palavras causava uma dor em minha alma.

— Mesmo sendo do Jeff.

— Damian?

— Sim?

— Estou apaixonada por você.

— Posso te contar um segredo?

— Pode.

O olhar dele se mostrou mais carinhoso do que nunca. Havia ternura em seus olhos quando ele beijou a palma da minha mão.

— Acho que me apaixonei por você antes mesmo de saber o que era isso.

※

Eu não estava nem um pouco empolgada com a ideia de ver Jeff. Quando nos falamos por telefone, ele me tratou com frieza, mas sugeriu que eu passasse no apartamento novo dele para que pudéssemos conversar. Ele estava morando em um bairro perigoso agora, e senti uma onda de culpa se instalar em meu estômago assim que entrei.

— Bem-vinda ao paraíso — brincou Jeff, gesticulando para a quitinete.

O lugar estava uma bagunça. Havia garrafas de bebida e latas de cerveja espalhadas pela pequena pia da cozinha. Uma pilha de caixas de pizzas velhas ocupava a mesa de centro, e a cama estava desarrumada. Vi um bolo de raspadinhas antigas de loteria, que pareciam não terem dado em nada.

— Você está bem, Jeff? — perguntei.

Eu queria não me importar com aquilo, mas não conseguia. Ele parecia bêbado, mas pelo menos não estava falando em um tom arrastado.

— O que você quer, Stella? — resmungou ele, se jogando no sofá minúsculo.

Eu me sentei na poltrona à sua frente, abraçando minha bolsa.

— Eu, bom... Tenho uma notícia.

— Desembucha.

Respirei fundo.

— Estou grávida.

Ele arqueou uma sobrancelha.

— É meu ou daquele babaca?

— É seu.

— Como você sabe? Afinal de contas, você estava transando com nós dois ao mesmo tempo.

— O quê? Não, não estava, não.

— Fala sério, Stella. Eu não sou idiota. — Ele se levantou do sofá e foi até a geladeira para pegar uma cerveja. — Estava na cara que vocês dois estavam trepando desde o início.

— Para, Jeff. Isso não é verdade. Foi você quem me traiu, e não o contrário.

— Então me fala quanto tempo você ficou sofrendo por causa do nosso término? Ou você trepou com ele naquela noite mesmo? Ou talvez uma semana depois? Duas? Espera. Você vai mesmo fingir que não estava transando com ele?

Meus lábios se abriram, mas não falei nada.

Jeff abriu a cerveja.

— Exatamente.

Ele tomou um longo gole.

Eu me levantei da poltrona.

— Escuta, eu só queria te contar que estou grávida. Não sei se você quer fazer parte dessa história, mas é isso. Se você quiser fazer parte da vida do bebê, depois a gente pode conversar sobre isso.

Ele revirou os olhos.

— Olha a Stella passivo-agressiva aí.

Ele parecia muito amargurado, muito frio. Fiquei observando-o, me perguntando como tinha sido capaz de acreditar que ele era o meu final feliz.

— Não vou brigar com você agora, Jeff.

— Então pode ir embora.

— Estou indo.

Pendurei a bolsa no braço e fui andando até a porta. Assim que a abri, senti um calafrio percorrer meu corpo quando ele falou:

— Você pode resolver a situação do mesmo jeito que da última vez, né? Pareceu bem fácil para você na época.

Aquelas palavras feriram minha alma. Ele tinha falado aquilo para me machucar mesmo.

— Quando foi que você virou uma pessoa tão cruel, Jeff?

— Eu nunca escondi quem eu sou, Stella — argumentou ele. — Foi você que preferiu não enxergar. E, se está achando que um cara como o Damian vai ser fiel a uma mulher como você, está sendo ingênua demais. Ninguém fica apaixonado por gente como você por muito tempo. As pessoas acabam indo embora. Você é só uma forma de elas ganharem dinheiro.

Isso bastou para que eu sentisse a represa dentro de mim começar a rachar.

32

Damian

Stella apareceu na porta do meu escritório parecendo arrasada. Afastei a cadeira da mesa e abri um sorrisinho para ela, sabendo que, provavelmente, ela havia tido um dia difícil.

— Oi — sussurrou ela, se apoiando no batente.

— Olá. — Eu me levantei e coloquei as mãos nos bolsos. — Está precisando de alguma coisa?

Ela suspirou e esfregou o rosto.

— De um abraço?

Isso era fácil.

Eu a puxei para perto, e ela se aconchegou em mim, apoiou a cabeça no meu ombro e fechou os olhos ao falar:

— E talvez de picles com manteiga de amendoim crocante? — disse ela em um tom inocente. — Daqueles que já vêm cortados, não os inteiros. Sei que todo mundo diz que o gosto é o mesmo, mas não é.

Eu ri.

— Pode deixar. Vou passar no mercado.

— Obrigada.

Eu a acomodei no sofá da sala, peguei um cobertor para ela e coloquei uma comédia romântica na TV.

— Me liga se quiser mais alguma coisa do mercado — falei, dando um beijo em sua testa.

— Obrigada.

— De nada. — Eu me virei para sair, mas Stella espiou por cima do sofá e me chamou. — Sim?

— Você pode comprar tacos também?

— Posso.

— Tá, obrigada. — Ela se acomodou mais uma vez no sofá, mas então a cabeça dela apareceu de novo. — Ah, Damian?

— Oi?

— Sou muito grata por ter você na minha vida.

Não sabia que homens adultos sentiam frio na barriga, mas era essa a sensação que eu tinha sempre que ela me elogiava ou fazia qualquer comentário legal a meu respeito.

— Já volto.

～⋅∞⋅～

Quando voltei, fiquei surpreso ao ver o carro de Jeff parado diante da casa. A porta da frente estava escancarada, e, quando ouvi os berros dele, entrei na casa correndo.

— Você está bêbado, Jeff — disse Stella, meio nervosa, parada no hall de entrada, encurralada na escada.

— O que está acontecendo aqui? — perguntei, encarando Jeff, que estava completamente fora de si.

Ele estava parado diante de Stella e parecia transtornado. Em poucos segundos, me enfiei entre os dois e os afastei. Ele cambaleou para trás, completamente embriagado.

— Vai se ferrar, cara. Estou conversando com a Stella sobre o meu filho. Isso não é da sua conta — disse ele com uma fala arrastada.

— Passou a ser da minha conta quando você começou a gritar com ela.

— Não vim aqui para arrumar confusão. — Jeff deu de ombros, e acabei me lembrando da pessoa que ele era quando nos conhecemos, meses atrás. — Só estou dizendo que mereço uma parte da grana da

Stella, se ela decidir ter o bebê. A criança merece ter a mesma qualidade de vida quando estiver comigo.

— Não tem a menor possibilidade do bebê ficar com você, se continuar bebendo assim, Jeff. Você precisa de ajuda — declarou Stella, com toda a calma, embora eu conseguisse ver o medo estampado em seus olhos.

— Vai se foder, Stella. Essa criança é minha também.

— Eu sei, e podemos conversar com os advogados para...

— Os advogados que se fodam! — berrou ele. — Você acha que tem algum direito de me dizer o que eu posso fazer ou não com o meu próprio filho? Você já tirou o último de mim quando o matou, e agora está tentando me afastar desse. Cacete, Stella! Depois de tudo o que eu fiz por você! Fiquei todo endividado! Peguei toda aquela grana emprestada para o nosso futuro... E agora você vai começar uma vida nova com esse cuzão e com o meu filho!

— Não é nada disso, Jeff. Você não está enxergando as coisas direito — disse Stella, se esforçando para manter uma conversa racional com uma pessoa irracional.

— Você não é melhor do que eu, Stella — disse ele.

Ela franziu a testa.

— Isso não tem nada a ver com o que estamos falando, Jeff. Escuta, talvez seja melhor você descansar um pouco, esperar esse porre passar. Vou pegar uma água...

Quando ela se virou para ir para a cozinha, Jeff avançou como se fosse tentar agarrá-la. Mas, antes que ele pudesse fazer isso, reagi no automático e dei um soco na cara dele. Jeff caiu no chão e desmaiou.

— Ai, meu Deus! — arfou Stella com os olhos cheios de lágrimas.

— Merda — murmurei. Balancei a cabeça, olhando para Jeff. — Desculpa, Stella. Achei que ele fosse te machucar e acabei...

— Tudo bem. Talvez seja melhor a gente levar ele para o quarto dos fundos até o efeito do álcool passar. Eu não gostaria que ele dirigisse desse jeito de qualquer forma.

Ela se preocupava até com quem não merecia seu carinho.

Levei Jeff para um quarto nos fundos e o joguei na cama. Ele começou a roncar, o que era sinal de vida suficiente para mim.

Quando voltei para a sala, para checar como Stella estava, vi que continuava parada ali, em pé, esfregando os braços, meio apreensiva.

— Você está bem? — perguntei.

— Aquilo que o Jeff disse sobre eu ter engravidado antes... Quer dizer, eu sei que você deve estar pensando um monte de coisas a meu respeito. Mas deixa eu...

— Stella...

Ela levantou a mão.

— Calma. Por favor, deixa eu me explicar. O Jeff passou anos querendo que eu engravidasse. Tive muitos problemas para segurar uma gravidez e sofri vários abortos espontâneos. Na última vez, tive sérios riscos de complicações, e interromper a gestação era o melhor a fazer. Ainda sofro muito com isso, mas acredito que tomei a decisão certa naquela época. Sei que você deve estar pensando coisas horríveis a meu respeito, mas... — Ela engasgou com as palavras e começou a tremer.

Eu me aproximei dela e segurei suas mãos para acalmá-la.

— Desculpa.

— Não tem problema. Você não tem culpa. A decisão foi minha, e...

— Não. Quer dizer, desculpa se eu passei a impressão de que você precisa me explicar as escolhas que fez na vida. Todas as decisões que você tomou cabiam apenas a você. Nunca vou te julgar por isso. Eu jamais julgaria você por qualquer coisa que já tenha feito, e sinto muito por você ter achado que eu faria isso. Desculpa se você acreditou que eu era o tipo de homem que seria capaz de uma coisa dessas. Stella, para mim, você é incapaz de errar. Vou me esforçar para deixar isso mais claro sempre. Vou ser melhor para você.

Os olhos de Stella começaram a se encher de lágrimas. Ela estava emocionava.

— Como você faz isso? — sussurrou ela, me encarando com aqueles olhos castanhos. — Como você consegue acalmar as minhas dores?

— Do mesmo jeito que você faz comigo.

Deixei Stella no meu quarto — no quarto que, nos últimos tempos, era nosso — assistindo a uma comédia romântica, e fiquei esperando do lado de fora do quarto de hóspedes em que Jeff dormia. Ele dormiu por muitas horas, e, quando despertou, reclamou que estava com dor de cabeça. Podia ser tanto por causa do soco que dei nele ou do álcool que havia ingerido. De qualquer forma, ele estava sentindo dor.

— Mas o que...? — murmurou ele, se levantando e vindo até a porta.
— O que aconteceu?
— Você desmaiou — expliquei. — Depois de tratar a Stella mal pra caralho.
— Tive um dia longo. Não é todo dia que você descobre que vai ter um filho.
— Pois é, mas nada justifica a forma como você falou com ela. Você precisa de ajuda, Jeff.
— Eu sei. Foi por isso que eu vim aqui, para conseguir o dinheiro para pagar minhas dívidas, e...
— Estou falando de ajuda profissional para sua bebedeira.

Ele me lançou um olhar irritado.

— Escuta, meu chapa. Não preciso que você me diga o que fazer.
— Não estou tentando te dizer o que fazer. Mas a Stella está grávida, e aquela criança merece um pai. Toda criança merece um pai, mas isso não significa que todo pai mereça uma criança. Toma jeito. Evolua.
— Não tenho dinheiro para procurar ajuda — disse ele.
— Eu pago a clínica que você quiser. Dinheiro não é problema.

Ele bufou.

— Você pensa que é um super-herói, né? Você se acha melhor do que eu?
— Não. Não me acho.

Ele passou as mãos pelo cabelo.

— Tenho que falar com a Stella.
— Agora, não. Você precisa ir para casa e decidir o que quer de verdade e se isso inclui fazer parte da vida dessa criança.

Ele resmungou, mas concordou. Observei, enquanto ele seguia para a porta. Coloquei as mãos nos bolsos.

— Jeff?

— O quê?

— Nunca mais apareça na minha casa sem ser convidado, e, se você levantar um dedo para a Stella de novo, quebro o seu pescoço.

Ele abriu a boca para rebater, mas desistiu.

E eu não estava brincando. Quebraria aquele cara ao meio para proteger Stella e aquele bebê.

— Jeff, espera — chamou Stella, aparecendo atrás de mim. Ele levantou o olhar e esperou que ela falasse. Ela foi até a mesa e pegou sua bolsa. — Você quer participar da vida dessa criança ou quer só dinheiro?

— Como assim? — perguntou ele.

— Você quer amar essa criança ou prefere ficar com o dinheiro? — perguntou ela, sem rodeios, puxando um talão de cheques. — Porque, se for pelo dinheiro, não quero que você participe da vida do nosso filho. Se o seu único objetivo é arrumar um jeito fácil de ganhar uma grana, não quero que esse bebê passe por isso. Então você escolhe: pode participar da nossa vida e ser um pai de verdade... ou posso fazer um cheque para você.

— Stella... — falei.

Ela levantou a mão para me silenciar.

Jeff arqueou uma sobrancelha.

— Como assim?

— Estou falando que estou disposta a pagar para você nos deixar em paz. Quanto você quer?

Ele franziu a testa.

— Você está falando sério?

— Estou, mas você vai ter que assinar um documento abrindo mão do direito de criar essa criança e de ter qualquer participação na vida dela — explicou Stella.

— Meio milhão — respondeu ele sem hesitar.

Vi o rosto de Stella ficar pálido quando ela se deu conta de que Jeff não passava de um cretino.

Acho que seu coração bondoso tinha esperanças de ouvir uma resposta diferente. Uma parte de seu brilho se esvaiu naquele instante.

Odiei ver aquilo. Odiei ver seu coração bondoso começar a endurecer para o mundo. *Não fique como eu, Stella. Não mude nunca.*

Ela olhou para ele e começou a fazer o cheque.

— Vou te dar metade agora e a outra metade depois que assinarmos o contrato.

Ela arrancou o cheque do talão e o entregou para Jeff.

Ele o pegou sem nem pestanejar e saiu apressado como o rato que era.

Quando ouvi o barulho do carro dele indo embora, eu me virei para Stella.

— Você está bem? — perguntei. — Tem certeza de que é isso que você quer fazer?

— Ouvi vocês dois conversando — disse ela, com um sorriso que mais parecia uma careta. — Você tem razão. Toda criança merece um pai, mas nem todo pai merece uma criança.

Segurei as mãos dela e a puxei para perto. Minha testa encostou na dela.

— Não deixe isso tirar o melhor de você — sussurrei. — Não deixe pessoas como o Jeff endurecerem o seu coração.

— Como o meu coração poderia endurecer se você está aqui?

Detectei certa frieza em suas palavras. Eu sabia reconhecer o momento em que um coração começava a se fechar. Dei um beijo na testa dela. *Fique comigo, Stella.*

— Quer ir no mar comigo?

Ela balançou a cabeça e levou as mãos à barriga.

— Não. Não estou me sentindo muito bem. Acho que vou deitar um pouco.

Desde que conheci Stella, aquela era a primeira noite em que ela não entrava no mar. Não entendia por que aquilo me deixava tão incomodado.

33

Stella

Damian não sabia, mas aconteceu — minha represa estourou.
Fazia semanas que eu me sentia mais ansiosa que o normal.
Toda gravidez que tive antes daquela havia começado com o mesmo medo: a possibilidade de perder o bebê. Dessa vez, era pior ainda, porque eu não estava me sentindo bem. Parecia que minha alma estava me avisando que algo terrível ia acontecer.
Na última semana, eu havia atingido um nível de ansiedade que não conseguia mais esconder. Eu não ia mais à praia e não entendia o motivo disso. Toda manhã, acordava com vontade de chorar, e, toda noite, tinha dificuldade para dormir.
Eu parei de ir à praia porque, sempre que as ondas batiam nos meus pés, uma tristeza estranha me assolava. Era como se o amor da minha mãe estivesse distante. Cada onda parecia mais desconectada. Talvez o problema fosse comigo, ou quem sabe fosse só uma coisa da minha cabeça. De qualquer forma, a calma que a água me trazia agora só me enchia de mais preocupação.
Damian percebeu que havia algo estranho, mas não sabia como abordar o assunto comigo. Eu entendia o lado dele porque também não sabia como falar sobre aquilo. No começo, achei que o problema era saber que Jeff não ia participar da vida do bebê, mas não era isso. No fundo, eu me sentia até aliviada por isso.

Nos últimos dias, não conseguia parar de pensar na minha mãe e em Kevin. Era como se uma nuvem de tristeza pairasse sobre minha cabeça, e eu não conseguia entender o que aquilo significava. Mas sabia que havia algo errado.

— Desacelera os pensamentos, menina — disse vovó, massageando minha nuca, quando eu estava sentada à mesa de jantar.

— Não consigo, vovó. Parece que tem alguma coisa errada. — Eu me virei para olhar para ela e franzi a testa. — Será que você não pode tirar cartas para mim? Rapidinho. Só para eu saber se vai ficar tudo bem.

Ela me encarou.

— Stella, você conhece as minhas regras. Quando estamos ansiosas, não recorremos à nossa magia. Precisamos estar em equilíbrio com nós mesmas para usar nossos dons. Além disso, depois do último... — As palavras dela foram morrendo.

— Aborto espontâneo — concluí.

Ela estava nitidamente incomodada, porque não estava gostando do rumo que a conversa havia tomado, pois já tinha me visto daquele jeito antes. Eu senti o mesmo medo todas as vezes em que engravidei.

— Exatamente — disse ela. — Nós precisamos confiar no universo.

Vovó estava preocupada comigo. Tentei fazer o possível para não me abalar.

— É, eu sei. Sei que você deve estar preocupada, mas estou bem, vovó. É só que... eu só... eu me sinto... por favor? — implorei. — Rapidinho?

Os olhos dela se encheram de lágrimas. Ela ficou emocionada ao segurar minha mão.

— Tudo vai acontecer da melhor forma possível. Você precisa acreditar nisso.

Recolhi minha mão.

— O que isso quer dizer?

— Stella...

— Você já tirou as cartas para mim?

Ela não respondeu.

— Vovó, me conta.

— Talvez fosse bom a gente ir à praia. Para molhar os pés.

— Não quero molhar os pés, vovó. O que foi? O que você viu?

Ela chegou perto de mim para me dar um beijo do mar, mas eu desviei o rosto.

— Não. Estou com medo, vovó. Estou com medo. Me conta o que você viu.

— Você está bem, Stella. Você está bem e o bebê também.

— Então o que você não quer me contar?

— Qualquer coisa que eu diga não passa de uma possibilidade, meu amor. Nada é definitivo.

— Foi definitivo da última vez — rebati. — Então me conta logo.

— Eu vi como você sofreu com a última perda, Stella. Eu vi seu coração se partir e me recuso a colocar mais dúvidas ou medos bobos na sua cabeça.

— Agora tudo isso é bobo?

— É — respondeu ela, séria. — É bobo quando você passa a se tornar dependente do que escuta em vez de confiar em si mesma. Você está bem. O bebê está bem. Minha menina querida. — Ela levou as mãos ao meu rosto. — Viva o presente. Pare de correr atrás de um futuro que, no momento, não passa de um faz de contas. Viva o presente.

Ela não queria me contar o que tinha visto. Senti meu estômago embrulhar e fiquei com vontade de vomitar na mesma hora. Eu me levantei da cadeira e voltei para a minha casa, ignorando vovó quando a ouvi chamar meu nome. Encontrei Damian no escritório, numa ligação de trabalho. Assim que nossos olhares se cruzaram, ele se levantou.

— Já ligo de volta — disse ele para a pessoa do outro lado da linha, desligando na mesma hora.

Segundos depois, eu estava nos braços dele, chorando.

Foram mais três semanas.

Mais três semanas de ansiedade. Mais três semanas de ataques de pânico. Mais três semanas de uma sensação de uma dor insuportável antes que acontecesse.

Deitada na cama ao lado de Damian, senti uma pontada forte na lateral do corpo. Minha respiração foi ficando ofegante, então me sentei ao lado do meu marido, que ainda dormia, e levei as mãos à barriga. Acendi a luminária do meu lado da cama e senti um medo avassalador quando olhei para os lençóis e vi tudo vermelho.

O bebê...

— Damian — gritei, sacudindo o corpo dele com as mãos trêmulas. — Damian, acorda.

Ele se sentou e pigarreou, esfregando os olhos para afastar o sono.

— Tudo bem? — perguntou ele.

— O bebê — sussurrei.

Seus olhos se abriram completamente, e ele se esforçou para acordar de verdade. Quando viu o sangue, despertou de vez.

— O bebê — repeti, as lágrimas escorrendo pelas minhas bochechas.

Ele me levou correndo para o hospital.

Mas eu já sabia o que estava por vir.

⁓๑⁓

Fitei o médico com os olhos cheios de lágrimas, sem acreditar.

— Está tudo bem? — perguntei pela milésima vez.

Damian segurava minha mão. Apesar de eu estar com os nervos à flor da pele, a presença dele era um conforto para mim.

— Está. Vou explicar de novo: é uma condição chamada pré-eclâmpsia. E, com o seu histórico de problemas na gestação, acredito que seja importante ficar monitorando o tempo todo. Como a sua pressão sanguínea está alta e os seus tornozelos estão inchando, sugiro repouso pelo restante da gravidez. Algumas mudanças alimentares também podem ajudar, além dos medicamentos que já mencionei.

— O problema é o meu peso? — perguntei, abalada. Eu ouvia a voz de Jeff em minha cabeça, me dizendo que a culpa por termos perdido os outros bebês era minha. — Fui eu que causei isso?

O médico sorriu e balançou a cabeça.

— Na verdade, há muitas causas para a pré-eclâmpsia. O que importa é que conseguimos detectar o problema no início e vamos conseguir monitorá-lo a partir de agora.

— E, quando o senhor diz repouso, quer dizer não fazer absolutamente nada, ou...? — perguntou Damian.

— Boa pergunta. Sim, com base nos exames e na pressão sanguínea da Stella, a recomendação é repouso absoluto.

Senti um aperto no peito.

— Estou no quinto mês de gravidez ainda. Vou ter que ficar de repouso, de cama, pelos próximos quatro meses?

Ele olhou para mim, sabendo que aquele não era o cenário ideal.

— Sei que pode ser difícil...

— Isso é sério mesmo? Eu trabalho. Tenho encomendas para entregar. Não sei o que fazer — expliquei. — Isso pelo menos vai ajudar o bebê? Ainda existe alguma chance de eu sofrer um aborto?

Senti um aperto em minha mão e fitei Damian. Seus olhos azuis como o mar encontraram os meus, apavorados.

— A gente vai dar um jeito.

— Mas...

— Vou cuidar de você, Stella — sussurrou ele.

Tentei responder, enquanto as lágrimas escorriam pelas minhas bochechas, mas não consegui dizer nada. Fechei os olhos, ainda abalada com a possibilidade de perder o bebê.

— Vou cuidar de você — repetiu ele, então fui ficando mais calma.

Damian se virou para o médico e pediu uma lista de coisas às quais deveríamos ficar atentos nos meses seguintes.

Quando o médico comentou sobre o risco de eu ter trombose por passar tempo demais deitada, Damian olhou para mim e sorriu, tentando me tranquilizar.

— Acho que agora é a minha vez de fazer massagem em você.

Ele vai cuidar da gente, pensei, respirando bem fundo.

Damian foi dirigindo até a nossa casa, e fiquei em silêncio o tempo todo, apesar de meus pensamentos estarem gritando em minha cabeça. Quando finalmente falei, as palavras não tinham o tom positivo que Damian estava acostumado a ouvir de mim.

— Não acredito que fiz isso com o bebê — falei baixinho.

— Você não fez nada de errado, Stella.

— Fiz, sim. Eu sei que fiz. Aconteceu a mesma coisa com os outros bebês. É o meu peso. O problema sempre foi o meu peso... Se eu não tivesse... Se eu tivesse escutado minhas madrastas anos atrás, quando elas me diziam que eu precisava emagrecer. Se eu tivesse só...

— Você é mais que suficiente — afirmou ele, esticando a mão e fazendo carinho em minha perna. — Não faz isso, Stella. Você não tem culpa. Não carrega esse peso.

Mas era muito difícil eu não me sentir assim.

Quando chegamos à nossa casa, Damian estacionou o carro e se virou para mim.

— Você está bem?

Fiquei encarando o nada, sem me mexer. Incapaz de responder.

Incapaz de fazer qualquer coisa.

Ele saltou do carro e foi até a minha porta. Então a abriu e esticou os braços, me tirando do carro. Ele me carregou até o quarto dele e me deitou em nossa cama. Girei para o meu lado, e ele se deitou junto a mim. Nossos olhares se encontraram, e ele afastou uma mecha de cabelo que havia caído em meu rosto.

— Você não tem culpa — repetiu ele.

Uma lágrima solitária escorreu pela minha bochecha. Eu achava que tinha expurgado todas elas de dentro de mim.

Ele se inclinou para a frente e me deu um beijo no rosto, depois encostou a testa na minha.

— Você não tem culpa — repetiu ele.

Quatro palavras.

Essas foram as quatro palavras que ele disse pelo restante da noite. Ele as repetia como se fosse um disco arranhado. Ele as recitava enquanto eu lutava para puxar o ar e sofria para exalá-lo. Damian recitava essas quatro palavras à medida que meus olhos iam pesando. Com seu corpo entrelaçado ao meu, ele recitava essas quatro palavras enquanto eu sentia o sono me engolfar lentamente.

Ele me presenteou com essas quatro palavras, e, antes que a escuridão tomasse minha alma pelo restante da noite, eu lhe dei outras quatro. Elas vieram baixinho, e saíram fracas, cheias de cicatrizes, mas eram tudo que eu tinha a oferecer depois de ele ter passado todas aquelas horas comigo.

De olhos fechados, abri a boca e sussurrei:

— Eu também te amo.

Eu estava muito inquieta. Não conseguia me livrar de jeito nenhum da sensação de que havia algo errado. Sentia um peso no peito que me fazia ter medo do futuro. Minha cabeça projetava os piores cenários. Havia algo errado com o bebê. Eu sabia disso. Sentia no fundo do meu coração que havia algo errado com o ser que eu mais amava.

Eu não podia ficar sozinha.

Isso me deixava péssima, e minha ansiedade disparava quando eu ficava sozinha. Eu tinha medo de que algo acontecesse comigo e não tivesse ninguém aqui para me ajudar. Eu tinha medo de ter um ataque de pânico em plena madrugada e Damian não estar por perto para me acalmar.

Os ataques de pânico estavam afetando minha capacidade criativa. Eu não conseguia criar do jeito que deveria, e isso fazia com que eu me sentisse culpada e entrasse em pânico por ter de atrasar a entrega das encomendas. O que, por sua vez, gerava ataques de pânico ainda piores. Era um ciclo sem fim.

Eu tinha medo por estar grávida. Na verdade, pensava que aquilo nunca mais fosse acontecer, depois da última vez. Pelo menos, essas haviam sido as palavras dos médicos naquela época. Era aterrorizante saber que qualquer coisa que eu fizesse poderia ferir outro ser.

O meu ser.

O meu bebê.

Não vou conseguir fazer isso. Não sou suficiente...

34

Damian

Era bem difícil ver Stella de repouso. Não por ela estar com os movimentos limitados, e sim por parecer incapaz de se libertar de seu desespero. Sua mente não desacelerava em momento nenhum, e seu brilho havia desaparecido.

Eu queria muito conseguir trazê-lo de volta. Queria ser capaz de pegar sua dor e guardá-la no meu peito. Pessoas como ela não deviam sofrer assim. Ela era tão pura, não merecia esse sofrimento todo.

Ela não deveria sofrer.

— Eu perdi tudo que considerava mais importante na vida — sussurrou ela, a exaustão fazendo suas pálpebras pesarem. Stella não estava dormindo bem, e dava para entender o motivo, mas, mesmo assim, eu queria que ela descansasse. Queria que ela conseguisse desligar os pensamentos turbulentos. Queria que transferisse seu sofrimento para mim. — Primeiro foi a minha mãe, depois o Kevin e todos os bebês que carreguei dentro de mim... agora corro o risco de perder esse bebê também... é difícil, Damian — desabafou ela, tremendo em meu abraço. — É difícil respirar.

— Sinto muito, Stella. Mas o bebê está bem... vai dar tudo certo.

— A gente não tem como ter certeza disso.

Isso era verdade, mas eu precisava que tudo desse certo. Acho que ela não ia conseguir sobreviver se algo acontecesse.

Ela se aconchegou em mim, e eu a abracei como se minha vida dependesse disso. Então, por fim, ela fechou os olhos e encostou a cabeça no meu peito.

— Promete que você vai ficar — disse ela, tão colada a mim que eu não sabia onde meu corpo começava e onde o dela terminava. — Promete que você vai estar aqui de manhã ao meu lado e à noite também.

— Prometo.

— Para sempre.

— Para todo o sempre.

Ela caiu no sono, e fiquei repetindo essa promessa em minha cabeça.

※

— Estou preocupado com ela — revelei a Maple na sala de jantar da casa dela, tomando aquele chá nojento.

Março e abril foram os meses da angústia. Observar Stella lutar contra si mesma, vivendo num estado constante de medo, foi a dor mais cruel que já senti.

— Ela vai melhorar. Essas coisas levam tempo — prometeu Maple, dando tapinhas leves em minha mão como se tentasse me acalmar. Como se tentasse me dar a calma que eu desejava poder transferir para Stella.

— É, mas já se passaram semanas, e ela ainda está fora de si. Não sei como ajudar. Não sei como ajudar Stella a se reencontrar.

— Querido... — Maple suspirou e abriu um sorriso desanimado. — Depois de uma notícia dessas, as pessoas precisam de tempo. Então, talvez a real pergunta seja: como você se sente sabendo que ela não vai ser a mesma pessoa de antes até essa gravidez chegar ao fim?

— Eu amo todas as versões da Stella. Se essa de agora for uma delas, então é essa a versão que eu amo. Mas gostaria que ela voltasse a pintar. Seria bom se ela voltasse a conversar com o mar.

Fazia semanas que Stella não entrava no mar.

Toda manhã, eu perguntava se queria ir comigo, mas ela nunca aceitava meu convite.

— A água a curou no passado — disse Maple, mexendo a xícara de chá. — Mas, agora, ela se sente traída pelo mundo. Ou sente que não merece ser curada. Conhecendo a Stella, sei que ela se culpa.

— O que eu posso fazer para ajudar?

— Ah, querido, isso é fácil. É só você ficar. Pode confiar em mim — disse ela, ficando séria de repente e olhando para o mar pela janela. — Ela vai precisar de você nesse próximo capítulo.

— O que foi? — perguntei. Eu não me referia às suas palavras, e sim ao seu olhar. Era nítido que algo incomodava Maple. — Lembra que eu sou bom em interpretar pessoas?

— É só que... eu também fico preocupada. Um dia eu não estarei mais aqui, e fico preocupada com o coração dela. Se por acaso um dia você resolver fugir... se você acha que existe alguma chance de não conseguir lidar com essa situação, preciso que me fale agora. Tenho medo da Stella ficar sozinha. E acho que ela não conseguiria lidar com isso.

Fiquei pensativo enquanto absorvia suas palavras.

— Você sabia? Sobre o testamento? — perguntei, lendo as entrelinhas do que Maple havia falado. — Você sabia sobre o casamento arranjado?

Ela me encarou e assentiu.

— Sim, eu sabia. O Kevin me pediu ajuda quando descobriu sobre você. Nós dois sabíamos que a Stella tinha dificuldade em confiar em si mesma, e, quando ela descobriu que o Kevin estava doente, entrou em parafuso. Então ele teve a ideia do casamento arranjado, para que ela tivesse uma pessoa boa em sua vida, algo que o Jeff não é.

— Mas a ideia foi ridícula. Por que vocês acharam que eu seria bom pra ela?

Maple sorriu, segurou minhas mãos e me deu um tapinha.

— No ano passado, o Kevin já não conseguia mais viajar. Então, quando descobrimos onde você estava, eu fui para Nova York e te encontrei. Você estava cuidando da sua amiga Aaliyah, e eu vi a ternura da sua alma. Eu me lembro de pensar que, se a Stella um dia encontrasse um amor verdadeiro, provavelmente seria com um homem assim. Um homem que estaria ao seu lado mesmo nos piores momentos. Sim, é fácil amar e cuidar dos outros quando tudo está bem, mas o amor verdadeiro surge com toda força quando as nuvens de medo se condensam. O amor verdadeiro se manifesta durante as marés mais cheias e não vai embora.

Fiquei sério enquanto assimilava aquilo tudo. Eu estava muito confuso com a revelação de Maple. Eu me sentia perdido em meus pensamentos desconexos.

— Então... você estava por trás disso tudo? Foi você que me juntou com a Stella?

— Sim. E me desculpa se for informação demais para vo...

— Maple.

— O que foi, Damian?

Pigarreei e tentei conter as lágrimas.

— Obrigado.

Foi com Stella que descobri o amor.

Ela sorriu e deu tapinhas na minha mão.

— Disponha.

— Preciso voltar para casa para ver se ela precisa de alguma coisa — falei, me levantando da mesa. Assim que me virei, parei e olhei de novo para Maple. — Mas tenho uma pergunta.

— Pode falar.

— Se você ajudou o Kevin com esse plano todo, então sabe quem é a minha mãe, não?

— Sei, e fui instruída a te contar só depois dos seis meses, mas, querido — disse ela, me dando o sorriso carinhoso que lhe era característico —, acho que você já sabe quem é. Sou boa em ler as pessoas com minhas feitiçarias, como você costuma chamar, mas você também é bom nisso. Como você consegue fazer isso, Damian?

— Como assim?

— Como você consegue interpretar as pessoas?

Franzi o cenho e esfreguei o queixo.

— Está tudo nos olhos delas — respondi.

— Pois é. — Ela assentiu. — Os olhos mostram a alma das pessoas.

Fui até o mar. Eu não sabia o que estava fazendo nem como conversar com ele, mas tentei. Eu sabia que Stella precisava de uma forma de conforto, e, para falar a verdade, estava disposto a tentar qualquer coisa.

Conversei com Kevin. Conversei com a Deusa da qual Maple falava, jogando flores no mar. Mas, durante a maior parte do tempo, conversei com Sophie.

A mãe de Stella não me conheceu. Ela nunca soube meu nome nem tinha ideia do amor que eu sentia por sua filha. Ela nunca apertaria minha mão nem me daria um abraço. Porém, se existisse um Deus, e se o mar realmente guardasse o coração da mãe de Stella, eu precisava falar com ela. Precisava que ela resolvesse aquilo, que curasse a filha. Que me dissesse o que eu precisava fazer para dar um jeito naquela situação.

Quando entrei na água, rezei. Provavelmente foi uma oração bem besta, mas implorei a Sophie que cuidasse de Stella. Implorei que o amor dela não se limitasse apenas ao mar, mas se espalhasse pela areia e pelo ar. Pelo coração de Stella. Implorei a Sophie que protegesse a filha de lá do outro lado, que a amasse quando Stella sentisse que não era amada. Implorei que nunca saísse do lado dela, mesmo nos dias mais sombrios.

Especialmente nos dias mais sombrios.

Passei horas no mar. O dia se transformou em noite e eu ainda estava ali, pedindo a ajuda de Sophie.

— Oi, Sophie. Sei que você não me conhece, mas estou fazendo isso pela Stella. Só preciso que você... — Respirei fundo. — Que você cure ela. Que nos ajude nessa situação. Proteja a Stella e essa criança. Cuide das duas. Ajude as duas a sair dessa. É só isso que eu peço. Se você precisar de uma alma, pode levar a minha. Pode me levar, Sophie. Mas, por favor... — sussurrei, com a voz falhando. — Só não leve as minhas meninas.

Mergulhei na água e me perdi nas ondas. Então rezei para o oceano curar Stella para mim de vez. Esse era meu maior e meu único desejo.

35

Damian

Eu só ia ao escritório quando era obrigado ou quando precisava mostrar alguma propriedade a um cliente. Na maior parte do tempo, tentava trabalhar de casa, mas nem sempre isso era possível. Na quinta-feira à tarde, quando cheguei ao escritório, depois de ter passado a manhã inteira mostrando imóveis, percebi que tinha esquecido meu celular em uma das casas do outro lado da cidade. O trajeto de ida e volta até lá daria quase quatro horas. Alguns dias eram uma merda. Além dessa situação de bosta, eu me deparei com três pessoas no meu escritório para as quais não tinha tempo nem paciência.

— O que as senhoras estão fazendo aqui? — perguntei a Denise, Rosalina e Catherine quando elas entraram na minha sala sem serem convidadas.

— Desculpa, Damian. Eu avisei que você estava ocupado, mas elas decidiram entrar mesmo assim — explicou Peter, meu assistente, correndo atrás das três.

— Não tem problema, Peter. Pode deixar comigo — falei.

Eu tinha quase certeza de que ele não seria capaz de lidar com as três vilãs da vida de Stella.

Peter olhou para as mulheres, mas então se retirou.

Eu me ajeitei na cadeira e me recostei, lançando um olhar impassível para as três.

— Em que posso ajudar as senhoras? Sejam rápidas. Estou ocupado.

— Quem você vai escolher? — soltou Denise imediatamente, indo direto ao ponto. — Para receber o prêmio da madrasta.

— É. É ridículo você estar enrolando tanto para nos contar, ainda mais depois que descobrimos que você já passou um tempo com nós três — reforçou Rosalina.

— Mas o meu tempo com você não foi muito justo, já que fomos interrompidos pela Stella — resmungou Catherine. — Ela sempre consegue estragar tudo.

— Consegue mesmo — ecoou Denise.

— Imagino o inferno que deve estar sendo a sua vida, sendo obrigado a morar com ela — comentou Rosalina. — Ainda bem que o tempo que vocês têm que ficar juntos já está quase acabando.

Fiquei tenso e me empertiguei na cadeira.

— Ainda bem que vocês tocaram no nome da Stella. Assim é mais fácil dizer quem vai ficar com o dinheiro.

— Conta logo — ordenou Denise.

Entrelacei as mãos.

— Nenhuma de vocês.

— O quê?! — berraram todas ao mesmo tempo.

— Isso só pode ser brincadeira — disse Catherine. — O combinado não foi esse!

— Na verdade, foi, sim — declarei. — Revisei o contrato e o testamento com o Joe assim que percebi que nenhuma de vocês merece um único centavo. Está bem claro no testamento que, se eu concluir que nenhuma das três deve ficar com a herança, o dinheiro deve ser doado para caridade. — Abri um sorriso falso. — As crianças agradecem pela doação generosa.

— Babaca! — exclamou Denise.

— Você não pode fazer isso — gritou Rosalina. — Esse dinheiro deveria ser meu!

— Ah, fala sério, Rosalina. Como se você tivesse alguma chance! Essa grana deveria ser minha! — rebateu Catherine.

As três começaram a discutir como as idiotas irritantes que eram até que eu falei:

— Dá para vocês irem brigar em outro lugar? Não tenho tempo para vocês.

— Tempo para nós? Você está basicamente roubando a gente! — berrou Denise.

— Do mesmo jeito que vocês todas roubaram a autoestima da Stella? A única coisa que ela queria de vocês era amor. Mas, em vez disso, tudo o que deram a ela foi desprezo. Por ciúme, por mesquinharia. Não sei quais foram os motivos de vocês, mas sei que vocês três são cruéis e baixas. E tenho certeza de que uma de vocês é mesmo minha mãe, mas estou pouco me lixando para isso. Porque, se vocês foram capazes de serem tão maldosas assim com o amor da minha vida, prefiro não estabelecer nenhum tipo de vínculo com nenhuma de vocês pelo tempo que me resta nesse mundo. Tenham um bom dia.

Todas elas se viraram para ir embora, mas, quando Rosalina e Denise saíram, chamei Catherine.

— Posso falar com você sobre a sua instituição de caridade? — perguntei.

Ela se empertigou e pigarreou.

— O que tem ela?

— Pode fechar a porta, por favor?

Sem hesitar, ela concordou, retornando até minha mesa e se sentando à minha frente. Então Catherine estreitou os olhos.

— Você decidiu dar o dinheiro para mim e não quer que as outras saibam?

— Não. Nada disso. Eu estava falando sério.

— Ah. — Ela fez um biquinho. — Então o que você quer comigo?

— O que ela fez para você, Catherine?

— Como?

— O que a Stella fez de tão ruim para você? Vocês se conheceram quando ela tinha quantos anos? Uns cinco? Seis? E depois se reencontraram quando ela era adolescente? Por favor, me conta o que ela fez para estragar a sua vida.

— Você não ia entender.
— Isso é só uma desculpa esfarrapada.
— Não é nada.
— É, sim.
— Não é.
— É, sim.
— Não é!
— É, si...
— Ele queria que nós fôssemos ela! — berrou Catherine finalmente. Ela jogou as mãos para cima, frustrada, e soltou um grunhido irritado.
— Ele queria que nós todas ocupássemos o lugar da Sophie. Ele falava daquela mulher como se ela fosse o sol. Você tem noção de como isso é difícil? Ser comparada à melhor amiga morta dele? Ser comparada a ela em tudo que você faz? Nós terminamos pela primeira vez na época em que a Sophie sofreu o acidente de carro. Achei que ele só estivesse passando pelo luto. Mas, quando nós voltamos, foi a mesma coisa. A Sophie isso, a Sophie aquilo o tempo todo.

Estreitei os olhos.

— Desculpa, mas o que isso tem a ver com a Stella?

Ela soltou um suspiro pesado.

— As duas têm o mesmo sorriso — sussurrou ela, ficando mais séria. — Elas têm o mesmo coração. A Stella era o mundo dele, o brilho do sol, e tudo sempre girava em torno dela, porque ela era uma cópia idêntica do verdadeiro amor da vida dele. Você tem ideia de como isso afeta uma pessoa? Sabe como é se apaixonar por um homem que nunca vai conseguir te amar do jeito que você quer?

— Catherine...

— Eu só queria ser ela, sabia? — Lágrimas escorriam por suas bochechas. Era a primeira vez que eu via uma daquelas três mulheres demonstrar tanta emoção assim. — Eu queria ser a melhor amiga dele. Mas quem assumiu esse papel foi a Stella, por causa do vínculo dela com o verdadeiro amor do Kevin.

Eu não sabia o que dizer.

Era visível que ela ia desmoronar a qualquer minuto.

Eu odiava o fato de que estava sendo influenciado por algumas características de Stella — principalmente por sua bondade —, de que elas estivessem começando a habitar minha alma, porque senti um aperto no coração ao ver Catherine naquele estado que jamais imaginei ser possível.

— Sabe por que eu acho que ele morreu? — perguntou Catherine. Não respondi, mas creio que ela não esperava de fato uma resposta minha, porque continuou: — Porque percebeu que nunca a encontraria em outra pessoa. Ele nunca encontraria aquele amor verdadeiro em ninguém. Ele morreu porque corações partidos não conseguem sobreviver por muito tempo.

Fiquei sério. Sim, eu havia sentido um aperto no coração, mas, no fim das contas, continuava sendo a mesma pessoa. Além disso, o discurso de Catherine estava desviando do assunto principal.

— Acho que a culpa era dos adultos, que não conseguiam lidar com suas emoções, e não de uma garotinha que caiu de paraquedas nesse mundo. Nada dessa merda tinha a ver com a Stella. Ela não obrigou o Kevin a trepar com vocês três ao mesmo tempo. Ela não te obrigou a se casar com ele. Ela não obrigou o Kevin a se apaixonar pela mãe dela. E ela não fez nada para merecer a crueldade com que foi tratada por vocês três, monstras. Vocês foderam com a cabeça de uma criança porque não conseguiram conquistar o amor de um homem. Você não consegue perceber como isso é patético? Você devia sentir vergonha por ter descontado suas inseguranças nela.

Os olhos dela me mostraram o que eu precisava ver — eu tinha atingido um ponto fraco.

— Eu não sou um monstro — defendeu-se ela.

— Nada daquilo tinha a ver com você — falei.

— Como é?

— O fato do Kevin não ser capaz de te amar não tinha nada a ver com você merecer ou não o amor dele. O fato de ele não te amar não tinha nada a ver com o seu valor como pessoa, e sim com os problemas dele. Não era nada pessoal.

— Pode até não ter sido — comentou ela, dando de ombros e empurrando a alça da bolsa para cima, no ombro. — Mas era o que parecia.

Ela se virou para ir embora, e tive a sensação de levar um soco na barriga quando abri a boca para fazer a pergunta que havia feito às outras duas mulheres.

— Catherine?

— O quê?

— Você é minha mãe?

Ela olhou séria para mim e inclinou a cabeça, surpresa com a minha pergunta direta. Ela balançou a cabeça e abriu um sorrisinho triste.

— E se eu fosse? Você iria querer uma mãe horrível como eu? — perguntou ela. — Ou como Denise e Rosalina? Quer um conselho? Para de tentar descobrir quem é a sua mãe biológica. Porque ela pode até ter o seu DNA, mas, no fim das contas, nunca vai conseguir preencher esse buraco no seu peito. A ideia que temos do amor em nossa cabeça nunca é igual ao que encontramos na realidade. Confia em mim, sei do que estou falando. Então acho melhor você encontrar outra coisa para ocupar esse vazio.

— Eu já encontrei.

— Na Stella?

— Sim. E quer saber de uma coisa?

— O quê?

— Ela amava você. Por mais que você só enxergasse a Sophie quando olhava nos olhos dela, a Stella te via. Talvez de um jeito que nem o Kevin conseguia te ver. Ela te amava.

— Como você sabe disso?

— Porque a Stella é assim. Ela ama.

Então tive um vislumbre. Um lampejo de ternura passou pelos olhos de Catherine; a ficha dela finalmente havia caído.

— Ela não era a Sophie?

Balancei a cabeça.

— Não.

Ela pigarreou enquanto mais lágrimas escorriam pelas suas bochechas.

— Fui muito cruel com ela. Sempre que eu pude, fui cruel com ela.
— E, ainda assim, ela te amava.

Ela piscou e, quando seus olhos abriram outra vez, não me restaram dúvidas de que era ela. Eu sabia que era ela. Eu sabia que, dentre as três, Catherine tinha sido a mulher que me colocara no mundo. Para falar a verdade, eu já desconfiava disso fazia um tempo. Só estava tendo dificuldade em aceitar esse fato.

— Você é minha mãe — falei. Aquilo não era mais uma pergunta, e sim uma afirmação.

— O quê? Não, eu...

— Não tem problema, Catherine. Está tudo bem.

— Não... eu... — Lágrimas escorriam pelos olhos dela. — Como foi que você...?

— Várias coisas me fizeram desconfiar, principalmente o fato de você ter uma instituição de caridade. Você fundou uma organização para ajudar crianças órfãs, muito provavelmente porque se sentia culpada por ter me abandonado. Você sempre ficava meio retraída quando alguém falava sobre a minha mãe, ao contrário das outras duas. A sua linguagem corporal entregava tudo. E aí tive o maior sinal de todos.

— Que seria?

— Eu tenho os seus olhos. — Eu me ajeitei na cadeira. — Mas não tem problema. Eu te perdoo.

Ela se empertigou.

— Eu não pedi o seu perdão.

— Eu sei, só que não posso mais ficar guardando a raiva que senti de você durante todos esses anos. Estou deixando esse capítulo da minha vida para trás, para começar uma nova vida com a Stella. E, no fim das contas, você me ensinou uma lição muito importante.

Ela levantou uma sobrancelha.

— Ensinei?

— Ensinou. Você me ensinou que a sua incapacidade de me criar não tinha nada a ver com o fato de eu merecer ou não ser amado. E a sua incapacidade de amar Stella não teve relação nenhuma com o valor dela, e sim com os seus próprios demônios. Não foi pessoal. Apesar de eu ter passado a vida inteira achando que era.

Ela pigarreou e se levantou da cadeira. Em seguida, abriu a boca como se fosse dizer mais alguma coisa, mas então desistiu e apenas se despediu:

— Adeus, Damian.

— Adeus.

Ela saiu da minha sala e fechou a porta. Toda a tensão em meu peito se dissipou quando me dei conta de que eu tinha acabado de confrontar minha mãe. Precisei de um tempo sentando ali, sozinho sem falar nada, apenas processando aquela situação toda. Então, me levantei e comecei a longa jornada em busca do meu celular. Eu estava ansioso para voltar para Stella. Precisava do seu carinho mais do que nunca.

36

Stella

Eu não conseguia falar com Damian.

No começo, achei que só estivesse trabalhando até tarde, finalizando algum documento, mas ele não costumava ignorar minhas mensagens.

Tentei ligar para o celular dele algumas vezes, mas ninguém atendeu.

À noite, ele ainda não tinha voltado para casa, então fiquei mais ansiosa ainda. E se ele tivesse sofrido um acidente de carro? Ele havia aprendido a dirigir fazia pouco tempo, e as pessoas em Los Angeles às vezes eram meio agressivas no trânsito. E se ele estivesse machucado? E se algo horrível tivesse acontecido?

Ai, meu Deus. Aconteceu alguma coisa.

Eu tinha certeza. Estava deitada na cama, com mil pensamentos girando em minha cabeça. Eu não podia levantar, e não tinha ideia do que mais podia fazer. Então liguei para vovó.

Ela também não atendeu.

Quando decidi me levantar, estava uma pilha de nervos. Meus tornozelos estavam inchados, apesar de eu ter passado semanas com as pernas para cima, apoiadas sobre travesseiros. Eu me esforcei para tentar permanecer o mais calma possível, porque sabia que a ansiedade fazia minha pressão subir, e isso não podia acontecer, porque colocaria minha menina em risco. Mesmo assim, eu estava com medo. Fazia tanto tempo que o medo me acompanhava que eu não sabia mais como lidar com ele.

Calcei os chinelos e saí para procurar vovó na casa de hóspedes. Já era tarde, então certamente ela estaria dormindo. Mas eu precisava da ajuda dela para localizar Damian. Ela saberia o que fazer. Ela sempre sabia o que fazer.

Quando cheguei à porta da casa de hóspedes, bati algumas vezes, então peguei a chave que a vovó me dera anos antes. Eu estava acostumada a entrar na casa dela e a sair de lá. Entrei pela sala, que estava escura, e segui na direção do quarto, pronta para me aconchegar em sua cama em busca de conforto, mas senti um aperto no peito quando me virei para o corredor e a vi caída no chão, imóvel.

— Vovó! — gritei, correndo até ela, me agachando. Sacudi seu corpo, tentando acordá-la. — Vovó, levanta! Vovó! — berrei, sentindo o pânico tomar conta de mim. Peguei meu celular no bolso e liguei para a emergência. Minha mão tremia enquanto eu falava. — Oi, sim, é a minha avó. Ela desmaiou.

Pediram que eu verificasse o pulso dela.

Senti os batimentos.

Leves.

Leves.

Leves...

Ela estava respirando, mas em intervalos curtos, quase imperceptíveis.

Uma ambulância chegou para nos levar ao hospital. Os socorristas colocaram vovó lá dentro, mas eu não pude ir junto. Berrei, gritei e esperneei, mas não me deixaram ir com ela.

Fui encaminhada para a sala de espera quando cheguei ao hospital. Era o que me restava.

Esperar.

Esperar.

Esperar...

Sentada ali, comecei a tamborilar em minha coxa. Eu sentia o estômago revirar. Precisava de Damian. Onde será que ele estava?

Fui até a recepção.

— Oi, posso fazer uma pergunta? Será que você consegue fazer uma busca no seu sistema para tentar descobrir se uma pessoa foi internada aqui?

— Sinto muito, senhora, mas não tenho autorização para divulgar esse tipo de informação.

— Tá, tudo bem, mas é que... — Coloquei as mãos na barriga, me sentindo ofegante. — A minha avó está na UTI, e eu tenho que ficar em repouso absoluto, mas não consigo falar com o meu marido, e ele não costuma desaparecer. Estou ficando muito nervosa, estou em pânico e com medo, e...

Lágrimas começaram a escorrer pelas minhas bochechas, então a recepcionista esticou o braço e colocou a mão sobre a minha. Seus olhos estavam repletos de bondade.

— Qual é o nome dele, querida?

— Damian. — Engoli em seco, secando os olhos. — Damian Blackstone.

Ela digitou o nome dele e franziu a testa, olhando para a tela do computador.

— O nome dele não aparece aqui.

Então cadê você, Damian?

— Obrigada.

Voltei para o meu lugar na sala de espera e me sentei. Minhas pernas estavam trêmulas e meus tornozelos, inchados.

Passaram-se horas, e vovó continuava inconsciente. Ninguém vinha falar nada comigo, porque ela não era minha avó de sangue, e, às vezes, ser família de coração não bastava.

Eu me controlei muito para não desmoronar e continuei mandando mensagens para Damian.

Stella: Cadê você?

Stella: A vovó está na UTI. Inconsciente.

Stella: Estou nervosa. Você está bem? Me liga, por favor. Ou manda mensagem. Qualquer coisa.

Stella: Por favor, Damian, preciso de você. Não consigo passar por isso sozinha.

Stella: Me liga.

Stella: Te amo. Me liga, por favor.

37

Damian

Quando recuperei meu celular, fiquei horrorizado ao ver todas aquelas mensagens de Stella. Fui direto para o hospital logo que vi a notícia sobre Maple.

— Stella — chamei, assim que entrei na sala de espera.

Ela levantou o olhar no instante em que ouviu minha voz, e fui correndo em sua direção.

— Ai, meu Deus — gritou ela, quando meus braços a envolveram. Stella começou a chorar de soluçar na mesma hora. — Você está bem! Não tive notícias suas. Fiquei com tanto medo de ter acontecido alguma coisa com você. Fiquei com tanto medo de você estar morto em algum lugar por aí. Eu...

— Eu estou bem — falei, puxando-a para perto. Ela não parava de tremer. — Já explico tudo o que aconteceu, mas preciso que você saiba que estou bem. No momento, precisamos focar na Maple. Como ela está?

Ela balançou a cabeça.

— Não sei. Ninguém me fala nada. Não sou neta dela de verdade, não sou neta de sangue dela. Disseram que só podem me dizer qualquer coisa quando ela acordar e perguntar por mim, mas, até lá... — Ela me encarou, e senti uma tristeza profunda. O que estava acontecendo comigo? Quando eu tinha começado a sentir a alma dela com tanta intensidade dentro de mim? — E se ela não acordar? E se ela não voltar?

— Ela vai voltar.

— Não temos como saber. As pessoas morrem. Elas morrem. Elas surgem na sua vida e vão embora quando você menos espera. Você nunca sabe quando será o último adeus, como lidar com as palavras que não foram ditas... — Ela respirou fundo. — E se a nossa última conversa tiver sido a última da vida? Nem lembro se falei que a amava. Nem lembro se...

— Não vai ser a última.

Eu não sabia se devia falar esse tipo de coisa, mas achei que era o certo a fazer. Senti que devia falar para ela que tudo ficaria bem, independentemente do que acontecesse.

Senti esperança.

Antes de conhecer Stella, eu nunca havia tido esperança de verdade. Aquilo agora era uma sensação estranha no meu peito, mas tudo que eu queria era que aquele sentimento crescesse dentro de mim.

Então esperamos por horas. Depois dias. Depois mais dias.

Maple passou uma semana inteira inconsciente. Stella havia perdido toda a esperança, eu estava firme e forte. Não apenas por mim, e sim por nós dois. Eu me tornei a força de Stella quando a alma dela se despedaçou. Eu a abraçava quando ela precisava, e até mesmo quando não era necessário. Fiquei ao seu lado porque era isso que o coração dela precisava que eu fizesse. E era isso que meu coração desejava fazer.

Eu só queria ter certeza de que ela estava bem.

Tentei convencê-la a voltar para casa e descansar, mas ela se recusava a sair dali. Então montei uma cama com as cadeiras do hospital, para que ela colocasse as pernas para cima e eu pudesse massagear seus pés inchados

Finalmente, uma enfermeira apareceu na recepção e chamou:

— Stella Blackstone?

Blackstone.

Minha.

Para sempre, eu espero. Para sempre, eu peço.

— Sim, sou eu — disse ela.

— E Damian Blackstone? — chamou a enfermeira.

— Sou eu.

— Ótimo. A Maple pediu para ver vocês dois — explicou a enfermeira, sorrindo para nós.

— Ela está bem?! — exclamou Stella, quando segurei sua mão.

— Está. Ela acordou e está se recuperando. Venham comigo, por favor.

Nós a acompanhamos e, assim que chegamos ao quarto de Maple, fomos correndo dar um abraço naquela mulher especial.

— Vovó, fiquei com tanto medo — disse Stella, soluçando abraçada à avó.

— Desculpa, querida. Não quis te assustar. Estou bem. Estou bem — disse Maple, tentando acalmá-la. — Ela olhou para mim e abriu aquele velho e conhecido sorriso carinhoso. — Mas parece que alguém já sabia que ia dar tudo certo.

Sorri para ela.

— Estou feliz por ver que você está bem.

— Quando tudo isso acabar, você vai me oficializar como a pessoa responsável por você, tá? Preciso ser informada sobre a sua saúde, vovó — repreendeu-a Stella.

Eu sabia que aquele era um momento muito difícil para Stella, assim como para Maple, que concordou com a ideia na mesma hora.

— Será que era por isso que eu estava ansiosa? Achei que fosse por causa do bebê, mas era por sua causa, vovó! Foi isso que você viu nas cartas? — perguntou Stella.

Ela segurou a mão de Stella e deu tapinhas nela.

— Eu não queria te assustar.

— Tarde demais. — Stella abriu um sorriso e deu um beijo na testa dela. — Só estou feliz por você estar bem.

Quando o médico apareceu, explicou o estado de Maple para nós. Ela havia sofrido um ataque cardíaco que levara ao coma. Por um tempo, o estado dela foi muito delicado, mas, com os cuidados necessários, ela ficaria bem.

Ficamos com ela pelo máximo de tempo possível, mas tivemos de ir embora quando o horário de visita chegou ao fim.

— Voltamos amanhã — prometi.

— Eu sei que sim.

Dei um beijinho na testa dela e apertei sua mão.

— BU — falei.

Ela sorriu.

— Estou feliz por você o ter recuperado.

— Recuperado o quê?

— O seu brilho.

⁓∞⁓

Quando finalmente voltamos para casa, contei para Stella tudo o que tinha acontecido com as madrastas malvadas. Ela ficou chocada, sem saber exatamente como lidar com tudo aquilo.

— Então era a Catherine — disse ela, quando estávamos deitados na cama. — Não creio. E ainda não consigo acreditar que o Kevin dormiu com todas elas na mesma época. Ele não era assim.

— O luto leva as pessoas a fazer coisas estranhas. Tem gente que corta o cabelo, tem gente que faz uma longa viagem para não ter que lidar com os próprios sentimentos, e outros transam com um monte de gente. É esquisito, mas as pessoas buscam qualquer tipo de consolo que as ajude a fugir da tristeza. Sabia que todas elas tinham ciúme de você?

— Como assim? Por quê?

— Porque você fazia o Kevin se lembrar da sua mãe.

O olhar de Stella se suavizou, e ela balançou a cabeça.

— Mas eles nunca ficaram juntos.

— Mas você não precisa estar com uma pessoa para sentir um amor profundo por ela. E tenho quase certeza de que era isso que o Kevin sentia pela sua mãe. Dá para ver isso nas fotos antigas dele. Quando um fotógrafo é bom naquilo que faz, as fotos falam por si... mas um fotógrafo apaixonado? A imagem muda. As fotos têm muito mais emoção. Pode confiar em mim, sei do que estou falando.

Stella abriu um sorriso discreto, mas dava para ver que ela estava se segurando para não falar alguma coisa.

— O que foi? — perguntei.

— Nada, é só que... Não acredito que eles se foram de verdade, minha mãe e o Kevin. E quando a Maple quase...

— Ela está bem.

— Está, mas as coisas podiam ter sido bem diferentes. E ela ainda não está totalmente recuperada. Quer dizer, qualquer dia desses posso entrar na casa dela e dar de cara com ela daquele jeito de novo, e...

— Stella.

— O quê.

— Relaxa.

Ela sorriu e respirou fundo.

— É, você tem razão. Está tudo bem. Deu tudo certo. Só preciso descansar um pouco. Estou exausta.

Quando me deitei ao lado dela, percebi que estava meio inquieto. Eu conhecia bem aquela sensação, porque já a sentira um milhão de vezes. Parecia que uma mudança silenciosa estava acontecendo. Algo estava diferente em Stella, mas eu não sabia dizer o que era.

— Está tudo bem? — perguntei.

— Está — respondeu ela, se virando para o outro lado.

Toquei seu braço e a girei de leve para olhar em seus olhos. Aqueles olhos tão, tão castanhos...

— Está tudo bem com a gente? — perguntei.

Foi então que eu vi.

Por um milésimo de segundo. Aquela fração de tempo que a maioria das pessoas não perceberia, mas que eu percebi. Seu olhar vacilou e eu vi quando ela piscou e forçou um sorriso.

— Está — respondeu ela, se inclinando para dar um beijo no meu rosto. — Estamos.

Eu lhe dei um beijo na testa.

— Eu te amo — falei com a voz meio rouca, sentindo o peso do mundo nas costas.

— Eu também te amo — sussurrou ela para mim, se acomodando no travesseiro.

E isso partiu meu coração, porque o "te amo" dela parecia uma despedida.

Eu odiava ser bom em reconhecer despedidas.

38

Damian
Dezesseis anos

— Ele é muito esquisito — comentou Kyle, quando eu estava sentado na sala de jantar do abrigo.

Eu estava quieto no meu canto, já que esse era meu maior talento — ficar quieto na porra do meu canto.

As pessoas faziam questão de me incomodar. Ao longo dos anos, fui aprendendo a não me aproximar demais dos outros. Tudo o que eu queria era ficar sozinho e tentar aprimorar minhas habilidades como fotógrafo. Minha assistente social, a Sra. Kelp, havia me dado uma câmera alguns anos antes e revelava minhas fotos toda semana na farmácia da cidade. Depois ela se sentava comigo para ver como tinham ficado.

Parecia meio bobo, mas a verdade era que a Sra. Kelp foi a única coisa consistente na minha vida ao longo dos anos. Não havia nada mais patético do que saber que a pessoa de quem você era mais próximo só interagia com você porque aquilo fazia parte do trabalho dela. Mas a Sra. Kelp me dizia que nossa relação não era só isso, ela afirmava que nós tínhamos uma conexão.

Eu não acreditava muito nesse papo de conexão depois de ter sido desconectado dos outros tantas vezes. Depois da última casa onde morei, não fui mais escolhido por nenhuma outra família. Mas isso já era de se esperar. No sistema de acolhimento público, quanto mais velho você fica, menores são as chances de ser selecionado por uma família.

Você fica velho demais, deixa de ser fofo. E os seus traumas acabam ficando estampados na sua cara.

— Vai lá e pega aquele negócio dele — instruiu Kyle para um de seus capangas.

Olhei para eles e fechei a cara. Eu já estava irritado. Não suportava o fato de acharem divertido me encher o saco. Eu não incomodava ninguém. Na verdade, eu nem falava. Mas eles faziam questão de infernizar a minha vida.

Comecei a guardar minhas fotos e a câmera, porque sabia que, assim que eles viessem me encher o saco, minhas fotos estariam em perigo. Então eu ia me esconder em algum quartinho ou armário até que se esquecessem de mim.

Juntei minhas coisas e saí apressado, mas eles começaram a me seguir. Corri até o armário mais próximo e fechei a porta com força antes que conseguissem me alcançar. Eles ficaram gritando para que eu abrisse, mas segurei a maçaneta com toda a força. Não podia deixar que eles chegassem perto das minhas fotos. A Sra. Kelp tinha ficado de vir hoje mais tarde para trazer as mais recentes, que havia mandado revelar.

Não demorou muito para que os garotos desistissem e fossem embora. Esperei um pouco para ter certeza de que a barra estava limpa. Empurrei a porta, mas ela não abria. Algo a bloqueava. Empurrei de novo, e nada.

Meu coração disparou no peito, e o pânico tomou conta de mim. Joguei o corpo com força na porta.

Continuei tentando arrombá-la, mas nada acontecia. De alguma forma, o armário escuro ficava mais e mais escuro a cada segundo. Eu detestava ficar no escuro. De verdade. Eu me sentei no canto e dobrei os joelhos na altura do peito. Finquei as unhas nos pulsos, arranhando minha própria pele. Não conseguia mais raciocinar com clareza e comecei a me balançar para a frente e para trás.

E se ninguém me tirasse dali? E se eles não voltassem? E se ninguém sentisse minha falta?

Mais de duas horas se passaram, e ninguém me tirou dali.

Quando a porta finalmente abriu, a Sra. Kelp estava parada do outro lado, me encarando com um olhar preocupado.

— Damian, o que você está fazendo aqui?

Eu a encarei com os olhos arregalados. Meu coração ainda estava disparado, e minhas unhas estavam cravadas em meus pulsos, que sangravam.

O olhar da Sra. Kelp foi direto para os meus braços.

— Ah, querido. — Ela me puxou do armário, com minha câmera e minhas fotos, e me levou até uma mesa. Eu me sentei na cadeira. — Quem fez isso com você?

Não respondi. Não fazia diferença. Se eu os dedurasse, eles iam me atormentar mais ainda depois que ela fosse embora. De qualquer forma, ela era a única pessoa em quem eu confiava. Sem ela, eu não tinha nada.

Eu me curvei na cadeira enquanto a Sra. Kelp pegava um kit de primeiros socorros para limpar meus pulsos e fazer curativos.

— Você precisa me contar quem está implicando com você, Damian. Senão eu não tenho como ajudar — disse a Sra. Kelp.

Bufei e resmunguei baixinho.

Dedurar valentões só piorava a situação.

Ela suspirou.

— Revelei as suas fotos. Quer ver como ficaram?

Concordei com a cabeça, ainda curvado na cadeira. Ela me entregou o pacote, e comecei a passar as fotos. Ver aqueles registros fazia com que eu me sentisse um pouquinho melhor.

— Você é muito talentoso, Damian. Acho que vai contribuir muito com o mundo — comentou ela.

A Sra. Kelp era boa naquilo — em me encher de elogios que eu provavelmente não merecia.

Mostrei para ela uma das fotos. A minha favorita.

Ela sorriu.

— Essa também é minha favorita — disse ela. — Confesso que dei uma olhadinha nelas antes de vir para cá. Você tem talento, Damian.

Dei de ombros.

Eu não me sentia uma pessoa talentosa.

Fiquei mais um tempo analisando as fotos, e, quando levantei o olhar, percebi que a Sra. Kelp estava quase chorando. Levantei uma sobrancelha, confuso.

— Tenho uma notícia para te dar hoje, Damian. — Ela se ajeitou na cadeira. — Lembra que contei que o meu pai mora em Detroit?

Concordei com a cabeça.

— Bem. — A Sra. Kelp franziu o cenho. — Ele levou um tombo há alguns dias e não está muito bem. Precisei ir até lá no fim de semana passado, para ver como ele estava. Bom, pensei bastante nisso e cheguei a uma conclusão, que não foi fácil: decidi voltar para Detroit para tomar conta dele.

— O quê? — arfei, me empertigando na cadeira. Meus olhos se encheram de lágrimas na mesma hora. — Você vai embora?

A Sra. Kelp começou a chorar também porque, sempre que eu ficava triste, ela também ficava.

— Sim, querido, eu vou. Queria que houvesse outro jeito, mas preciso cuidar do meu pai.

— Mas e eu? — sussurrei.

Eu estava sendo egoísta, e carente, e mal-educado, mas...

E eu?

Eu não costumava falar muito, só quando as palavras realmente eram necessárias.

A Sra. Kelp segurou minhas mãos.

— Você vai ficar bem, Damian — prometeu ela, mas aquilo não parecia verdade.

— Me leva com você.

Ela levou a mão ao peito.

— Sinto muito, Damian. Não posso.

— Mas você é... você é...

Você é tudo que eu tenho.

Ela continuou falando, mas me calei de novo. Era óbvio que a Sra. Kelp não me levaria com ela. No fim das contas, eu apenas fazia parte de seu trabalho, algo do qual ela poderia desistir, caso precisasse. Eu achava que ela era minha amiga. Achava que ela era minha família e que nós nunca teríamos de nos despedir.

Quando ela foi embora, o abrigo pareceu mais frio. Eu me sentia sozinho. Muito sozinho.

Os valentões voltaram a me provocar.

— Ah, olha só! Nem a Sra. Kelp quis esse bundão esquisito — disse Kyle, me empurrando.

Não tive forças para fugir. Não tinha disposição para me esconder. Apenas deixei acontecer. Eles me empurraram, estragaram minhas fotos e quebraram minha câmera. Eu não me importei. Não senti nada.

Eles me encurralaram, me bateram, mas eu não revidei.

Quando todo mundo foi dormir, saí do abrigo. Fiquei horas andando sem rumo. Roubei uma garrafa de uísque de uma loja. Bebi tudo.

Eu não tinha ninguém.

Nem a Sra. Kelp.

Ela ia voltar para a família de verdade dela. Eu havia me enganado ao achar que fazia parte daquilo, mas eu não era parte da família. Não passava de uma pessoa passageira em sua vida.

Tudo era passageiro.

Tudo acabava.

Tudo...

— Ei! Ei! O que você está fazendo? — gritou alguém para mim.

Acabei parando no topo do prédio onde havia tirado as últimas fotos. Dava para ver todas as luzes do leste dali. Dava para ver as pessoas seguindo com suas vidas. Provavelmente com suas famílias, realizando sonhos. E provavelmente felizes. Aquilo não era justo. A vida não era justa, e eu não queria mais fazer parte dela.

— Desce daí, cara — disse a voz de novo.

Eu estava na beirada do terraço. O prédio devia ter uns trinta andares de altura. O vento frio soprava em meu rosto, mas eu me sentia anestesiado.

Eu me virei para o cara, e ele me encarou com os olhos arregalados, cheios de medo.

Por que um desconhecido ficaria tão assustado por mim? Eu não importava. Alguém devia explicar isso para ele. Eu não importava. Ele estava perdendo tempo se preocupando com uma pessoa que nem merecia.

— Vai embora — murmurei, cambaleando para a frente e para trás.

— Não posso! Anda, desce daí — disse ele. — Estou preocupado com você.

— Me deixa. Não vale a pena.

Eu estava confuso e bêbado. E triste também. Eu era um bêbado triste.

— Vale a pena, sim. Você vale a pena.

— Vai à merda, porra — resmunguei.

— Eu vou. Mas depois que você descer. Olha pra mim, cara. Só um minuto — implorou ele.

Eu queria desistir. Queria pular daquele prédio e esquecer todas as coisas que tinham me machucado. Mas me virei para encará-lo. Ele estava com as mãos no peito.

— Eu entendo. O mundo é uma merda. Eu só tenho vinte e cinco anos e não faço a menor ideia do que estou fazendo com a porra da minha vida. Eu vim do Sul para tentar me encontrar, e percebi que isso é mais difícil na prática do que na teoria. Quantos anos você tem, cara? — perguntou ele.

— Ninguém se importa.

— Eu me importo.

Soltei uma risada triste, então encontrei o olhar dele de novo. Por um momento, achei que ele poderia estar sendo sincero.

— Dezesseis — murmurei.

— Dezesseis. Um garoto ainda.

— Vai se foder, já enfrentei mais merdas do que você pode imaginar! — berrei, com raiva, o que talvez fosse melhor do que me sentir anestesiado. Quem saberia dizer? Eu não sabia.

Porra, eu não queria mais fazer aquilo. Eu não queria mais conhecer pessoas só para perdê-las depois de um tempo.

— Deve ter enfrentado mesmo. Não duvido disso, mas as coisas podem melhorar, cara. Olha, algumas semanas atrás, eu estava numa fase em que achava que a minha vida estava seguindo um determinado rumo, então conheci uma pessoa. Nós passamos uma noite juntos, e isso mudou minha visão em relação a tudo. E, tá, eu sei que é brega dizer isso, mas ela mudou a minha vida. E, agora, aqui estou eu, neste terraço, tendo a oportunidade de fazer o mesmo favor para outra pessoa, mas só vou poder fazer isso se você descer daí. Então, por favor, cara. Desce.

Lágrimas começaram a escorrer pelo meu rosto quando balancei a cabeça.

— Todo mundo vai embora. Ninguém nem saberia se eu morresse hoje.

Ele chegou mais perto.

— Eu saberia. E isso partiria a porra do meu coração. Então vem, cara. — Ele esticou a mão para mim. — Desce daí, e eu dou a minha palavra de que vou ajudar você a resolver seus problemas. Eu vou ficar. Dou a minha palavra.

Eu ri, desiludido.

— Quanto vale a porcaria da sua palavra?

— Tudo — respondeu ele, determinado. — Ela vale tudo.

Eu não sabia por quê, mas aceitei a mão dele. O cara me puxou da beira do terraço e me deu um abraço. E eu não tinha ideia de que precisava daquilo. Desabei em seu ombro, tremendo enquanto ele me amparava, como se eu fosse mais do que um simples desconhecido. Como se eu fosse importante. Como se eu fizesse diferença na vida dele.

— Estou aqui, cara. Estou aqui de verdade — prometeu ele. — Vai ficar tudo bem.

— Você não tem como saber disso. — Chorei abraçado a ele. Eu me debulhei em lágrimas nos braços de um desconhecido enquanto ele consolava meu coração machucado.

— Eu sei, mas vou fazer o que estiver ao meu alcance para garantir que tudo vai dar certo para você — disse ele. — Como você se chama, cara?

— Damian — murmurei.

— Damian. É um prazer conhecer você. Eu sou o Connor, e vou ser seu amigo, tá? Vou te ajudar quando você precisar. Sempre que você sentir que está prestes a desmoronar, pode falar comigo.

39

Stella
PRESENTE

Meus pensamentos estavam me consumindo. Pensei que ficaria menos ansiosa depois que soubesse que vovó ficaria bem. Achei que os ataques de pânico passariam, o que não aconteceu. As coisas só pioraram conforme as semanas iam passando.

Eu tinha pesadelos de que perdia o bebê. Acordava toda suada, com calafrios. Em algumas noites, sonhava que vovó havia morrido porque eu não a tinha encontrado a tempo. Sonhava com Damian também. Sonhava que ele morria, desaparecia, ia embora. Ou que sofria um acidente de carro como a minha mãe. Ele tinha os genes de Kevin. E se também tivesse tendência a ter problemas de saúde?

Minha cabeça... não desacelerava.

No fim das contas, todo mundo acabava indo embora.

Não importava quanto você quisesse que uma pessoa ficasse na sua vida.

Minha mãe tinha ido embora. Kevin tinha ido embora. Era só uma questão de tempo, tempo, tempo...

— Um tempo? — perguntou Damian, chocado, olhando para mim. — Como assim?

— Bom, a gente acabou de completar os seis meses do testamento. Tudo aconteceu muito rápido, e, para falar a verdade, acho que não conseguimos assimilar direito a loucura que foi tudo isso.

Ele franziu o cenho e baixou o olhar para o chão do quarto, então voltou a me encarar.

— Então você quer dar um tempo de mim? De nós?

Eu odiava aquilo. Odiava saber que eu o estava magoando, mas não via alternativa. Fiquei tão consumida pela ideia de perder tudo que temia me apegar a qualquer coisa que fosse.

— Bom, esse casamento nunca foi de verdade, né? Nós fomos obrigados a nos aproximar. Além do mais, você nem teve a oportunidade de viver sua vida do jeito que queria nos últimos seis meses. Você merece isso mais do que eu. Sem contar que eu não espero que você aceite criar o filho de outro homem.

— Você pode contar com isso, porque é o que eu vou fazer, e vou amar essa criança como se ela fosse minha.

O tom dele era tão confiante que quase desisti de dizer o que precisava ser dito. Eu o queria. Eu o queria tanto que meu coração doía só de pensar na possibilidade de vê-lo partir, mas preferia me desapegar agora a ter de fazer isso em algum momento no futuro, quando o amor já estivesse tão consolidado que a ideia de perder Damian pudesse fazer com que eu me perdesse também.

Como aconteceu com Kevin ao perder minha mãe.

Eu não tinha certeza de que conseguiria me recuperar de algo assim.

— Eu... — Respirei fundo e desviei o olhar. Se eu continuasse fitando aqueles olhos de oceano, não conseguiria desistir de tudo. — Não dá mais para mim, Damian. Me desculpa. Não agora, com tudo o que está acontecendo. Acho melhor eu me concentrar em mim mesma e em me manter saudável, por mim e pelo bebê. Não consigo pensar em mais nada além disso agora.

Ele deu um passo para trás, e eu vi as barreiras desabando ao seu redor. Ele pigarreou e assentiu.

— Você está com medo. Eu entendo. Já fui abandonado tantas vezes que prometi a mim mesmo que nunca mais imploraria a ninguém que ficasse comigo, mas é isso que está acontecendo agora. Você quer que eu vá embora porque está com medo de algo que pode acontecer no futuro. Eu achava que tinha medo de ser abandonado, mas agora vejo que esse medo está muito mais enraizado em você.

— Damian...

— Não tem problema, Stella — garantiu ele, chegando mais perto. Ele segurou minhas mãos e beijou as palmas com ternura. — Se você precisa que eu vá embora, eu vou. Mas saiba que não estou fugindo para lugar nenhum. Vou ficar bem aqui, esperando você me pedir para voltar, tá?

— Damian...

— Não tenho medo de esperar, Stella. Passei a vida inteira esperando para encontrar um lar, e o encontrei em você. Passei anos sem sentir nada, e você me ensinou a ter sentimentos de novo. — Ele levou os lábios até a minha testa e sussurrou: — Stella?

— Sim?

— Fica comigo.

O problema era que eu não sabia como fazer isso. Eu não sabia como ficar sem temer a ideia de perdê-lo em algum momento da vida.

Ele falou antes que eu pudesse responder, quase como se conseguisse ler meus pensamentos, e encostou a testa na minha.

— Não estou falando no sentido físico. Você precisa do seu espaço, e, se isso puder facilitar as coisas para você, se isso ajudar a proteger o bebê, não tem problema. Podemos contratar uma enfermeira para ficar com você, para garantir que fique tudo bem. Mas preciso que você fique comigo aqui — disse ele, levando uma das mãos ao meu peito. — Fica comigo no seu coração. Guarde o meu amor. Isso vai ser o suficiente para a gente se reencontrar na hora certa, quando você estiver pronta.

— Não posso pedir para você esperar por mim, Damian... não é justo.

Ele soltou uma risadinha e balançou a cabeça.

— Esperei a vida toda para sentir isso. Que diferença faz esperar um pouco mais?

— Eu te amo — arfei.

— Eu sei. Também te amo. Lembra o que eu falei sobre o amor? Você não precisa estar com uma pessoa para sentir um amor profundo por ela, e é disso que estou falando. De um amor sem limites. Posso esperar por você. Isso é temporário, Stella. No fim disso tudo, vamos ficar juntos. No fim disso tudo, vamos ter um final feliz.

Fazia duas semanas que estávamos separados. Eu sentia mais saudade de Damian do que conseguia explicar, mas não sabia como lidar com meus medos. Vovó ficou ao meu lado o tempo todo, pois estava preocupada com minha alma e com meu espírito.

— Eu nunca percebi isso — murmurou ela certa noite, quando veio ver como eu estava. — Esse tempo todo, eu achava que você era o tipo de pessoa que ficava. Nunca me dei conta de que, na verdade, você tinha medo de ser deixada para trás. Desculpa por não ter percebido isso, Stella. Desculpa por não ter notado que seu coração ficou exausto com o passar dos anos. Não só pela perda da sua mãe e do Kevin, mas também por todas as vezes que uma mulher saía da vida dele, porque, no fim das contas, ela saía da sua vida também. E os bebês que você perdeu... Sinto muito por ter sido abandonada por tantas pessoas, Stella Mas, pode acreditar... o Damian não é esse tipo de pessoa. Ele é do tipo que fica. Faça tudo no seu tempo, querida. Sinta tudo o que precisar sentir. O sol vai continuar nascendo pela manhã.

40

Damian

— Oi, Damian. O que você está fazendo aqui? — perguntou Connor, surpreso quando apareci na sua cobertura em Nova York com Milo.

Eu estava exausto. Minha cabeça estava a mil, e eu sentia falta de Stella. Eu sentia falta dela mesmo antes de nos separarmos.

— Oi — falei com a voz engasgada, então pigarreei e franzi o cenho. — Desculpa por não ter avisado. Eu só, bom, as coisas... — Minha boca estava seca, e era difícil colocar as palavras para fora. — Desculpa por não ter ligado — repeti.

— Você não precisa ligar. Entra — disse ele, logo me conduzindo para dentro da casa e fechando a porta.

A sala estava cheia de coisas de bebê, e estava na cara que a vida dele e de Aaliyah mudaria para sempre a qualquer instante. Eu não devia estar ali, invadindo a vida deles em um momento como aquele. Eu não devia atrapalhar o final feliz deles com a minha situação de merda.

— Desculpa. Sei que a Aaliyah vai ter o bebê a qualquer momento. Eu não devia ter vindo — expliquei, voltando para a porta. — Desculpa, Con.

Senti um aperto em meu ombro quando Connor me puxou de volta.

— Damian, conversa comigo.

Eu me virei para ele e engoli em seco.

— É só que...

Respire fundo. Se acalme, Damian.
Esfreguei o nariz com o polegar enquanto falava.

— É que eu acho que estou a um passo de desmoronar, então vim falar com você.

— Tudo bem. — Ele assentiu com a cabeça, demonstrando que compreendia minha situação, e me puxou para um abraço. — Não precisa se preocupar. Pode contar comigo.

―⚘―

Passei uma semana com eles, recebendo notícias de Stella por Maple. Connor e Aaliyah foram maravilhosos e fizeram de tudo para que eu não me sentisse sozinho naquela situação. Eles me deram tanto amor que eu tinha certeza de que ia explodir.

— No final, vai dar tudo certo — disse Connor sobre minha situação com Stella. — Sinto que vai.

Torci para que ele tivesse razão.

Como estava em Nova York, ajudei Connor com alguns imóveis, dando minha opinião sobre vários detalhes. Estávamos trabalhando na mesa da sala de jantar quando Aaliyah saiu do quarto, andando daquele jeito bamboleante das mulheres grávidas. Então parou na nossa frente.

— Gente — disse ela.

— Sim? — respondemos juntos.

— Minha bolsa estourou.

— Ai, merda! — exclamamos juntos de novo.

Nós nos levantamos da mesa na mesma hora e fomos os três para o hospital. Carreguei a bolsa de Aaliyah enquanto Connor ajudava a esposa, que já sentia as contrações. Assim que chegamos, Aaliyah foi acomodada em uma cadeira de rodas, e a enfermeira a guiou, junto com Connor, para as instalações do hospital. De repente, Aaliyah gritou:

— Espera! O Damian tem que vir também.

A enfermeira sorriu.

— Desculpa. Por enquanto, só permitimos a entrada de familiares no quarto.

— Não está vendo como somos parecidos? — brincou Aaliyah, apontando para mim. Ela esticou a mão na minha direção, e a segurei. — Ele é meu irmão.

Fiquei lá o tempo todo. Segurei uma das mãos de Aaliyah enquanto ela fazia força, e Connor segurou a outra. Eu nem percebi que prendia a respiração sempre que Aaliyah tinha uma contração. Também não me liguei que estava meio tonto. Mas, quando o bebê saiu e chorou pela primeira vez, soltei o fôlego que eu nem sabia que estava prendendo.

A equipe limpou o bebê depois que Connor cortou o cordão umbilical. Então o entregaram a Aaliyah. Todo mundo estava chorando.

— Ele é perfeito — disse Connor. — Você foi muito bem, Chapeuzinho — elogiou ele, dando um beijo em sua testa.

Aaliyah olhou para o bebê, o resultado do encontro de dois mundos, e sussurrou o nome dele.

— Bem-vindo ao mundo, Grant Damian Roe.

Dei um passo para trás na mesma hora.

— Damian?

— É claro. Grant em homenagem à figura paterna que eu tive, e Damian em homenagem ao tio dele — explicou Aaliyah. — Quer segurar ele? — perguntou ela.

Caralho.

Não chore, Damian.

— É claro que eu quero — respondi, esticando as mãos para o bebê. Connor o colocou em meus braços, e, cacete! Quem poderia imaginar que o mundo caberia nos braços de alguém. Olhei nos olhos daquele recém-nascido e senti uma onda de proteção me envolver. Eu sabia que, independentemente de qualquer coisa, estaria ao lado daquele carinha pelo resto da minha vida. — Bem-vindo ao lar, Grant Damian — sussurrei. — Bem-vindo ao lar.

Fiquei mais algumas semanas ajudando Connor e Aaliyah. Quando eles finalmente começaram a se achar, soube que tinha chegado a hora de voltar para meu trabalho na Califórnia.

— Obrigado de novo por terem me deixado ficar aqui.

— Obrigado de novo por estar aqui quando a gente mais precisou de você, Damian.

Connor me deu um abraço apertado, e Aaliyah também. Dei um beijo na testa de Grant e prometi que nos veríamos em breve. Então fui para o aeroporto com Milo e peguei um voo de volta para minha realidade.

41

Stella

Em uma tarde de sábado, fui surpreendida com uma visita totalmente inesperada.

— Aaliyah, o que você está fazendo aqui? — perguntei quando a vi parada na minha varanda. — Ah, caramba! O bebê!

Eu me derreti toda ao ver a cadeirinha portátil que ela carregava. Meu coração explodiu de emoção quando vi aquele bebê lindo.

— Ele está com um pouquinho mais de seis semanas. Podemos entrar? — perguntou ela.

— Claro, entrem — falei, abrindo caminho para ela.

Fechei a porta e a conduzi até a sala de estar.

— Posso segurar ele? Você quer uma água? Ai, nossa, preciso lavar as mãos primeiro — falei, indo até a cozinha. Lavei as mãos, peguei um copo de água e voltei para a sala. — Prontinho — declarei, entregando a água para ela. Eu me sentei ao seu lado e, depois de beber a água, ela colocou o copo em cima da mesa e começou a soltar aquele pacotinho de felicidade da cadeirinha. Ela o levantou e o colocou no meu colo. — Ele é perfeito — falei, emocionada.

Eu sabia que era chorona, mas a gravidez tinha me deixado muito mais emotiva.

— Ele é incrível mesmo. Grant Damian Roe — revelou Aaliyah. — Meu mundo inteirinho.

Eu sabia que o primeiro nome dele era Grant, em homenagem ao homem que fora uma espécie de pai para Aaliyah quando ela era mais nova. Só que eles tinham dado o nome de Damian para ele também. Isso me deixou tomada de emoção quando o pequeno Grant segurou meu dedo.

— Você sente falta dele — comentou Aaliyah.

Todos os dias, pensei.

Sorri para Aaliyah, e ela entendeu que a resposta era sim sem que eu precisasse dizer uma única palavra.

— Ele também sente sua falta — revelou ela.

Senti um aperto no peito ao ouvir aquilo. Fazia semanas que eu não via Damian, e minha cabeça não tinha parado durante todo esse tempo. Eu queria falar com ele, ligar para ele, dizer o quanto desejava que voltasse para casa, que voltasse para mim. Mas eu não podia. Precisava me concentrar no meu bebê agora. Eu não podia trazer Damian para a nossa vida e correr o risco de ele ir embora quando as coisas ficassem difíceis.

— Não pense que eu não estou feliz em te ver, Aaliyah, porque estou, mas... posso perguntar o motivo da sua visita?

— Vim para ficar com você. Bom, pelo menos até as coisas melhorarem. Você está grávida de sete meses, Stella, e tenho certeza de que um ombro amigo seria bom nesses últimos meses. Então, como estou de licença-maternidade e o Connor está ajudando o Damian com a empresa nesse período, achei que seria uma boa ideia vir te ajudar. Sei que a Maple também está aqui, mas imaginei que uma amiga a mais não faria mal nenhum.

— Não precisa fazer isso, Aaliyah — falei, sentindo minha voz perder a força. — Não quero tomar seu tempo.

— É verdade. Não preciso mesmo, mas eu quero. Além do mais, devo isso ao Damian. Lembra que ele ficou do meu lado na época que eu e o Connor estávamos passando por uma fase difícil? Bom, estou retribuindo o favor agora.

Baixei a cabeça.

Aaliyah abriu um sorriso reconfortante.

— Você está com medo.

— Estou.

— Você está com medo porque sabe o que acontece... pessoas e coisas vão embora. Como a sua mãe e o Kevin.

— Isso não tem nada a ver com eles.

— Eu acho que tem, sim. Olha, as pessoas que você mais amava partiram, aí você teve que lidar com pessoas ruins, como o seu ex e as suas madrastas, que provavelmente diziam que você não merecia ser amada. Sem contar os bebês que você perdeu... É doloroso perder um amor.

Olhei para o menininho lindo que me fitava.

— Eu não sabia que a possibilidade de perder um amor verdadeiro era capaz de machucar tanto. E, agora... essa situação com o meu bebê, com o Damian... estou assustada, Aaliyah. Se eu perder os dois... se eles forem embora... — Fechei os olhos e deixei as lágrimas escorrerem pelas minhas bochechas. — Não aguento mais perder as pessoas que eu amo.

— Mas a vida é assim mesmo... — Aaliyah secou minhas lágrimas com os dedos e segurou meu rosto em suas mãos. — Toda história tem um fim. Nós todos começamos do mesmo jeito e temos o mesmo desfecho. Só que a parte mais importante, os momentos mais relevantes, não são nem o começo nem o fim. É tudo o que criamos no meio. São os momentos que se transformam em memórias, e os pequenos detalhes que acabam compondo nossas melhores histórias. É a forma como amamos e a forma como somos amados. A vida não é sobre começos e fins. É sobre todas as coisas boas que acontecem no meio do caminho. É isso que a faz valer a pena. É por isso que amamos. Por causa do meio do caminho.

— Estou com medo, Aaliyah. Estou com muito medo.

— Eu sei. — Ela pegou Grant no colo e o colocou na cadeirinha. Em seguida, segurou minhas mãos e as apertou. — É por isso que você precisa de amigos que estejam do seu lado e te ajudem a lidar com esses problemas. Você está vivendo um momento em que as coisas parecem complicadas. Só que, no fim, vai dar tudo certo.

— Como ele está? — perguntei.

— Ele sente muita falta de você. — Ela sorriu. — Mas está bem. E pediu que eu te desse um recado.

— O que é?

— Ele me pediu que dissesse que você é mais que suficiente.

~⚬~

Aaliyah passou alguns dias comigo, cuidando de mim e de vovó. Ela fazia absolutamente tudo por nós e ainda tomava conta do bebê. Connor, é claro, também ficou lá em casa, sendo o pai e o marido que Aaliyah merecia.

Ver os dois juntos fazia meu coração ansiar ainda mais por Damian. Quando chegou o sábado, encontrei um pacote com bolinhos de mirtilo na varanda, acompanhado de um bilhete.

> Continuo aqui, Cinderstella.
> Vou continuar aqui para sempre.
> — Fera

Pela primeira vez em muito tempo, me vi sentada na praia, observando as ondas indo e vindo. Respirei fundo enquanto meus tornozelos inchados sentiam os beijos que eu recebia do oceano. Eu sabia exatamente por que havia passado os últimos meses evitando o mar. O mar me reconfortava. O mar acalmava minha alma. O mar era a forma que a minha mãe tinha para me lembrar que tudo ficaria bem.

Uma parte de mim tinha certeza de que eu não merecia aquele conforto. Outra parte achava que as ondas eram mentirosas, pois eu tinha enfrentado inúmeras decepções e temores. Mas a verdade era que não importava o quanto eu me sentia apavorada, eu ainda merecia ser reconfortada. Eu merecia ter algo em que pudesse me agarrar nos momentos de medo, algo que eu pudesse sentir, tocar, vivenciar nos meus piores dias.

Especialmente nesses dias.

— Mãe, não sei o que fazer — sussurrei, sentada ali na areia. Os dedos dos meus pés fincaram na areia enquanto eu observava a tarde. — Não sei como sentir isso tudo sem achar que estou ficando maluca. Aprendi a fingir que era feliz. Fique craque em vestir uma máscara e garantir que todo mundo ao meu redor se sentisse bem, para que ninguém conseguisse perceber que a minha felicidade era apenas uma ilusão. Não sei por onde começar nem o que fazer... então me ajuda, mãe. Me ajuda a encontrar uma forma de entender minhas emoções... me ajuda a encontrar paz.

As ondas me acertaram enquanto as lágrimas escorriam pelas minhas bochechas. Passei horas sentada ali, sem saber o que fazer nem como seguir em frente. Então tive um estalo.

A carta.

Abri os olhos quando essas duas palavras surgiram em minha mente.

— A carta — murmurei para mim mesma, livrando meus pés lentamente da areia.

Então me levantei e fui até o meu quarto. Peguei o envelope que estava na minha mesinha de cabeceira desde o início de novembro.

Nas minhas mãos estava a carta que recebi no velório de Kevin. Aquela carta que eu não tinha tido coragem de ler. Enquanto desdobrava o papel que tirei de dentro do envelope, prendi a respiração. Era como se estivesse me despedindo do único pai que conheci. Ainda assim, parecia que eu também estava descobrindo um segredo que poderia amenizar parte do peso em minha alma.

Stella,

Tive que escrever muitas cartas, para muita gente, porém esta é a mais difícil, porque será para a pessoa mais importante de todas. Se eu bem conheço você, e acho que conheço, é bem provável que passe um tempo enrolando para ler esta carta. Você vai achar que, ao abri-la, terá que encarar o fato de que eu realmente parti. Mas você vai abri-la em algum momento. E aposto que vai ser no momento certo.

Eu ri lendo aquelas palavras, reparando em sua letra. Sentia falta da existência dele no plano físico, mas continuei lendo.

Sinto que lhe devo um imenso pedido de desculpas, porque fracassei com você. Fracassei com você vezes seguidas, levando para casa mulheres que não mereciam te conhecer. Todo santo dia, eu buscava pelo pedaço que me faltava, e, por algum motivo, achei que poderia encontrá-lo em Denise, em Rosalina e em Catherine. Em alguns momentos, encontrei. Às vezes, ele estava na forma como elas riam ou em como se vestiam. Às vezes, no jeito que degustavam suas taças de vinho ou na forma como dançavam. Eram vislumbres daquilo que eu tanto procurava, e tentei transformá-los em algo que não eram. Tentei criar um romance em situações nas quais o amor verdadeiro não existia.

Eu esperava encontrá-la — encontrar a sua mãe — naquelas mulheres. Eu esperava encontrar meu verdadeiro amor, minha melhor amiga.

Eu procurava o coração dela, porque sentia falta dele todos os dias. Procurava uma parceira que fizesse meu coração perder o compasso do mesmo jeito que ela fazia. Mas acabei entendendo que isso era tóxico e nocivo não apenas para as mulheres que tentei usar para recriar esse sentimento, como também para a garotinha que era obrigada a conviver com elas. Parte de mim acredita que todas elas sabiam que eu estava tentando encontrar sua mãe nelas, e a amargura com que tratavam você provavelmente era uma reação a isso. Peço desculpas por todo o mal que te causei. Peço desculpas pelos anos de traumas que você deve ter enfrentado.

Vejo como você se esforça para conquistar a aprovação dos outros. Vejo como você deixa suas emoções de lado porque acredita que, se mostrar quem é de verdade, não merecerá o amor dos outros. Stella, saiba que você é a definição de amor. Você é o motivo pelo qual as pessoas acreditam em finais felizes.

Quando entendi que eu amava sua mãe, já era tarde demais. Eu estava me preparando para terminar meu primeiro casamento com Catherine quando Sophie sofreu o acidente. Eu pretendia contar tudo para ela. Pretendia lhe dizer todas as palavras que ela merecia ouvir. Mas fui covarde demais para me expor, por medo de que ela não correspondesse aos meus sentimentos. Por medo de contar para ela sobre o meu amor e correr o risco de perder minha melhor amiga, e de perder você.

O maior arrependimento da minha vida foi nunca ter contado à sua mãe quanto eu a amava.

Eu tinha muito medo do que poderia acontecer amanhã, caso ela não correspondesse ao meu amor, e odeio ter demorado tanto tempo para entender que não é por isso que amamos. Nós não amamos pelo amanhã, nós amamos pelo hoje. Por este momento, pelo aqui e pelo agora. Nós amamos porque é a coisa mais fácil e assustadora que podemos fazer.

Então tive essa ideia de você se casar com meu filho Damian. O filho que nunca tive a oportunidade de conhecer. O filho que descobri que tem um bom coração, apesar de aparentar ser um pouco frio. Gostaria que vocês passassem um tempo juntos porque achei que ele poderia ajudar você a sentir suas verdadeiras emoções. Também cheguei à conclusão de que, como você era a pessoa mais próxima de mim, talvez, se ele te conhecesse bem, fosse capaz de entender como eu o teria amado.

As melhores partes de mim vivem dentro de você, Stella Maple.

Não sei o que vai acontecer entre vocês, mas espero que dê tudo certo. Espero que você acabe cercada por tanto amor que seja impossível fugir dele. Espero que você se descubra e se cure de todos os traumas que posso ter causado. Caramba, Stella, espero que você termine com o idiota do seu namorado, que não chega nem perto de um dia conseguir estar aos seus pés.

Mas, principalmente, espero que não desista do amor — mesmo quando esse sentimento te assustar.

Você é a pessoa que mais merece amar e ser amada.

O seu amor é como o mar. Profundo e abundante.

Sinto muito por ter demorado tanto tempo para escutar, mas consigo ouvir sua mãe quando presto atenção no som das ondas.

Ela sempre esteve lá, e, agora, eu também vou lhe fazer companhia.

Quando você sentir as ondas, espero que consiga sentir a mim também.

Para sempre,

Seu pai

Sequei as lágrimas e reli aquelas palavras várias vezes. *Não desista do amor. Mesmo quando esse sentimento te assustar.* Eu não conseguia parar de pensar em Damian. Desejar seu toque, seus olhares, ele todo. Não demorei muito para criar coragem de entrar no carro e ir dirigindo até o escritório dele, porque sabia que não poderia ficar nem mais um dia sem o seu abraço.

Eu nunca tinha ido ao escritório dele antes, então não conhecia o rapaz que me recebeu, mas, assim que entrei, ele abriu um sorriso imenso.

— Olá. Você é a Stella, né? — perguntou ele, olhando para mim.

— Sou. Desculpa. Como você sabia...?

— Ah, foi mal. Sou o Peter. A gente não se conhece, mas o Damian fala muito de você. Os seus quadros são incríveis.

— Meus quadros? Você já viu algum quando meu?

— Sim, todo dia. Tem um monte na sala do Damian.

— O quê? Posso ver?

— Claro. Acho que ele não vai se importar. Vem comigo.

Peter se levantou e me levou até a sala de Damian. Arfei ao entrar, vendo as cinco obras que eu tinha apresentado na exposição, meses antes, penduradas nas paredes. Na mesa dele também estavam meus cartões de visita, que ele distribuía para os clientes que recebia no escritório.

Eu estava começando a desconfiar de que sabia exatamente de onde tinham vindo todas as minhas encomendas.

— Você é maravilhosa. E está pintando um quadro para mim agora. Sou o Peter Simmons. Faz um tempo que estamos nos falando por e-mail — explicou ele. — Esse foi o presente de Natal do Damian para todos os funcionários. Quadros exclusivos seus.

— Quantas pessoas trabalham para o Damian?

— Somos só cinco.

Cinco. As cinco encomendas que eu tinha recebido meses atrás.

— Ele está aqui? Preciso falar com ele — disse, sentindo minhas mãos tremerem de nervosismo.

— Sinto muito, Stella, mas não. Na verdade, ele está na galeria dele.

— Na galeria dele?

— É. Ele me falou do trabalho dele com fotografia e selecionou algumas fotos para uma exposição. Eu estava indo para lá agora. Hoje é a última noite.

— Você se importa se eu for junto? — perguntei.

Ele sorriu.

— Claro que não. Não me importo nem um pouco, e tenho certeza de que ele também não vai se importar. Vamos.

Segui o carro de Peter com um frio na barriga. Ele tinha feito aquilo mesmo? Tinha de fato organizado uma exposição própria?

Eu estava tão orgulhosa dele e irritada comigo mesma por quase ter perdido esse momento.

Que garota idiota, idiota. Que medo é esse de perder o amor?

Eu estava com tanto medo que preferi jogar fora a melhor coisa que já tinha acontecido na minha vida.

Estacionei perto do prédio e senti meu coração perder o compasso quando vi a placa pendurada na entrada da exposição.

Cinderstella — uma comédia romântica

Ai, caramba...

Saltei do carro e parei na frente do prédio, perplexa enquanto olhava para a placa.

Peter parou ao meu lado e sorriu.

— Legal, né?

— Como ele conseguiu organizar tudo tão rápido?

— Não foi tão rápido assim. Ele passou meses pensando nisso. A placa foi encomendada em fevereiro. Ele me disse que nunca quis fazer uma exposição com as fotos dele porque nunca tinha achado um tema bom o suficiente para mostrar para as pessoas. Até conhecer você.

Eu não tinha palavras. Não conseguia conceber o fato de que havia ficado tanto tempo separada de Damian, aquela pessoa incrível. Damian Blackstone era a definição de amor — e ele estava apaixonado por mim.

Pelo menos era isso que eu achava.

Eu entenderia se os sentimentos dele tivessem mudado.

Quando entramos na galeria, arfei ao ver as fotos de Damian misturadas às que Kevin havia tirado de mim. Havia imagens minhas quando era criança, de quando minha mãe estava grávida, outras em que eu estava rindo, ou dançando no mar. Fotos em que eu segurava minha barriga, sem saber que estava sendo fotografada. Imagens minhas brincando com Damian. Fotos de nós dois, da nossa história, de amor.

Senti vontade de chorar, admirando cada imagem e lendo os comentários ao lado delas. As palavras de Damian sobre mim eram suficientes para fazer as lágrimas rolarem. Quando parei em frente a uma foto na qual estava rindo enquanto segurava um bolinho de mirtilo, li as palavras ao lado.

A beleza em sua forma mais natural.

— É verdade — disse uma voz atrás de mim. Eu me virei e encontrei Damian parado ali, usando um terno preto, parecendo ser o mais perfeito do universo. — Você é a beleza em sua forma mais natural.

Abri a boca, mas não consegui falar nada. Tentei de novo, e minha voz falhou. Tentei mais uma vez, porém, em vez de falar, acabei me jogando nos braços de Damian.

E ele me recebeu. Ele me recebeu em seus braços, em seu abraço, sem hesitar nem por um segundo. Ele me envolveu, me permitindo derreter em seu peito.

— Me desculpa — sussurrei. — Eu me afastei porque estava com medo de deixar você se aproximar mais ainda. Porque estava com medo de te perder, mas preciso de você, Damian. Não consigo nem explicar quanto preciso de você. E vou entender se não quiser voltar para mim depois do que eu fiz. Mas preciso que você saiba que eu te amo mais do que já amei qualquer pessoa, e...

— Stella?

— O quê?

Ele levou as mãos ao meu rosto e levantou minha cabeça até que meus olhos ficassem na altura daqueles olhos azuis.

Azuis como o mar...

Ondas de paz...

— Eu também te amo.

Eu nunca tinha entendido o luto de verdade. Nunca tinha entendido que o luto era um sinal de que você era capaz de amar profundamente. Era impressionante ver que um coração continuava batendo mesmo depois de perder uma pessoa amada. Mas aquele coração ainda carregava amor dentro de si e buscava toda e qualquer maneira de continuar sentindo emoções depois de aquela pessoa ter ido embora. Mesmo se o que ele sentisse fosse tristeza.

Eu estava aprendendo que qualquer sentimento relacionado ao amor merecia ser exaltado. Até as emoções difíceis, porque elas eram um lembrete de que o amor podia ser verdadeiro e profundo.

O luto era difícil, mas sair dele era o maior presente do mundo, porque é assim que você começa a enxergar o mundo de outra forma.

Aquilo não era uma questão de encontrar um final feliz. Mas de ter momentos felizes. Aqui e agora. De viver cada instante e celebrar a felicidade de todos os dias. O amor verdadeiro acontece no presente do indicativo, não no passado nem no futuro. Acontece a cada segundo que passa. Acontece sempre que estou com ele.

Era isso que Damian significava para mim. Ele era a promessa do amor que passei a vida toda procurando. Ele era os dias felizes e os tristes. A beleza e a dor. Os bons e os maus momentos. Damian Blackstone era o meu mundo. Minha maior e melhor bênção universal.

42

Damian

— Por que você não teve medo de que ela não voltasse? — perguntou Maple durante nossa sessão, agora semanal, de chá com gosto de mijo de gato. — Quando te conheci, você tinha tantas barreiras que acho que a sua versão antiga teria ido embora sem nem olhar para trás. O que mudou?

Sorri e dei de ombros.

— Foi o efeito Stella. Além do mais, eu entendia, sabe? O medo que ela tinha de me perder ou de perder você. Eu conhecia esse medo, porque convivi com ele por muito tempo. As minhas mágoas reconheceram as dela, e eu estava mais do que disposto a ser paciente.

— Obrigada, Damian — disse ela, segurando minha mão. — Por não ter fugido. Obrigada por ter ficado.

— Eu não fui o único que fiquei. Ela também precisou de você. Nós dois precisamos. — Olhei para o relógio. — É melhor eu dar uma olhada nela, para ver se está tudo bem. Mas obrigado pela conversa, Maple.

Eu me levantei e dei um abraço nela.

Meu coração quase explodiu no peito quando ela me apertou e disse:

— Por favor, Damian. Me chama de vovó.

Os meses que antecederam o parto foram os mais lindos, porém os mais estressantes da minha vida e da de Stella. Desta vez, fizemos votos mais profundos um para o outro, votos nos quais não tínhamos pensado nove meses antes, em nosso casamento na praia.

Prometemos que ficaríamos juntos até o último capítulo de nossas vidas. Prometemos que ficaríamos juntos durante as tempestades, e também nos dias ensolarados. Prometemos que seria para sempre — mesmo quando estivéssemos com medo.

E, acredite, nós tivemos medo.

— Peguei a bolsa! — gritei, saindo correndo da casa e batendo a porta. Entrei no carro, joguei a bolsa no banco detrás, sentei ao volante e comecei a sair da propriedade. — Nem acredito que chegou a hora — falei. Então estiquei o braço para segurar a mão de Stella.

Ah, puta merda.

Esqueci Stella.

Segundos depois, entrei correndo na casa.

— Eu esqueci a minha esposa! — exclamei, indo até ela. — Acho que preciso de você para o beber nascer.

Ela riu, com a mão nas costas. Já tinha um tempo que estava sentindo dor na coluna e não conseguia dormir direito, mas dizia que estava apenas se preparando para as noites em claro que vinham com um recém-nascido.

O parto foi tranquilo. Estive presente em todos os momentos, segurando a mão de Stella enquanto ela gritava. Quando a menininha nasceu, juro que a sala ficou ainda mais iluminada. Ela foi colocada sobre o peito de Stella, que chorou ao receber sua bênção nos braços.

Eu também chorei, porque, porra... aquilo era avassalador, no melhor dos sentidos.

— Quer segurar ela um pouquinho? — perguntou Stella, olhando para mim.

— Quero muito.

Ela a colocou nos meus braços, e isso foi o suficiente para que eu me apaixonasse.

Quando os olhos de Sophie, castanhos como os da mãe, encontraram os meus, soube que existia amor à primeira vista. Ela era o ser mais lindo que eu já tinha visto, e parecia um privilégio estar em sua presença

Levei os lábios à testa da menininha e, naquele momento, entendi que faria tudo o que fosse preciso por ela, para sempre.

— Bem-vinda ao lar, Sophie Blackstone — sussurrei, lhe dando mais beijinhos.

Lar.

Não era um lugar, e sim uma pessoa. Ou melhor, pessoas. Stella e Sophie.

Lar.

Quando olhei nos olhos da minha filha, não consegui explicar a felicidade arrebatadora que me preencheu.

— Stella? — sussurrei, segurando nossa filha.

— Sim?

— Quer casar de novo comigo no outono?

Ela sorriu e apoiou a cabeça no travesseiro enquanto nos olhávamos em completa euforia.

— Quero.

Epílogo

Stella

Três meses depois

Aquela cerimônia teve muitos elementos idênticos aos da primeira. Aaliyah e Connor vieram de novo. Desta vez, com Grant, que estava mais fofo a cada dia. Maple foi a celebrante mais uma vez, e também servimos bolinhos de mirtilo para dar sorte.

Mas havia alguns detalhes diferentes. Connor se ofereceu para me acompanhar até o altar, e, quando fui entregue a Damian, ele segurava nossa filha no colo. Meu mundo estava ali, todinho à minha frente, e olhei maravilhada para os dois.

— Oi — sussurrei.

— Olá — falou ele.

Eu não estava nem um pouquinho nervosa, mas sentia um friozinho na barriga. Eu estava usando um vestido branco e tinha colocado flores no cabelo, e, ao chegar ao altar, senti os beijos de Kevin e de minha mãe nos meus pés enquanto as ondas iam e vinham lentamente.

No fim da cerimônia, usei Blackstone como meu sobrenome e assinei a papelada que oficializava Sophie como filha de Damian.

Com a bênção do mar, nós éramos uma família.

Os Blackstone.

O final feliz do nosso conto de fadas especial.

Damian
Cinco anos depois

Eu não sabia que o amor era algo que continuava crescendo.

Desde que conheci Stella, há cinco anos, me apaixonava mais e mais por ela a cada dia. Eu tinha me apaixonado pelo amor que ela merecia. Depois que Sophie nasceu, Stella fez de sua missão tentar compreender as próprias emoções. Desde aprender a lidar com sua tristeza a descobrir como superar esse sentimento. Stella não queria só aprender e evoluir, ela também desejava que nossa filha tivesse as ferramentas necessárias para entender as próprias emoções.

Sempre que eu e Stella brigávamos, em vez de fugir do conflito, ela gritava comigo e se mostrava irritada, e eu a amava ainda mais por isso. Porque ela estava revelando suas verdadeiras emoções. Stella estava se permitindo existir por completo, até quando isso significava sentir raiva. Ela também abraçava a felicidade. Felicidade de verdade. O tipo de felicidade que vinha do fundo de sua linda alma.

Observar Stella se apaixonar pela pessoa que ela era fez com que eu me apaixonasse ainda mais por aquela mulher. Era muito atraente ver uma mulher que se conhecia de verdade.

Cerca de um ano antes, nós dois abrimos nossa primeira galeria: Cinderstella e a Fera. Começamos a trabalhar juntos, combinando os quadros dela com as minhas fotografias e vendendo nossas obras. Apesar de eu continuar gerenciando a Roe Imóveis, consegui encontrar tempo para me concentrar em fotografar, porque tinha aprendido que me dedicar à minha arte também era importante. Poder trabalhar com uma pessoa que eu amava era um bônus.

No geral, era Stella quem cuidava do negócio, depois de finalmente ter tomado coragem de pedir demissão do estúdio de massagem. Ela também dava aula de artes para crianças no centro da cidade, ajudando-as a desenvolver seus talentos.

Finalmente recebemos o dinheiro do testamento de Kevin, mas passamos um bom tempo sem tocar nele. Queríamos usá-lo de uma forma que pudesse contribuir com o mundo. Achamos que conseguiríamos fazer isso doando boa parte do dinheiro, e do nosso tempo, para crianças carentes. Tanto na Califórnia como no meu antigo bairro em Nova York. Eu e Stella debatemos muito sobre nossos valores e o que eles englobavam. Por sorte, tínhamos o mesmo objetivo: ajudar pessoas que não tiveram as mesmas oportunidades que nós.

— Oi — disse Stella, se aproximando de mim na praia, caminhando pela areia, nos fundos da casa.

— Olá. — Sorri e lhe dei um beijo na testa. — Você está cansada. Descansa um pouco.

Ela deu de ombros.

— As crianças queriam que eu participasse da natação noturna, e quem sou eu para dizer não?

Crianças.

Nossas crianças.

O sol estava se pondo no céu enquanto minha família brincava na água. Eu ainda ficava impressionado só de pensar no quanto a vida de uma pessoa podia mudar num espaço de tempo tão curto. Fazia cinco anos que Stella e eu tínhamos renovado nossos votos, e, desde então, repetíamos a cerimônia a cada outono. Se tinha uma coisa que eu havia aprendido sobre o amor era que estar sempre renovando o compromisso era algo essencial.

Todo ano, nossa família crescia.

Sophie havia chegado primeiro, apesar de não ser a mais velha. Nós demos a ela dois irmãos. Jaden era um menino de catorze anos que estava no sistema de acolhimento público desde bebê. Ele tinha um coração de ouro, e amar aquele menino parecia ser o maior presente do mundo para mim. Um dia, enquanto jogávamos basquete, ele me disse que achava que nunca teria uma família.

Eu também achava isso, garoto. Eu também achava.

Acontece que, às vezes, nossos desejos se realizam de uma forma muito mais bonita do que imaginamos.

Então havia Kai, uma garotinha linda de onze anos. Ela era levada, mas sua alma se sentia mais segura perto do mar. Eu havia passado muito tempo tentando conquistar a confiança daquela menina fofa, que tinha medo de tudo e quase não falava quando veio morar com a gente, aos oito anos. Agora, era quase impossível convencer aquela menina e os irmãos a ficarem quietos.

Eu não me importava com o barulho em casa. Todos os dias, isso fazia com que eu me lembrasse das minhas bênçãos.

Eu já tinha morado em lugares silenciosos e rezava para que isso nunca mais se repetisse.

Então havia o que o futuro nos reservava. Stella estava grávida de dois meses, mas as crianças ainda não sabiam que ganhariam mais um irmão. Aquilo seria um segredo nosso por mais um tempinho, só que eu mal podia esperar pelo dia em que veria meus filhos segurando aquele bebê.

— Papai, entra na água! — berrou Sophie enquanto brincava com Kai, Jaden e o cachorro mais maravilhoso do mundo, Milo.

Depois de anos ao meu lado, Milo agora dormia com Jaden todas as noites.

O melhor traidor. Eu tinha certeza de que Jaden precisava de Milo mais do que eu. Talvez Milo precisasse dele também.

Antes de entrar na água para me juntar a eles, decidi reservar um tempinho para observar minha família. Eu estava fascinado vendo meu mundo dançando naquelas ondas, tão livre. Fiquei admirando suas risadas. Stella gargalhava tão alto quanto as crianças. O som da voz dela continuava sendo o meu favorito, e eu tinha certeza de que isso nunca mudaria. Mas meus filhos...

Meus filhos eram o meu mundo.

Tudo bem, eles não se pareciam comigo. Alguns tinham a pele preta, outros, branca. Alguns tinham olhos castanhos, outros, verdes. Nada disso importava para mim, porque eu enxergava. Eu enxergava sempre que os colocava na cama à noite. Eu enxergava quando os ajudava com o dever de casa. Eu enxergava quando batiam a porta do quarto porque estavam irritados comigo. Eu enxergava quando eles me abraçavam e me apertavam.

Eu enxergava nos olhos deles.

Era neles que eu mais enxergava.

Nos olhos deles, eu enxergava que suas almas combinavam com a minha. Nos olhos deles, eu enxergava que estávamos destinados a nos tornar uma família. Eu não mudaria absolutamente nada na minha vida se soubesse que ela me levaria a eles.

Aqueles eram os meus filhos, e eu era o pai deles.

Nós estávamos unidos, não por sangue, e sim pelas nossas almas entrelaçadas, e isso tornava tudo ainda mais lindo.

Stella e as crianças eram as batidas do meu coração. Eles eram meus sonhos e meus desejos realizados. Minhas bênçãos universais favoritas.

E isso era mais que suficiente.

Epílogo nº 2

Damian

Três meses depois

A vida estava uma correria com a chegada das festas de fim de ano. Stella e eu sempre nos dedicávamos de corpo e alma ao Natal pelas crianças, o que significava que sempre ficávamos exaustos naquela época do ano. Mas adorávamos tudo mesmo assim. Preparar bolinhos de mirtilo na manhã de Natal era nossa tradição favorita. E, com o passar dos anos, fomos acrescentando outras tradições.

Na véspera de Natal, acabei passando mais tempo do que pretendia no escritório, mas estava ansioso para as próximas duas semanas de férias com minha esposa e as crianças.

Antes de ir embora, deixei o escritório todo arrumado. Quando estava trancando a porta para sair do prédio, levei um susto ao ouvir alguém chamando meu nome.

— Damian? Você é o Damian Blackstone? — perguntou um desconhecido.

Eu me virei para encará-lo. Fiquei atordoado ao dar de cara com um par de olhos que me parecia bem familiar.

— Sou eu mesmo — respondi, totalmente alerta. Alisei meu casaco com as mãos. — Eu conheço você?

Ele deu uma risada nervosa, depois olhou para mim sério e esfregou a nuca.

— Não, não conhece. Bom, quer dizer... merda. — Ele resmungou baixinho e apertou o nariz. — Para ser sincero, eu nem sabia que você existia.

— Então por que está aqui?

— Isso tudo é uma loucura, na verdade. Eu devia estar em Chicago com a minha família, ajudando com os preparativos para o Natal, mas precisava vir até aqui. Há algumas semanas, recebi uma carta de uma mulher chamada Catherine. Ela me contou sobre você, e também me contou sobre... mim. Acho que o que estou tentando dizer é que eu sou o Aiden. — Ele respirou fundo e depois soltou um suspiro pesado. — Seu irmão mais novo.

AGRADECIMENTOS

Um agradecimento especial à equipe maravilhosa da Record por ter tanto cuidado com meus livros e por levá-los ao mercado brasileiro. Sem vocês, esse sonho jamais teria se tornado realidade. Serei para sempre grata por essa talentosa equipe!

Este livro foi composto na tipografia ITC Galliard
Pro, em corpo 11/16, e impresso em
papel off-white no Sistema Cameron da
Divisão Gráfica da Distribuidora Record.